W0288452

Pôle fiction

Du même auteur
chez Gallimard Jeunesse :

Quatre filles et un jean :

1. Quatre filles et un jean
2. Le deuxième été
3. Le troisième été
5. Quatre filles et un jean, pour toujours

Toi et moi à jamais

Trois amies pour la vie

Ann Brashares

Quatre filles et un jean

Le dernier été

Traduit de l'américain
par Vanessa Rubio

GALLIMARD JEUNESSE

“Sisterhood of the Travelling Pants” est une marque déposée US de 360 Youth, LLC dba Alloy Entertainment. Tous droits réservés.

Cette traduction est publiée avec l’autorisation de Random House Children’s Books, une filiale de Random House, Inc.

Copyright © 2007 by 17th Street Productions, an Alloy company and Ann Brashares
© Gallimard Jeunesse, 2007, pour la traduction française
© Gallimard Jeunesse, 2012, pour la présente édition

Pour ma chère Susannah…
lorsqu'elle sera en âge.

Remerciements

Tout d'abord et comme toujours,
je voudrais témoigner toute mon admiration
et ma reconnaissance à Jodi Anderson.
Après quatre livres et six ans à travailler
main dans la main, je remercie toujours
plus chaleureusement l'équipe
qui m'accompagne chez Random House :
Wendy Loggia, Berverly Horowitz, Chip Gibson,
Judith Haut, Kathy Dunn, Marci Senders,
Daisy Kline, Joan DeMayo et beaucoup d'autres
qui se sont investis de tout cœur dans ce projet.
Je remercie Leslie Morgenstein et mon amie et agent,
Jennifer Rudolph Walsh.
Nous avons tous passé de merveilleux
moments ensemble.
Merci à mes parents, Jane Easton Brashares
et William Brashares, ainsi qu'à mes frères,
Beau, Justin et Ben Brahsares.
On ne choisit pas sa famille, paraît-il,
mais c'est eux que j'aurais choisis.
Enfin tout mon amour va à mon mari Jacob Collins
et à nos trois enfants, Sam, Nate et Susannah.

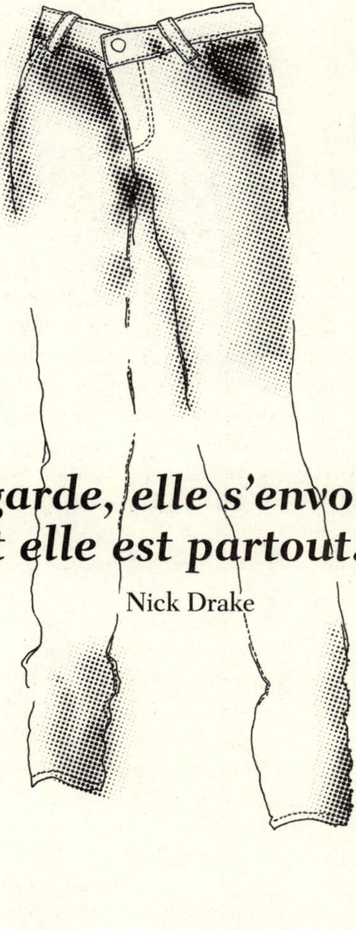

Regarde, elle s'envole,
et elle est partout.

Nick Drake

Pacte du jean magique

Nous établissons par le présent acte les règles régissant l'utilisation du jean magique :

1. Il est interdit de le laver.

2. Il est interdit de le retrousser dans le bas. Ça fait ringard. Et ça fera toujours ringard.

3. Il est interdit de prononcer le mot G-R-O-S-S-E lorsqu'on porte le jean. Il est même interdit de se dire qu'on est G-R-O-S-S-E quand on l'a sur soi.

4. Il est interdit de laisser un garçon retirer le jean (mais il est cependant possible de l'ôter soi-même en présence dudit garçon).

5. Il est formellement interdit de se décrotter le nez lorsqu'on porte le jean. Il est toutefois toléré de se gratter discrètement la narine.

6. À la rentrée, il faudra respecter la procédure suivante pour immortaliser l'épopée du jean magique :

– Sur la jambe gauche du jean, vous décrirez l'endroit le plus chouette où vous êtes allée avec ;

– Sur la jambe droite, vous raconterez le truc le plus important qui vous est arrivé alors que vous le portiez. (Par exemple : « Un soir où j'avais mis le jean magique, je suis sortie avec mon cousin Ivan. »)

7. Vous devrez écrire aux autres durant l'été, même si vous vous amusez comme une folle sans elles.

8. Vous devrez leur passer le jean suivant le protocole établi. Toute entorse à cette règle sera sévèrement sanctionnée à la rentrée (par une fessée déculottée !).

9. Il est interdit de porter le jean en rentrant son T-shirt à l'intérieur (cf. règle n° 2).

10. Rappelez-vous que ce jean symbolise notre amitié. Prenez-en soin. Prenez soin de vous.

Prologue

Il était une fois quatre filles. Quatre jeunes femmes, pourrait-on même dire. Qui, bien que leurs vies aient toutes pris des directions différentes, s'aimaient toujours beaucoup.

Il était une fois, bien avant cela, un jean que les filles avaient découvert par hasard et baptisé le « jean magique », car il était imprégné de sagesse et de magie.

Grâce à son pouvoir, il avait su leur apprendre à vivre chacune leur vie. À devenir quatre personnes distinctes plutôt qu'une seule. À être ensemble où qu'elles se trouvent. À s'aimer elles-mêmes autant qu'elles s'aimaient les unes les autres. Et, de façon plus pragmatique, il avait le pouvoir de leur aller à toutes les quatre, ce qui était pourtant difficile à croire, surtout que l'une d'entre elles (la blonde) avait la silhouette d'un top model.

OK. Bas les masques. Je suis l'une de ces filles. Et les autres sont mes amies. Je porte ce fameux jean. Je connais son pouvoir.

En fait, je suis la blonde. Le coup du top model, c'était une blague.

Enfin bref, comme cela peut arriver dans tous les contes de fées, ce jean magique en a fait un peu trop. Et les filles, ces filles hors du commun (si vous me permettez de dire ça), ont trop bien retenu la leçon.

En ce dernier été, alors que la vie des filles changeait du tout au tout, le jean se devait de changer, lui aussi.

C'est ainsi que commence cette histoire, et elle n'est pas près de finir…

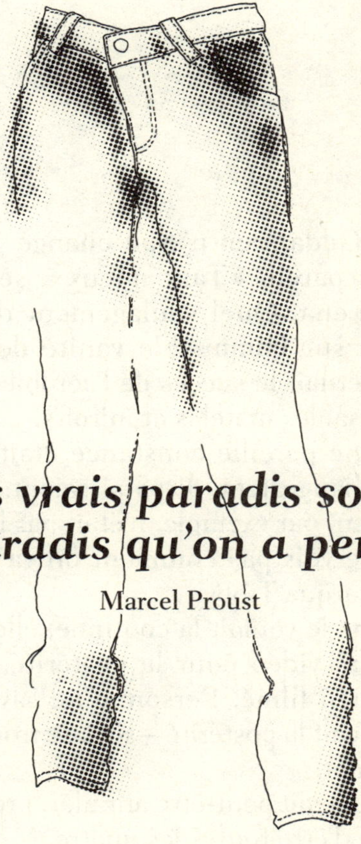

Les vrais paradis sont les paradis qu'on a perdus.

Marcel Proust

Chez Gilda, rien n'avait changé. Tout était toujours pareil. «Tant mieux», se surprit à penser Lena. Quel soulagement de pouvoir compter sur l'immuable vanité de l'homme qui perpétuait le succès de l'aérobic et rendait indispensables matelas et miroirs.

Car une pareille constance était rare. Les choses changeaient, disparaissaient.

Carmen, par exemple, n'était pas là.

– Je ne vois pas comment on va faire sans elle, remarqua Tibby.

Comme le voulait la coutume, elle avait pris sa caméra vidéo pour la postérité, mais elle n'avait rien filmé. Personne ne savait quand commençait la postérité – si ça se trouve, c'était maintenant.

– On devrait peut-être annuler, proposa Bee. Attendre d'être toutes les quatre.

Lena avait apporté les bougies, mais ne les avait pas allumées. Tibby avait pensé à l'atroce musique de gym des années quatre-vingt – qui faisait partie intégrante du cérémonial –, mais n'avait pas mis la cassette dans le poste. Bee avait courageusement disposé les crocodiles et les trucs apéritifs au fromage dans des bols, mais personne n'y avait touché.

– Et ce sera quand ? demanda Tibby. Franchement, on essaie de se voir toutes les quatre ensemble depuis septembre dernier et je crois qu'on n'a pas réussi une seule fois.

– Si, à Thanksgiving, rappela Lena.

– Mais non, tu sais bien que j'ai dû aller à Cincinnati pour les cent ans de mon arrière-grand-mère Felicia, répliqua Tibby.

– Ah oui ! et elle a eu une attaque.

– Oui, enfin, après la fête.

– Carmen est partie en Floride à Noël, reprit Lena. Et toutes les deux, vous étiez à New York pour le Nouvel An.

– Bon, et si on disait pas le week-end prochain, mais celui d'après ? Carmen sera rentrée d'ici là, non ?

– Oui, mais mes cours commencent le 20 juin.

Lena replia ses jambes contre elle, ses grands pieds bien à plat sur le parquet poisseux.

– Je ne peux pas manquer le premier jour de modèle vivant, sinon je vais me retrouver au fond de l'atelier et je ne verrai que la pointe de son genou pendant un mois.

– Bon, d'accord, alors pour le 4 Juillet, proposa Tibby après réflexion. Personne n'a cours ni rien ce vendredi-là. On pourrait se retrouver ici pour un week-end prolongé.

Bee défit ses lacets.

– Je prends l'avion pour Istanbul le 24 juin.

– Si tôt ? s'étonna Tibby. Tu ne peux pas décaler un peu ?

Le visage de Bridget s'assombrit.

– Ils nous ont réservé un vol charter, sinon c'est mille dollars de plus et il faut se débrouiller par ses propres moyens.

– Comment Carmen a-t-elle pu nous faire faux bond ? se lamenta Tibby.

Lena comprenait ce qu'elle voulait dire. C'était déjà étonnant que l'une d'elles manque ce rituel, et en particulier Carmen qui y attachait tant d'importance autrefois.

Bee balaya la salle de gym du regard.

– Elle ne rate pas grand-chose, de toute façon, remarqua-t-elle dans un esprit de conciliation, plus que de provocation. Ce n'est pas une vraie cérémonie.

Elle désigna le jean magique, soigneusement plié au milieu de leur triangle.

– Enfin, pas officielle. On a porté le jean toute l'année. Ce n'est pas comme les autres étés où on célébrait le début des vacances, et tout.

Lena ne savait pas si cette constatation devait la rassurer ou la contrarier.

– Oui, peut-être, convint Tibby. Ce n'est peut-être pas la peine de faire une cérémonie cet été.

– On devrait au moins en profiter pour fixer le roulement, dire qui l'aura et quand, intervint Lena. Carmen n'aura qu'à faire avec.

– Pourquoi on ne continue pas comme maintenant ? suggéra Bridget en étendant les jambes. Pas la peine de changer parce que c'est l'été.

Lena se mordilla la peau du pouce, pesant le pour et le contre.

Autrefois, l'été, ce n'était pas pareil. C'était le moment où elles quittaient la maison, où elles se séparaient pour vivre leur vie chacune de leur côté pendant dix longues semaines. Elles comptaient alors sur le jean pour maintenir le lien jusqu'à leurs retrouvailles. Désormais, l'été, c'était comme durant toute l'année. Se retrouver séparées n'était plus une exception, conclut Lena, c'était la règle.

« Quand serons-nous de nouveau toutes réunies à la maison ? » C'était ce qu'elle se demandait.

Mais, en y réfléchissant bien, elle se rendit compte que ce n'était pas tant la réponse qui avait changé, mais la question. Que recouvraient les mots « à la maison » à présent ? Quelle était la norme, le repère ? « À la maison » était un temps révolu.

Personne ne grignotait les crocodiles. Lena se dit qu'il fallait au moins en manger un, sinon elle allait fondre en larmes.

– Bon, alors on conserve le même roulement, fit-elle d'un ton las. C'est à moi de l'avoir, je crois.

– J'ai tout mis par écrit, annonça Tibby.

– OK.

– Bon…

Lena regarda l'heure.

– On y va, alors ?

– Ben, ouais…, répondit Tibby.

– Vous voulez passer manger un morceau chez Dizzy, en rentrant ? proposa Bridget.

– Ouais, acquiesça Tibby, consciente des effets que pouvait avoir cette cérémonie avortée sur leur moral. Et on pourrait aller voir un film après. Je ne me sens pas de taille à affronter mes parents ce soir.

– À quelle heure vous partez, demain ?

– Notre train doit être à dix heures.

Lena et Tibby voyageaient ensemble : Tibby se rendait à New York pour commencer ses cours de cinéma et son job chez Videoworld, tandis que Lena retournait à la fac de Providence où elle devait changer de chambre pour l'été. Bee restait un peu à la maison avant de partir en Turquie.

Lena réalisa qu'elle n'avait pas très envie de rentrer chez elle non plus.

Elle ramassa le jean et le serra brièvement contre elle. Elle n'aurait su nommer ce qu'elle éprouvait, mais il s'agissait d'un sentiment que le jean n'avait jamais suscité en elle jusque-là. Elle avait ressenti de la gratitude, de l'admiration, de la confiance. À présent, tout cela se mêlait dans son cœur, teinté d'une légère pointe de désespoir.

«Je ne sais pas ce qu'on ferait sans lui», se surprit-elle à penser alors que Bee refermait la porte de chez Gilda et qu'elles descendaient lentement les escaliers dans le noir.

La vraie vie
est si souvent
celle qu'on ne vit pas.

Oscar Wilde

C'est tellement beau, Carmen. J'ai hâte que tu voies ça.

À l'autre bout du fil, Carmen hocha la tête. Sa mère avait l'air tellement heureuse qu'elle se devait de l'être aussi. Comment pouvait-elle ne pas partager sa joie ?

– Vous pensez emménager quand ? demanda-t-elle d'un ton qu'elle voulait léger.

– Eh bien, il y a encore des travaux à finir. Plâtre, peintures, sols. Et puis un peu de plomberie et d'électricité. On voudrait avoir avancé au maximum avant d'emménager. J'espère que ce sera vers la fin août.

– Waouh ! Si vite !

– On a cinq salles de bains, *nena*. Tu imagines ? Et un beau jardin à l'arrière où Ryan pourra courir.

Carmen pensa à son petit frère. Il savait encore à peine marcher, alors courir… Il aurait une vie tellement différente de la sienne.

– Alors l'appart, c'est fini ?

– Il était très bien pour nous deux, mais on a toujours eu envie d'habiter une maison, non ? Ce n'est pas ce que tu voulais, hein ?

Carmen voulait aussi avoir un frère ou une sœur. Et que sa mère ne soit plus seule. Mais une fois qu'on avait obtenu ce qu'on voulait, ce n'était pas toujours évident.

– Il va falloir que je fasse mes cartons, réalisa-t-elle.

– Tu auras une chambre plus grande dans la nouvelle maison, s'empressa de dire sa mère.

Oui, c'était sûr. Mais n'était-il pas un peu tard pour tout ça ? La chambre plus grande et la maison avec jardin ? Elle ne pouvait pas revivre son enfance. Elle avait eu l'enfance qu'elle avait eue, dans sa petite chambre, dans leur petit appartement. Ça lui faisait un drôle de pincement au cœur de laisser cette vie-là derrière elle. Il était trop tard pour la remplacer.

Comment allait-elle s'y retrouver ? Elle quittait son ancienne vie sans en avoir vraiment de nouvelle. Elle flottait donc quelque part entre les deux. De toute façon, tout ça lui semblait trop parfait.

– Lena est passée nous voir hier. Elle a apporté un Frisbee à Ryan, précisa sa mère, un peu mélancolique. J'aimerais que tu sois là.

– Ouais, mais j'ai tellement de choses à faire ici.

– Je sais, *nena*.

Alors qu'elle venait juste de raccrocher, le téléphone sonna à nouveau.

– Carmen, qu'est-ce que tu fabriques ?

Julia Wyman paraissait agacée. Carmen se retourna pour voir l'heure.

– On était censés faire une répétition générale avec le décor à… maintenant !

– J'arrive, fit Carmen en remontant ses chaussettes, le combiné coincé sous le menton. J'arrive tout de suite.

Elle se rua hors de sa chambre et fonça au théâtre. En chemin, elle se souvint qu'elle avait les cheveux sales et qu'elle voulait changer de pantalon parce que celui-ci la grossissait particulièrement. Mais de toute façon, qu'est-ce que ça pouvait bien faire ? Personne ne la regardait.

Julia l'attendait dans les coulisses.

– Tu peux m'arranger ça ?

Pour ce rôle, elle portait une longue jupe en tweed qui était trop grande pour elle.

Carmen se pencha pour rajuster l'épingle de nourrice à la taille.

– C'est mieux comme ça ?

– Parfait. Merci. J'ai l'air de quoi ?

Ça lui allait à merveille. Tout lui allait à merveille, elle n'avait pas besoin que Carmen le lui dise. Mais elle le fit quand même. D'une certaine façon, c'était le rôle de Julia d'être jolie pour deux et le rôle de Carmen de l'en assurer.

– Je crois que Roland t'attend sur scène.

Carmen le rejoignit, mais il n'avait pas particulièrement l'air de l'attendre. Il ne montra aucune réaction en la voyant. Ces derniers temps, elle avait l'impression de produire sur les gens autant d'effet qu'un fantôme : personne ne la remarquait, mais l'air se rafraîchissait brusquement. Elle plissa les yeux, tentant de se faire toute petite. Elle n'aimait pas monter sur scène lorsque les lumières étaient allumées.

– Tu as besoin de quelque chose ? demanda-t-elle.

– Ah oui…

Il essayait de se souvenir.

– Tu peux réparer le rideau du petit salon ? Il se décroche.

– Oui, bien sûr, répondit-elle avec empressement en se demandant si elle aurait dû se sentir coupable.

Était-ce elle qui l'avait accroché ?

Elle installa l'escabeau, monta trois marches et plaqua l'agrafeuse contre la paroi de contreplaqué. Les décors de théâtre ont cela d'étrange qu'ils sont conçus pour donner une impression précise, vus d'un certain angle uniquement, et qu'ils ne sont pas faits pour durer. Ils existent dans un temps et un espace donnés, non en tant qu'objet mais en tant qu'illusion.

Elle aimait le tchak ! de l'agrafe qui mordait

le mur. Voilà au moins une chose qu'elle avait apprise à l'université : à se servir d'une agrafeuse. Son père payait une fortune pour ça.

Mais ce n'était pas tout, elle avait également appris à prendre huit kilos en mangeant l'infâme nourriture de la cafétéria et en grignotant du chocolat durant de longues soirées solitaires. À devenir invisible aux yeux des garçons. À ne pas se réveiller à temps pour le cours de psycho de neuf heures. À porter presque exclusivement de grands sweat-shirts parce qu'elle avait honte de son corps. À esquiver les gens qu'elle aimait. À devenir invisible aux yeux du monde, y compris d'elle-même.

C'était un miracle qu'elle ait fait la connaissance de Julia. Carmen avait beaucoup de chance, elle le savait. Parce que Julia était la personne la plus en vue de la fac. Cela faisait donc un équilibre. Sans elle, Carmen aurait sans doute complètement disparu du campus de l'université Williams.

À : Carmabelle@hsp.xx.com
De : Beezy3@gomail.net
Objet : L'hiver est fini !

Nous souffrons actuellement d'un manque drastique de Carmen dans la région.

Je sais bien que tu hibernes et je suis bien placée pour te comprendre.

Mais on est en juin, Carmen ! Il est temps de sortir de ton trou pour retrouver tes amies qui t'aiment.

Nous sommes allées chez Gilda, mais nous n'avons pas pu faire la cérémonie du jean magique sans toi. Impossible.

Bee l'abeille

Ça changeait beaucoup de choses d'être une « fille qui a un petit ami ».

Bridget méditait là-dessus en rentrant de chez Lena. Cette pensée lui était venue quelques minutes plus tôt lorsqu'un type qu'elle connaissait vaguement du lycée s'était penché par la fenêtre de sa voiture pour crier : « Salut, la bombe ! » en lui envoyant un baiser.

Autrefois, elle lui aurait sans doute répondu. Peut-être même rendu son baiser. Ou alors fait un geste plus grossier, selon son humeur. Mais maintenant qu'elle était une « fille qui a un petit ami », c'était différent.

Elle avait mis presque un an à s'habituer à cette idée. C'était encore plus difficile quand on ne voyait ce petit ami qu'une ou deux fois par mois – il était à la fac à New York et elle à Providence, dans l'État de Rhode Island. L'éloignement rendait ce statut encore plus théorique. En voyant ce type qui vous hélait de sa voiture, en croisant tous ces garçons qui vous toisaient dans les couloirs du département de première année de psycho, on pensait : « Ce qu'il ignore, c'est que j'ai un petit ami. »

Chaque fois qu'elle voyait le visage si charmeur d'Eric, chaque fois qu'il apparaissait à la porte de sa chambre d'étudiante ou qu'il venait la chercher à Port Authority à New York, tout lui revenait en mémoire. La manière dont il l'embrassait. Sa capacité à veiller la moitié de la nuit pour lui faire réviser son exam d'espagnol. Jusqu'à sa façon si sexy de porter son jean.

Mais tout redevint théorique lorsqu'il lui apprit qu'il partait au Mexique. Il avait obtenu un job comme directeur adjoint au camp de foot de Bahia, où ils s'étaient connus.

– Je pars pile le jour de la fin des cours, lui avait-il annoncé au téléphone en avril.

Il n'y avait pas la moindre incertitude ni la moindre note d'interrogation, cela n'appelait pas l'approbation. Elle n'avait rien à dire.

Elle serra le combiné un peu plus fort, sans vouloir laisser paraître les sentiments chaotiques qui l'envahissaient. Elle n'aimait pas qu'on l'abandonne.

– Tu reviendras quand ?

– Fin septembre. Je vais passer un mois chez mes grands-parents à Mulege. Ma grand-mère a déjà commencé à cuisiner.

Il ponctua la phrase d'un petit rire léger, supposant qu'elle se réjouissait de son bonheur.

L'idée qu'elle puisse mal le prendre ne l'effleurait même pas.

Parfois, il arrive qu'on raccroche le téléphone avec le cœur meurtri, sachant que ça fait mal sur le coup et que ça va faire encore plus mal après. La conversation n'a pas pris le tour qu'on souhaitait et pourtant on n'a aucune envie qu'elle s'achève sur cette note. Bridget avait envie de jeter le téléphone contre le mur. Et elle avec.

Elle s'était imaginé que d'une façon ou d'une autre ils auraient des projets communs pour l'été. Elle pensait que lorsqu'on avait un petit ami, on planifiait tout ensemble, en toute harmonie. Était-ce parce qu'il était tellement sûr de ses sentiments qu'il la quittait si facilement ou était-ce au contraire une marque d'indifférence ?

Elle partit courir un long moment pour tenter de se calmer. Ce n'était pas comme s'ils étaient mariés ou quoi. Elle ne devait pas mal le prendre. Elle savait que cela n'avait rien de personnel. Ce poste de directeur adjoint était une aubaine – c'était bien payé et ça le rapprochait de sa famille.

Elle n'était pas vraiment vexée ni blessée mais, dans les jours qui suivirent cette annonce, elle retrouva cette impatience, cet afflux d'énergie qu'elle connaissait bien. Elle ne voulait surtout pas se laisser dépérir sans lui. Si elle n'avait pas été aussi surprise, prise de court par cette nouvelle, elle aurait sûrement réfléchi un peu avant de s'inscrire pour ce chantier de fouilles en Turquie.

Eric ne croyait tout de même pas qu'elle allait rester assise là à l'attendre. Elle en était parfaitement incapable. Comment pouvait-elle se mettre dans la tête qu'elle avait un petit ami s'il quittait le pays de mai à octobre ? Pouvait-on encore appeler ça un couple ? Elle n'était pas du genre à se contenter d'une relation « théorique ».

Ce n'est qu'après cette conversation téléphonique qu'elle avait commencé à réfléchir à tout ça. Elle avait maintenant l'impression, chaque fois qu'elle croisait un garçon en se rendant en cours, que son statut de « fille qui a un petit ami » était une contrainte plutôt qu'une fierté.

Tibby consulta l'heure qui s'affichait sur sa caisse. Son service prenait fin dans quatre minutes et il restait au moins douze personnes dans la queue.

Elle scanna une pile de six films pour une fille prépubère qui portait des paillettes argentées sur les paupières et un collier ras du cou qui l'étranglait à moitié. Elle commençait même à avoir les yeux exorbités, non ?

– Tu vas regarder tout ça ? lui demanda distraitement Tibby.

On était vendredi. Les indemnités de retard atteignaient des sommets le lundi. La fille mâchait un chewing-gum qui empestait l'arôme de melon synthétique. En la voyant avaler sa salive, Tibby pensa aux pélicans auxquels les pêcheurs passent un anneau autour du cou pour les empêcher d'avaler leur prise.

– Je fais une soirée pyjama, expliqua-t-elle. On va être au moins sept. Enfin, si Callie vient. Sinon ce n'est pas la peine que je prenne celui-là, y a qu'à elle que ça plaît.

« Est-ce qu'on était comme ça ? » se demanda Tibby tandis que la fille listait les goûts cinématographiques de chacune de ses amies.

Plus que deux minutes et son service serait fini. Tibby se maudit d'avoir engagé la conversation. Elle oubliait toujours que, lorsqu'on pose une question, les gens ont malheureusement tendance à répondre.

Elle avait encore onze clients à servir avant de pouvoir fermer sa caisse et, désormais, elle travaillait pour la gloire.

– Je ferme, annonça-t-elle à une douzième personne qui s'approchait avant qu'elle ne perde du temps dans sa file.

Le client suivant était un jeune homme avec un bouc qui portait un coupe-vent par-dessus son uniforme de vigile.

Lorsqu'il s'entrouvrit, Tibby put voir qu'il s'appelait Carl. Elle avait envie de lui dire qu'il avait fait un bon choix, mais que la fin était nulle et que le numéro 2 était une calamité, cependant elle se contenta de le penser sans l'énoncer à voix haute. Dorénavant, elle se plierait à cette règle. Car, pour tout avouer, elle préférait parler qu'écouter.

Elle ferma sa caisse, dit au revoir, descendit Broadway avant de tourner sur Bleecker Street où se trouvait son foyer d'étudiants. L'inconvénient de son boulot, c'était qu'elle touchait à peine plus que le salaire minimum. L'avantage, c'est qu'elle était à cinq minutes à pied.

Il faisait frais dans le hall d'entrée désert – mis à part le vigile à son bureau. Rien à voir avec l'atmosphère survoltée qui y régnait durant l'année universitaire. Plus d'étudiants en grande discussion, plus de symphonie de sonneries de portable. Un mois plus tôt, le panneau d'affichage était couvert de petites annonces, maintenant le liège était nu.

D'habitude, prendre l'ascenseur était une véritable épreuve. Tout ce temps pour fixer, toiser et juger. Dans cet espace bien entendu bondé, elle se souciait de ce que pensait d'elle chacun de ses compagnons de voyage, même ceux dont elle ne connaissait pas le nom. Mais dans l'ascenseur vide, elle avait l'impression de se fondre dans les panneaux en faux bois.

Ce soir, les couloirs seraient déserts. Le programme d'été ne commençait qu'après le

4 juillet. Et même ensuite, il n'y aurait que des nouveaux, des gens de passage, aucun de ses amis, et pas le genre de personnes dont elle se souciait dans l'ascenseur. Ils seraient repartis à la mi-août.

C'était ça qui était bizarre à la fac. On avait l'impression qu'on était censé y découvrir sa vie. À chaque personne qu'on croisait, on se demandait : « Est-ce qu'elle va être importante pour moi ? Va-t-elle jouer un rôle dans ma vie et moi dans la sienne ? » Elle s'était fait quelques amis à son étage et dans ses cours, mais elle savait que, hors de ce cadre, la plupart de ces personnes ne seraient rien pour elle. Comme les filles de l'équipe de natation qui se maquillaient le visage en violet, aux couleurs de la fac, ou ce type à la pilosité galopante qui portait un T-shirt *Warhammer*[1].

Une fois de plus, dans sa tête résonna la voix qu'elle avait récemment surnommée Méta-Tibby (la voix de sa conscience, juste et pondérée, jamais hargneuse) : qui aurait deviné ce fameux jour au drugstore que Brian prendrait une telle importance dans sa vie ?

Durant ces quatre dernières années, beaucoup de choses avaient changé. Alors que Brian soutenait qu'il était tombé amoureux d'elle au premier regard, elle l'avait longtemps pris pour

1. Jeu de rôle médiéval fantastique (*N. d. T.*).

un crétin. Elle s'était trompée. Elle se trompait souvent. Maintenant, dès qu'elle pensait à lui, elle avait une drôle de sensation au creux du ventre. Cela faisait neuf mois qu'ils… qu'ils quoi ? Elle détestait l'expression « sortir ensemble ». Cela faisait neuf mois qu'ils s'étaient introduits dans les locaux de la piscine municipale après la fermeture pour se baigner en sous-vêtements, s'embrasser voracement et se serrer fort fort fort jusqu'à avoir les mains et les doigts de pieds violets et les lèvres bleues.

Ils n'avaient pas encore fait l'amour. Pas officiellement, malgré l'insistance de Brian. Mais depuis cette nuit du mois d'août, elle avait l'impression que son corps lui appartenait et *vice versa*. Depuis cette soirée à la piscine, leur relation avait changé. Avant, ils vivaient chacun dans leur propre espace. Maintenant, ils partageaient le même. Avant, si sa cheville frôlait la sienne sous la table, elle rougissait, angoissait et trempait son T-shirt de sueur. Maintenant, une partie de leurs corps était toujours en contact. Ils lisaient ensemble sur un lit une place, pratiquement couchés l'un sur l'autre, en arrivant tout de même à se concentrer sur leur lecture. Enfin, un petit peu.

Ce soir, dans les couloirs, il n'y aurait pas un bruit. Elle finissait par regretter Bernie qui faisait des vocalises de huit à dix, et Deirdre, la seule à cuisiner vraiment dans la kitchenette commune. En même temps, c'était reposant de se retrouver seule. Elle allait pouvoir envoyer des mails à ses amies et se raser jambes et aisselles avant l'arrivée de Brian, le lendemain. Et elle commanderait peut-être un plat thaï au petit resto du coin. Elle irait le chercher elle-même pour éviter de payer la livraison. Elle détestait la radinerie mais elle était vraiment à cinq dollars près.

Elle glissa sa clé dans le trou qui servait de serrure. Celle-ci était tellement large et déformée qu'elle avait l'impression que n'importe quelle clé du campus pourrait l'ouvrir. Peut-être même n'importe quelle clé au monde. C'était vraiment une serrure facile, comme il y a des filles faciles.

Elle poussa la porte, appréciant comme chaque fois d'avoir une chambre seule. Peu importe qu'elle fasse deux mètres sur trois. Peu importe qu'elle ressemble davantage à un placard qu'à une véritable chambre. C'était son endroit à elle. Contrairement à chez ses parents, ses affaires ne bougeaient pas de là où elle les avait laissées.

Son regard se posa d'abord sur la diode clignotante du bouton « power » de son ordinateur, puis sur la lueur verte et fixe de la batterie de sa caméra, indiquant qu'elle était chargée. Enfin, il s'arrêta sur la pupille brillante d'un grand brun de dix-neuf ans qui était assis sur son lit.

Brusque secousse dans le ventre, les jambes, les côtes, le cerveau. Cœur qui s'emballe.

– Brian !

– Salut, fit-il tout doucement, pour ne pas lui faire peur.

Elle lâcha son sac et courut vers lui, se blottissant instantanément au creux de ses bras.

– Je croyais que tu arrivais demain.

– Je ne peux pas tenir cinq jours, lui susurra-t-il à l'oreille.

C'était tellement bon de le sentir autour d'elle. Elle adorait cette sensation. Jamais elle ne s'en lasserait. C'était trop bon. Injustement bon. Elle ne pouvait se défaire de l'idée qu'il y avait un équilibre dans la vie. Tout se payait. En termes de bonheur, cette sensation était un luxe dispendieux.

Généralement, quand les garçons disent « je te téléphone demain », ils rappellent une semaine plus tard, ou pas du tout. Généralement, quand les garçons disent « je serai là à huit heures », ils arrivent à neuf heures et quart. Ils vous mettent dans un état d'incertitude, de manque, d'attente détestable qu'ils entretiennent soigneusement. Mais pas Brian. Quand Brian disait qu'il venait le samedi, il arrivait le vendredi.

– Ah, là, je suis bien, murmura-t-il, enfoui dans son cou.

Elle regarda sa joue, son avant-bras viril. Il était tellement beau, pourtant il restait modeste.

Ce n'était pas son physique qui l'attirait, mais il n'y avait pas de mal à le remarquer, si ?

Il roula sur le lit en l'entraînant. Elle ôta ses baskets sans les mains. Il releva sa chemise pour poser sa tête sur son ventre nu, enlaçant ses hanches, les genoux contre le mur. Si cette chambre était petite pour elle, Brian pouvait à peine y tenir complètement déployé. Il n'arrêtait pas de se cogner. Ce soir, elle était bien contente de ne pas avoir à se soucier de son voisin de la 11C.

C'était miraculeux, oui. Leur chambre à eux. Pas besoin de se cacher, de mentir, de faire les choses en douce. Pas de parents à qui rendre des comptes. Pas de couvre-feu à respecter.

Le temps s'étirait devant eux. Ils mangeraient ce qu'ils voulaient pour le dîner – enfin, du moins, ce qu'ils pouvaient se payer. Elle se souvenait du soir où ils avaient chacun pris deux Snickers et de la glace en dessert. Ils s'endormiraient ensemble, sa main posée sur ses seins ou dans le creux de ses hanches et se réveilleraient ensemble, quand le soleil inonderait sa fenêtre orientée à l'est. C'était tellement bon. Trop bon. Comment se faisait-il qu'elle y ait droit ?

– Je t'aime, murmura-t-il en glissant la main sous sa chemise.

Il ne marqua pas de temps d'arrêt, quémandant une réponse. Ses mains étaient déjà sur ses épaules et il levait la tête pour l'embrasser à pleine bouche. Il n'avait pas besoin de réponse.

Elle s'était toujours imaginé – une croyance sans fondement – qu'on aimait en miroir. Dans une parfaite réciprocité.

Mais Brian n'était pas comme ça. Il vivait son amour librement et sans attendre de retour. Ce qui impressionnait Tibby et le classait dans une catégorie à part – comme les gens qui parlaient mandarin ou savaient faire un *dunk* au basket.

Elle plongea sa main sous son T-shirt, parcourant son dos chaud, ses clavicules.

– Je t'aime, dit-elle.

Trois mots qu'il ne lui avait pas réclamés, mais qu'elle lui donnait quand même.

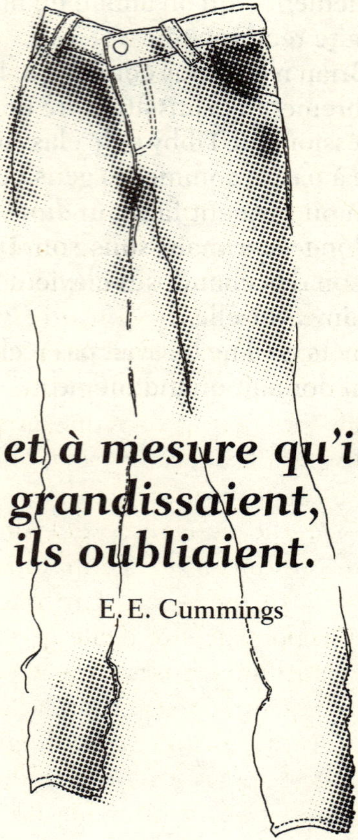

... et à mesure qu'ils grandissaient, ils oubliaient.

E. E. Cummings

Il y a tant de choses qu'on croit acquises. Tant de choses qu'on remarque à peine jusqu'au jour où l'on s'aperçoit qu'elles ont disparu. Carmen venait de réaliser qu'elle avait perdu – entre autres – son identité.

Pourtant, elle en avait bien une, avant, pensait-elle en rangeant les derniers accessoires dans le théâtre sombre et désert.

Autrefois, elle pouvait se définir comme la fille unique d'une mère célibataire. Comme l'un des quatre membres d'un quatuor inséparable. On pouvait dire d'elle qu'elle était un crack en mathématiques, une victime de la mode, une fille qui dansait bien, une maniaque qui voulait tout contrôler, une feignasse. Une habitante de l'appartement 4F. Mais tout ça, c'était fini ou – pour le moment, du moins – en sommeil. Et elle n'avait rien trouvé à mettre à la place. À part peut-être Julia. Heureusement qu'elle avait Julia.

Dans l'idéal, les gens grandissent auprès de leurs parents, puis ils partent à l'université, laissant derrière eux une famille, une maison, qui les attend. Laissant derrière eux un trou, un vide qui a plus ou moins leur taille et leur forme. Et ils rentrent de temps en temps pour remplir ce vide.

Peut-être n'était-ce qu'une illusion. Rien ne demeure figé. On ne peut pas demander aux autres de rester là, sur « pause », en attendant qu'on revienne. Il faudrait être vraiment puéril pour croire ça, même Carmen n'était pas narcissique à ce point. (Enfin, peut-être un peu, mais pas complètement.) Mais tant pis si c'était une illusion. C'est bien utile parfois, les illusions.

L'essentiel, c'était que l'endroit qu'on désignait comme « la maison » reste là où il était quand on se déplaçait. Ce qui permettait de se situer n'importe où dans le monde par rapport à « la maison ». « Je suis tellement loin de la maison », pouvait-on alors se dire lorsqu'on se trouvait, par exemple, en Chine. « Je suis presque arrivé à la maison », pensait-on en l'apercevant au coin de la rue.

Comme la mère de Carmen aimait à le rappeler, les adolescents et les bébés qui commencent à marcher ont beaucoup de points communs. Ils aiment quitter leur mère à la seule condition qu'elle ne bouge pas.

Mais la mère de Carmen bougeait. Elle avait la bougeotte. Pour Carmen, « la maison » c'était une époque, plus un endroit. Elle ne pouvait plus y retourner.

Du coup, pour elle, il devenait beaucoup plus difficile de partir et de se situer dans le monde.

Durant les sept premiers mois de l'année universitaire, rien ne lui avait semblé familier, rien ne lui avait semblé réel. À part peut-être la nourriture. Elle avait l'impression d'être tombée dans une faille spatio-temporelle. Elle regardait la vie se dérouler, sans y prendre part. Elle se contentait d'attendre, en se demandant quand son existence à elle reprendrait.

Elle était pleine de vie avant. Oui, vraiment. Elle avait de l'ambition, elle était jolie. C'était une jeune femme haute en couleur. Maintenant elle avait l'impression d'être un fantôme. La nourriture pâle et pâteuse de la cafétéria la rendait pâle et pâteuse. Rendait flous les contours de sa silhouette.

Elle était trop dépendante de son environnement et de son entourage pour rester elle-même hors contexte. Les visages de ses amies et de sa mère étaient ses miroirs. Sans eux, elle ne se voyait plus, elle était perdue. Elle s'en était rendu compte lors de ce premier été si étrange, si solitaire, où elle avait fait la connaissance de la nouvelle famille de son père en Caroline du Sud.

Cet automne, elle était sortie une ou deux fois avec Win, le garçon qu'elle avait rencontré l'été dernier, mais elle avait volontairement laissé leur relation s'effilocher. Elle ne se connaissait pas, elle ne s'aimait pas assez elle-même pour lui permettre d'apprendre à la connaître et à l'aimer. Elle n'avait rien à offrir.

Il s'avéra qu'elle n'était pas très douée pour se faire des amis. C'était le problème lorsqu'on avait déjà trois amies prêtes à l'emploi dès la naissance. Elle n'avait jamais fait travailler le muscle qui sert à se faire des amis. D'ailleurs, elle en était peut-être dénuée.

Sa première erreur avait été de croire qu'avec sa compagne de chambre, Lissa Greco, elles allaient tout de suite sympathiser et que ça lui permettrait de tisser d'autres relations. Mais Lissa l'avait détrompée très rapidement. Elle était arrivée à la fac avec ses deux meilleures amies de lycée. Elle n'avait pas besoin d'une autre amie. Elle s'était montrée odieuse avec Carmen. Elle l'avait même accusée de lui avoir volé des vêtements.

Au début, Carmen se sentait perdue, toute seule. Tibby, Bee et Lena lui manquaient cruellement, elle avait envie de les voir tout le temps. Mais, au fil des mois, elle s'était mise à les éviter, habilement. Elle n'avait aucune envie de leur avouer (et de s'avouer) que sa vie à la fac n'était pas aussi merveilleuse qu'elle l'avait espéré.

Une fois, elle était allée à Providence et avait découvert Bee dans toute sa gloire, entourée de ses amies de l'équipe de foot, de sa super compagne de chambre, de ses amis de la cafét, de la bande de copains qu'elle avait rencontrés en soirée et de ses amis de la bibliothèque. Elle avait aussi vu Lena, qui menait une vie enviable dans un tout autre style. Calme, radieuse, entourée de ses magnifiques esquisses. Lorsqu'elle avait passé un week-end à New York avec Tibby, ils s'étaient retrouvés à trois dans la chambre, avec Brian, et Tibby avait glorieusement remporté un prix pour son premier court-métrage.

Carmen refusait qu'elles lui rendent visite pour être témoins de son existence sans gloire aucune. Elle ne voulait pas qu'elles la voient comme ça.

Elle avait fait la connaissance de Julia à la fin de l'hiver au département d'études théâtrales où elle était en train de s'inscrire à un cours d'écriture dramatique. Julia avait cru qu'elle s'intéressait aux aspects techniques du théâtre.

– Tu as déjà bossé sur des décors ? l'avait-elle questionnée.

Carmen n'avait pas tout de suite compris qu'elle s'adressait à elle.

– Moi ? avait-elle finalement demandé.

Elle ne savait pas ce qui l'avait le plus surprise : que Julia la prenne pour une accessoiriste ou qu'elle lui adresse la parole.

« Je suis tombée bien bas », avait-elle pensé, démoralisée. L'an dernier, personne ne l'aurait prise pour une accessoiriste. Elle était l'une des filles les plus canon du lycée, surtout en terminale. Elle portait des hauts courts, nombril à l'air. Elle flirtait outrageusement. Elle avait passé ses examens avec du rouge à lèvres vraiment rouge.

Bref, devant Julia, elle avait essayé de rassembler le peu de dignité qui lui restait.

– Non, ce ne sont pas vraiment les décors qui m'intéressent.

– Oh, allez ! Tout le monde peut le faire. Jeremy Rhodes va monter *Miracle en Alabama* pour le festival et on n'a personne pour les décors et les accessoires.

Carmen se souvenait d'avoir croisé Julia à la cafétéria. C'était l'une des rares étudiantes de première année qui était connue sur le campus. Elle était belle, dans un style assez théâtral, justement, avec son teint pâle et ses longs cheveux noirs. Elle portait des vestes vintage sur de longues jupes de bohémienne et faisait tout un raffut avec ses badges, colliers et bracelets divers et variés. Elle était petite et mince mais parlait avec de grands gestes, comme quelqu'un qui se sait l'objet de tous les regards.

– Ah, désolée, avait fait Carmen.

– Préviens-moi si tu changes d'avis, OK ? On forme vraiment un petit groupe très cool. Très uni.

Carmen avait hoché la tête avant de filer, mais elle y avait réfléchi. Elle était assez tentée par la perspective d'avoir quelque chose à faire et des gens « très cool » avec qui traîner.

Julia l'avait à nouveau abordée à la cafét, quelques semaines plus tard.

– Salut, comment ça va ?

Carmen était gênée parce qu'elle était en train de manger. D'un côté, ça l'ennuyait que Julia la voie ainsi et, de l'autre, elle était ravie qu'on la voie avec Julia.

– Ça va, avait-elle répondu.

– Tu as été prise pour le cours d'écriture dramatique ?

– Non. Et la pièce, ça avance ?

– Super.

Julia l'avait gratifiée d'un sourire ravageur.

– Mais on cherche toujours des gens.

– Ah oui ?

– Ouais. Tu devrais vraiment y réfléchir. Jeremy est super cool. Il n'y aura que trois représentations, après les examens. Tu n'as qu'à passer ce soir. On a une répétition à sept heures. Comme ça, tu verras ce que tu en penses.

– Merci, avait fait Carmen, mue par un absurde élan de reconnaissance.

Reconnaissante que Julia l'ait remarquée, se soit souvenue d'elle, lui ait parlé, l'ait invitée quelque part. Avait-elle conscience de son isolement ?

– D'accord, je viendrai peut-être, avait-elle ajouté.

Elle débordait à tel point de reconnaissance qu'elle aurait sans doute accepté de boire un verre de soda chimique hautement toxique[1] si Julia le lui avait proposé.

Et c'est ainsi que, une semaine plus tard, Carmen se retrouva perchée sur une échelle, une ceinture à outils autour de la taille. Si ses amies l'avaient vue, elles ne l'auraient pas reconnue. Aucun élève de sa classe de terminale ne l'aurait reconnue – tout du moins, elle l'espérait. En tout cas, elle, elle ne se reconnaissait pas. Mais, dans le fond, qui était-elle ? Qui était Carmen ?

Si elle l'avait su, elle n'aurait pas été perchée sur cette échelle avec cette ceinture autour de la taille.

Et voilà qu'à présent, six semaines plus tard, Carmen se retrouvait dans la même situation, sauf que cela lui semblait moins absurde. Elle se sentait davantage à sa place ici que nulle part ailleurs. On s'habitue à tout. Ou presque.

Elle était contente d'avoir quelque chose à faire, un endroit où aller après le dîner, en dehors de sa chambre. Elle était contente que Julia soit sympa avec elle. Elle lui avait présenté des gens. Elle s'assurait que, quand la troupe

1. Boisson chimique aux fruits vendue en poudre à laquelle on ajoute de l'eau.

allait prendre un cappuccino après la répétition, Carmen vienne aussi. Carmen adorait l'hilarante imitation que Julia faisait de Lissa pour lui remonter le moral chaque fois que sa voisine de chambre lui faisait un coup bas.

Dans le groupe de théâtre, qui réunissait le gratin des étudiants, Carmen avait l'impression d'être un des accessoires de Julia, une amie « prêt-à-porter » bon marché. Elle était trop souvent obligée de rappeler son prénom. Mais tant pis. Mieux valait être l'ombre de Julia que n'être personne et rester seule dans sa chambre à manger des cochonneries.

Parfois, elle s'apitoyait sur son sort. Elle se comparait au prince dans le conte de Mark Twain, *Le Prince et le Pauvre*, pris pour un homme sans importance. « Avez-vous la moindre idée de qui je suis vraiment ? pensait-elle. Avez-vous la moindre idée de qui sont mes amies ? »

Mais si on l'avait accusée de bluffer, qu'aurait-elle répondu ? Elle pouvait sans doute répondre à la seconde question, mais elle ne connaissait même pas la réponse à la première.

« Et toi, qu'est-ce que tu gagnes dans tout ça ? » demanda-t-elle mentalement à Julia, trois semaines plus tard, alors qu'elle resserrait sa jupe pour la troisième fois et que Julia lui prenait la main pour la remercier. Ça, elle ne comprenait pas.

Lorsque Julia vint la trouver en avril avec la

brochure du festival de théâtre de l'université du Vermont, Carmen fut surprise et, comme d'habitude, débordante de gratitude.

– Ils montent de véritables spectacles avec un tas d'acteurs reconnus, fit valoir Julia. Tu voudrais participer ? Ça se déroule de mi-juin à la deuxième semaine d'août. Ce n'est pas facile d'être sélectionné en tant qu'acteur mais ils recrutent toujours du personnel technique. Ce serait une super expérience.

Carmen était tellement contente qu'elle pense à elle qu'elle accepta pour la seule et unique raison qu'elle le lui avait proposé. Mais par la suite, elle dut convaincre ses parents de régler les frais d'inscription.

– Depuis quand t'intéresses-tu au théâtre ? voulut savoir son père lorsqu'elle l'appela pour lui demander le chèque.

Il était dans sa voiture, elle l'avait appelé sur son portable alors qu'il rentrait du bureau.

– Depuis… je ne sais pas… depuis maintenant.

– Mmm… c'est vrai que tu as toujours eu un certain sens théâtral, murmura-t-il.

– Je te remercie, papa.

C'était le genre d'affront qu'il fallait encaisser lorsqu'on réclamait de l'argent.

– Dans le bon sens du terme, je veux dire, ma petite brioche, évidemment.

– Évidemment, répéta-t-elle sèchement.

– Et je me souviens de ta fameuse performance en tant que carotte dans la pièce que tu as jouée au CP.

– Je tenais le rôle de la tomate. Mais, de toute façon, je ne jouerai pas.

– Qu'est-ce que tu vas faire, alors ?

– Œuvrer en coulisses.

– *Œuvrer en coulisses ?*

On aurait dit qu'elle venait de lui annoncer qu'elle allait se faire greffer une troisième oreille.

– Oui, confirma-t-elle, légèrement sur la défensive.

– Mais, Carmen chérie, tu n'as jamais supporté d'être en coulisses de toute ta vie.

Décidément, il était d'humeur taquine, remarqua-t-elle avec amertume.

– Eh bien, il est peut-être temps, répliqua-t-elle.

Elle l'entendit couper son moteur. Le silence se fit.

– Si c'est vraiment ce que tu veux, ma petite brioche, je suis tout à fait d'accord pour financer ce projet.

C'était plus simple lorsqu'il était agaçant. Quand il se montrait gentil, finalement, ça l'obligeait à réfléchir.

Que voulait-elle vraiment ? Elle pensa à Julia. Ne voulait-elle pas simplement qu'on veuille un peu d'elle ?

Elle considéra les autres options qu'elle avait en stock. Bee partait en Turquie. Tibby faisait un stage à New York et Lena serait à Providence. Sa mère et David bazardaient *son* appartement – *son* « chez-elle » – pour s'installer dans une grande maison de banlieue, dans une rue dont elle n'avait jamais entendu parler.

– C'est ce que je veux vraiment, répondit-elle.

Bridget était en train de chercher une brosse à dents dans le chaos de l'armoire à pharmacie lorsqu'elle réalisa qu'elle n'avait pas dormi à la maison depuis bien longtemps.

Ce n'était pas prémédité. Juste un concours de circonstances. À Thanksgiving, elle était restée tellement tard chez Lena qu'elle s'était endormie sur le canapé. Elle avait passé les vacances de Noël à New York, d'abord dans le nord de la ville avec Eric, puis dans le centre avec Tibby. Elle était allée rendre visite à Greta dans l'Alabama pour les vacances de printemps. Et lorsqu'elle était revenue en février, elle avait dormi dans le car.

Ce n'était qu'aujourd'hui, à la veille de son départ pour un chantier de fouilles à l'autre bout du monde, qu'elle se posait à la maison.

Dans le couloir, elle évita de baisser les yeux. Elle n'avait aucune envie de remarquer que la moquette avait besoin d'un bon coup d'aspiro.

Elle ne voulait pas passer le peu de temps qu'elle avait à faire le ménage.

Dans sa chambre, elle fouilla rageusement dans son grand sac marin. Elle n'avait pas envie non plus de sortir ses affaires. Elle avait une tonne de linge à laver, mais elle ne ferait pas sa lessive ici. Elle limitait ses contacts avec cette maison au strict minimum : plante des pieds et espace requis pour poser son sac. Le simple fait de devoir s'asseoir ou s'allonger lui semblait déjà trop.

Cela lui rappelait le séjour en camping qu'elle avait fait en cinquième. Un ranger leur avait exposé les principes du camping écologique : « Il faut laisser la nature dans l'état où vous l'avez trouvée en arrivant, sans trace de votre passage. » C'était ainsi qu'elle procédait dans sa propre maison. Elle mangeait davantage, buvait davantage, riait davantage, respirait davantage, dormait davantage chez n'importe laquelle de ses amies que chez elle.

Elle frappa à la porte de Perry. Une fois, deux fois. Elle savait qu'il était là. Finalement, elle poussa la porte. Il avait les yeux rivés sur l'écran de son ordinateur et un énorme casque sur les oreilles, ce qui expliquait pourquoi il ne l'avait pas entendue.

C'était une vraie manie dans la famille ! Son père et son frère ne quittaient jamais leurs maudits casques, il régnait un silence de mort dans cette maison !

– Salut ! cria-t-elle à trente centimètres de son oreille.

Il leva la tête, tout perdu, et ôta son casque. Il n'avait pas l'habitude qu'on l'interrompe.

Il était au beau milieu d'un de ces jeux de guerre en ligne qui le passionnaient depuis son entrée au lycée. Il n'avait pas la moindre envie de bavarder. Il voulait se replonger dans son univers virtuel.

– Tu aurais une brosse à dents ? Je croyais avoir apporté la mienne, mais je ne la retrouve pas.

Elle avait toujours l'impression de faire trop de bruit, de déranger, dans cette maison.

– Pardon ?

– Une brosse à dents en rab, tu aurais ?

Il secoua la tête sans même réfléchir.

– Non, désolé.

Et il se retourna vers l'écran.

Bridget dévisagea son frère. Elle pensa à Eric et réalisa soudain un certain nombre de faits indéniables. Oui, dans sa famille, ils étaient timbrés. Excentriques, si on voulait formuler les choses de façon positive. Ils n'étaient pas drôles ; ils n'étaient pas proches. Quand même, elle était là, à côté de Perry, son frère – son frère jumeau, bon sang – qu'elle n'avait pratiquement pas vu depuis un an !

Elle poussa une pile de magazines d'informatique pour s'asseoir sur le bureau. Elle allait discuter avec son frère. Ils n'avaient pas eu de véritable conversation depuis Noël. Elle allait le torturer, juste pour se sentir moins coupable.

– Comment ça va, à la fac ?

Il tripota quelque chose à l'arrière de son écran.

– Tu as choisi quelles options ce semestre ? Tu as pris le cours d'observation de la nature ?

Il continuait à s'agiter. Il leva un instant vers elle des yeux suppliants.

– Hé, Perry !

– Ouais. Euh, désolé.

Il lâcha enfin son ordinateur.

– J'ai pris un semestre sabbatique, expliqua-t-il au bras de son fauteuil.

– Quoi ?

– Ouais, je ne vais pas en cours ce semestre.

– Et pourquoi ça ?

Son regard était vide. Il n'avait pas l'habitude de devoir répondre à des questions. Il n'avait pas l'habitude de devoir se justifier ou expliquer ses décisions.

– Qu'en pense papa ? demanda-t-elle.

– Papa ?

– Oui.

– On n'en a pas vraiment discuté.

– Vous n'en avez pas vraiment discuté.

Elle parlait un peu trop vite, un peu trop fort. Perry serra les dents, comme si elle lui faisait mal aux oreilles.

– Il est au courant ?

Son frère évitait son regard. Elle avait l'impression de parler dans des enceintes plutôt qu'à lui en particulier.

Elle se moquait qu'il refuse de la regarder. Elle, elle le fixait. Elle essayait de le voir d'une façon objective.

Il avait toujours eu les cheveux plus foncés que les siens. Maintenant ils étaient complètement bruns, sûrement parce qu'il passait tout son temps à l'intérieur. Sa lèvre supérieure était bordée de duvet mais, à part cela, il semblait à peine avoir passé l'âge de la puberté. Elle détourna les yeux, la gorge serrée.

Il était menu et elle si grande qu'on avait du mal à croire qu'ils étaient de la même famille, et encore moins jumeaux. Mais finalement ce n'était peut-être pas si étonnant que cela. Peut-être était-ce là toute l'ambiguïté d'être nés en même temps. Ce que l'un possédait, l'autre ne pouvait l'avoir. Et Bridget avait toujours été la plus solide. Elle ne pouvait s'empêcher de s'imaginer essayant de pomper le plus de ressources possible lorsqu'ils étaient tous les deux dans le ventre de leur mère.

Comme s'il existait une sorte de mathématique des jumeaux. Si l'un des deux était intelligent, l'autre se sentait bête. Si l'un était autoritaire, l'autre était docile. L'équation était trop facile.

Bridget savait qu'elle avait pris plus que son dû. Mais était-ce son rôle de se faire petite pour l'encourager à faire sa place ? Si elle se tenait en retrait, irait-il de l'avant ? Était-ce sa faute s'il était ainsi ?

– Je crois que papa est au courant, oui, répondit-il finalement.

Elle se releva, contrariée. Que faisait-il de ses journées s'il n'allait pas en cours ? Il n'avait pas de travail. Avait-il seulement des amis ? Sortait-il jamais de sa chambre ?

– À plus tard, lui dit-elle sèchement.

– Tu n'as qu'à lui demander.

Elle se retourna.

– À qui ?

– À papa.

– Quoi ?

– S'il a une brosse à dents.

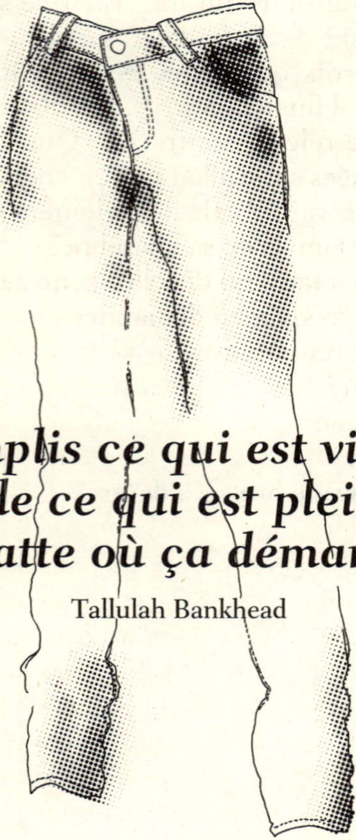

Remplis ce qui est vide,
vide ce qui est plein
et gratte où ça démange.

Tallulah Bankhead

Il était rare que Lena se sente seule. Il lui suffisait de savoir qu'elle avait des amies pour être heureuse. Elle n'avait pas besoin de les voir ou de leur parler tout le temps. C'était comme pour tant d'autres choses : tant qu'il y avait de l'aspirine dans l'armoire à pharmacie, elle n'avait pas vraiment besoin d'en prendre. Tant que les toilettes étaient libres, elle n'avait pas besoin d'y aller. Tant que le minimum vital était disponible, elle n'avait pas de gros besoins.

Elle réfléchissait à cela le premier jour de son stage de peinture. Elle ne connaissait ni le professeur ni l'assistant. Elle ne connaissait pas les élèves. Elle allait utiliser une nouvelle sorte de pinceau. Mais tout cela lui plairait sûrement une fois qu'elle s'y serait habituée.

En attendant, Tibby et Carmen étaient joignables d'un simple coup de fil sur leur portable. C'était bientôt son tour d'avoir le jean magique. Annik, son ancienne prof, était à sa disposition en cas de crise artistique, même mineure. Elle avait son bon vieux pinceau à portée de main, au cas où. C'était tout cela qui lui donnait confiance en elle.

Mais pouvait-on vraiment parler de confiance en soi alors qu'elle prenait tant de précautions ?

– Par ici, il reste une place, dit Robert, l'assistant, à un retardataire.

Ce que Lena attendait des autres élèves, ce n'était ni leur amitié ni leur sympathie. C'était juste qu'ils ne s'installent pas trop près d'elle pour lui boucher la vue. Elle se raidit tandis que le nouvel arrivant approchait et se détendit à nouveau quand il passa derrière elle pour aller s'asseoir dans le fond de l'atelier. Menace potentielle écartée. Elle n'avait même pas besoin de quitter le modèle des yeux.

Quand le minuteur sonna, annonçant que le modèle allait changer de pose, Lena leva finalement les yeux. Elle aperçut des cheveux bruns qui dépassaient du chevalet du nouveau, une masse bouclée pas vraiment coiffée. C'était quelqu'un de grand, vraisemblablement de sexe masculin. Elle baissa vite les yeux. Ces cheveux lui disaient quelque chose. Elle fouilla dans sa mémoire. Sans relever la tête, elle sortit dans le couloir.

Au fil des ans, elle avait pris l'habitude d'éviter de croiser le regard des gens. C'était assez triste qu'elle ait capitulé de la sorte, car elle aimait observer leur visage. Après tout, elle voulait devenir artiste. Elle avait de bons yeux et elle aimait s'en servir. Le problème c'était que, lorsqu'elle fixait quelqu'un, cette personne la fixait aussi, forcément. Or autant elle aimait observer, autant elle détestait être observée. Niveau caractère, elle aurait parfaitement pu être invisible. Mais niveau physique, elle savait que ce n'était pas le cas. Elle avait toujours été belle. Et elle attirait les regards.

C'était une des choses qui lui plaisaient lorsqu'elle dessinait ou peignait un modèle. C'était le seul moment, dans sa vie, où elle pouvait regarder, regarder tout son soûl, sans que personne ne la regarde.

Elle retourna à son chevalet après les cinq minutes de pause, en se préparant à vingt-cinq minutes d'intense concentration. Le retardataire aux cheveux touffus était encore en train de dessiner. Cela attisa sa curiosité. Elle aperçut une main et une palette. Il s'agissait d'une main d'homme.

Pendant les premières minutes, elle pensa davantage à ces cheveux et à cette main qu'à son dessin. C'était étonnant de sa part. Peut-être évitait-elle de croiser le regard des autres, mais visiblement le mystère l'attirait tout autant que quiconque.

À la pause suivante, elle guetta le visage qui

allait surgir de derrière la toile. Elle attendait qu'il la voie, qu'il la regarde. Alors la vie reprendrait son cours normal. Son regard s'attarderait quelques secondes de trop et, aussitôt, il ne l'intéresserait plus.

C'était étrange, elle avait l'impression qu'elle le connaissait.

La pause s'acheva et il n'avait pas levé les yeux de sa toile un seul instant. Quelle déception ! Elle s'assit de façon à pouvoir le regarder. Non, mais elle était ridicule comme ça, à tendre le cou. En laissant échapper un petit rire, elle inspira l'odeur d'huile de lin et de peinture, une odeur synonyme de bonheur.

C'est vraiment idiot, le désir. On désire ce qu'on n'a pas et, une fois qu'on l'obtient, on n'en veut plus. On considère ce qu'on possède comme un acquis, jusqu'à ce que ce soit hors de portée. Il s'agissait, lui semblait-il, d'un des plus cruels paradoxes de la nature humaine.

Cela lui rappelait cette paire de boots à semelles compensées marron qu'elle avait repérée chez Bloomingdale's et refusé d'acheter parce qu'elle coûtait plus de deux cents dollars. Elle s'était dit qu'ils devaient en avoir des tas en réserve. Ils n'avaient sûrement pas vendu sa pointure de géante, elle pourrait toujours revenir.

Mais quand elle était revenue, deux jours plus tard, il n'en restait plus. Elle avait demandé au vendeur qui avait répondu :

– Ces boots se sont vendues comme des petits pains. Quel succès ! Non, nous n'en recevrons plus.

Et là, c'était devenu une obsession. Pas parce que d'autres personnes voulaient aussi ces boots, simplement parce qu'elle ne pouvait pas les avoir. Non, ce n'était pas exactement ça non plus. Il fallait tout de même reconnaître qu'elles étaient très belles. Elle avait sillonné le Web pour les retrouver. Cherché sur le site du fabricant, cherché sur eBay. Elle aurait payé jusqu'à trois cents dollars pour avoir ces chaussures qui en valaient deux cents. Rien à faire.

– Les fameuses boots mirage, avait plaisanté Carmen alors que Lena les lui décrivait, extatique.

Quel rapport le désir, ce sentiment pervers et vain, pouvait-il entretenir avec l'amour ? Ce n'était pas la même chose (tout du moins, elle l'espérait). Mais ces deux sentiments n'étaient pas non plus complètement distincts. Ils étaient liés, forcément. Parents ou époux ?

Et Kostos ? Elle le désirait, c'était sûr. Mais encore ? Aurait-elle persisté à l'aimer s'il avait toujours été disponible ? Oui. La réponse s'était imposée à elle avant même qu'elle ait fini de se poser la question. Oui, il avait été un temps où il l'aimait et elle l'aimait, et ils pensaient passer leur vie ensemble. Et ce temps-là l'avait marquée à jamais.

Aurait-elle pu se détacher de Kostos s'il ne lui avait pas été arraché de force ? Si elle avait simplement découvert, au fil des mois ou des années, qu'il ronflait, qu'il avait des boutons dans le dos ou les ongles incarnés et de fait les pieds puants ?

Elle s'interrompit. Une minute. Elle ordonna à son esprit de reformuler la question. Aurait-elle pu l'oublier plus facilement s'il ne lui avait pas été arraché ? Elle en avait fait le deuil, désormais. Oui, elle pensait parfois encore à lui, mais plus autant. Non, elle n'était jamais ressortie avec quelqu'un d'autre, mais…

Lena passa le restant du cours à jeter des regards obliques à cette main à droite de la toile et à cette touffe de cheveux qui la surmontait. Il était gaucher, nota-t-elle. Kostos était gaucher.

Il ne s'arrêtait même pas pendant les pauses, si bien qu'elle ne pouvait que l'entrapercevoir.

À la fin de la séance, Lena rangea lentement ses affaires. Elle s'attarda un peu, en faisant semblant de réfléchir (d'ailleurs, elle était réellement en train de réfléchir, non ?). Puis elle quitta la salle à regret.

Et pour tout avouer, elle traîna dans le hall pendant quatorze minutes, jusqu'à ce qu'il se décide enfin à sortir de la salle et qu'elle puisse le voir.

Elle le connaissait. Non, elle ne le connaissait pas vraiment, mais elle en avait entendu parler.

Il n'était pas en première année. Il devait avoir un ou deux ans de plus qu'elle. Elle avait déjà dû le croiser.

Physiquement, ce n'était pas le genre de personne qu'on oubliait. Il était grand avec une énorme masse de cheveux, la peau mate et dorée, et des taches de rousseur qui inspiraient la sympathie.

Il s'appelait Leo. Elle le savait parce qu'il était connu dans l'école. Connu pour son talent en dessin. Et cela, plus que toute autre chose, attisait le désir de Lena Kaligaris, vierge grecque.

Dans son petit cercle d'amis et de connaissances, ici, à Rhode Island, tous des mordus d'art, on murmurait avec ferveur qu'Untel ou que Trucmuche en avait ou n'en avait pas. Du talent, s'entend. Et le propriétaire de la main et des cheveux était l'un des rares élèves, presque une légende, à en avoir.

Elle le regarda avec un drôle de frémissement au creux du ventre et attendit qu'il la remarque. Elle s'était rarement retrouvée dans ce genre de situation. Elle avait envie qu'il pose sur elle un regard spécial. Peu importe qu'il ait une petite amie ou qu'il ne s'intéresse pas aux filles. Elle voulait que son regard s'attarde sur elle, admiratif, pour qu'il cesse d'être mystérieux et devienne comme tous les autres. (C'était bien ce qu'elle souhaitait, n'est-ce pas ?) Ce fameux regard qui lui confirmait le pouvoir particulier qu'elle exerçait sur les gens, sans le vouloir, la plupart du temps.

C'était ce qui lui donnait sa liberté. C'était ce qui lui donnait confiance en elle.

Mais il ne posa pas sur elle ce fameux regard. Il ne la regarda même pas. Les yeux rivés devant lui, il passa son chemin, lui rappelant pour la deuxième fois de la journée les boots marron à semelles compensées.

– J'ai été pris.

Brian lui annonça la nouvelle entre le porc au caramel et les biscuits surprises.

– Pardon ? demanda Tibby, qui n'était pas sûre d'avoir compris.

– J'ai été pris.

– C'est vrai ?

Un peu gêné, il cassa son biscuit surprise en quatre, puis en huit, jusqu'à le réduire en miettes.

– C'est génial ! Je savais que tu en étais capable. C'était impossible qu'ils te refusent.

Depuis que Brian avait émis l'idée de transférer son dossier de l'université du Maryland à celle de New York, il avait obtenu des notes irréprochables.

– J'ai envie de pouvoir dormir avec toi toutes les nuits, lui avait-il dit en décembre. C'est tout ce que je veux.

Elle savait qu'il serait pris. Elle savait qu'il ferait en sorte de réussir. Il était comme ça.

– Tu as quoi comme message ? demanda-t-il en désignant le petit mot que contenait le biscuit surprise.

– « Méfiez-vous de la domination de l'esprit », lut-elle.

Elle mordit dans son biscuit.

– Mes numéros porte-bonheur sont le 4 et le 297. Et toi ?

– « Vous êtes sexy », annonça-t-il.

– Non ? Ce n'est pas ce qui est écrit. Montre-moi.

Avec un sourire suggestif, il lui tendit le papier.

C'était pourtant vrai. Quelle injustice !

– Et pour l'argent ? demanda-t-elle en trempant son biscuit menteur dans la sauce.

– Eh bien…

– C'est galère ?

Elle sentit les nouilles au sésame remonter dans son œsophage.

– J'ai obtenu six mille.

– Oh…

Elle avala sa salive.

–… dollars ?

– Dollars.

Elle essaya de réfléchir. Le serveur déposa la note sur leur table sans même s'arrêter.

– Sur vingt-deux mille.

– Oh…

– Sans compter le logement et les repas.

– Oh, fit-elle encore en agitant ses baguettes. Et comment se fait-il que tu n'aies pas eu davantage ?

– Mon beau-père a plus d'argent que tu ne crois.

– Mais il ne veut pas te donner un cent, explosa Tibby.

Dans son monde à elle, les parents finançaient les études ou, s'ils n'en avaient pas les moyens, ils aidaient leurs enfants à obtenir un prêt pour couvrir la différence.

Brian n'avait pourtant pas l'air révolté. Même pas en colère. Ce que Tibby considérait comme un droit, il ne l'envisageait même pas.

– Je sais, oui. Mais c'est comme ça.

– Ce n'est pas juste qu'ils prennent en compte ses revenus. Tu ne peux pas leur expliquer qu'il refuse de payer quoi que ce soit ?

Brian haussa les épaules.

– J'ai mon épargne.

– Tu as combien ?

– Cent soixante-dix-neuf.

Il prit l'addition. Elle la lui arracha.

– Je m'en occupe.

– Non, j'y tiens.

– Tu dois faire des économies.

– Je sais, mais je peux et faire des économies et t'inviter à dîner.

– Et prendre le car pour venir me voir pratiquement tous les week-ends et m'offrir des CD ?

Elle ne voulait pas avoir l'air de lui faire des reproches, mais…

Il sortit son portefeuille. Elle aperçut l'emballage du préservatif qu'il avait glissé là trois ou quatre mois plus tôt.

– Pour le jour où on sera prêts, avait-il dit lorsqu'elle l'avait remarqué, la première fois.

Il sortit un billet de vingt – froissé et délavé comme si c'était le dernier survivant de son espèce.

– Allez, s'il te plaît, laisse-moi payer, supplia-t-elle.

Elle avait sorti son porte-monnaie, elle aussi.

– La prochaine fois, fit-il en se levant, la laissant son porte-monnaie inutile à la main.

Il disait toujours ça. À peine étaient-ils sortis qu'il avait déjà passé le bras autour d'elle. C'était fou qu'ils arrivent à marcher aussi collés-serrés.

Dans l'ascenseur, ils profitèrent d'être seuls. Dès qu'ils furent dans sa chambre, Brian alla ouvrir son sac et en tira une bouteille de vin.

– Pour fêter ça.

– Où tu l'as dénichée ? s'étonna-t-elle.

Brian n'était pas du genre à sortir une fausse carte d'identité pour tricher sur son âge.

Il prit un air mystérieux.

– Je l'ai trouvée par hasard…

– Chez toi ?

Il rit.

– Je passais par là. Elle est vieille de toute façon.

Elle regarda l'étiquette. Une bouteille de vin rouge de 1997.

– Très drôle.

– Attends.

Il fila dans le couloir pour revenir avec deux gobelets en plastique et un tire-bouchon qu'il avait pris dans la kitchenette commune. Il ne savait pas se servir de cet ustensile et elle non plus. Finalement, au prix d'une bonne crise de fou rire, il réussit à déboucher la bouteille. Il versa le vin dans les deux gobelets, puis mit un CD de Beethoven, le cinquième concerto pour piano, qu'elle adorait, il le savait.

– C'est un peu fort, remarqua-t-elle.

– Il n'y a personne.

– Mmm, c'est vrai.

Ils s'assirent en tailleur par terre, face à face. Quand ils trinquèrent, le plastique souple s'enfonça sans faire de bruit.

– À nous deux, dit-elle.

Ravi, il rougit. Soudain, elle se sentait gênée. Elle aurait voulu trouver un truc ironique à dire, mais rien ne lui vint. Elle but une longue gorgée de vin.

– Il est bon ? demanda-t-il en la tirant par les pieds pour la rapprocher de lui.

– Je ne sais pas. Tu le trouves bon, toi ?

Il goûta à nouveau.

– Un peu vieux, non ?

– Je crois que ça me plaît, dit-elle.

Tout lui plaisait en cet instant, et le vin faisait partie du tableau.

– Il en reste.

– Prends-en aussi.

Elle se retourna et s'adossa contre lui, le vin lui réchauffant le sang et la musique les oreilles. Il devait y avoir des gens qui, de toute leur vie, ne connaissaient jamais un tel bonheur. Cette pensée était la seule note triste qui assombrissait sa joie.

Il siffla pour accompagner le violon pendant quelques mesures.

– C'est la plus belle soirée de ma vie, constata-t-il à voix basse, lisant dans ses pensées, comme bien souvent.

– Avec la soirée à la piscine.

– Oui, concéda-t-il, mais je ne te connaissais pas aussi bien à l'époque. Je croyais te connaître, mais je sais que je me trompais. Et tu imagines, l'année prochaine ou celle d'après ?

Brian ne craignait pas d'envisager l'avenir, sûr qu'elle en ferait partie. Il parlait de quand ils auraient trente ans aussi facilement que de quand ils en auraient vingt. Il parlait bébé et se demandait si leur enfant hériterait du long doigt de pied du milieu de Tibby. Il rêvait de tout ça. Et il n'avait pas peur de le dire.

Il aimait lui parler de ses rêves et il rêvait toujours en « nous ».

– Qui ça « nous » ? lui avait-elle demandé la première fois qu'il lui avait exposé un de ses longs scénarios compliqués.

Il l'avait regardée, perplexe, comme s'il ne comprenait pas pourquoi elle plaisantait avec ça.

– Eh bien, toi et moi.

Ça ne pouvait pourtant pas continuer à être aussi bien, de mieux en mieux, même, se disait Tibby. Impossible. C'était contre les lois de la physique. Sans rire, ces choses-là étaient régies par une sorte de loi. L'arithmétique du bonheur. La quantité de bonheur existant dans l'univers était constante et, pour en avoir davantage, il fallait bien le prendre quelque part. Et ils en consommaient plus que leur dû.

Il lui versa un autre verre de vin. Elle se rendait plus ou moins compte qu'elle avait trop bu. Elle le sentait sans en prendre vraiment conscience.

La bouteille et les gobelets en plastique furent écartés et ils se retrouvèrent à s'embrasser passionnément sur le sol en lino.

Vint le second mouvement du concerto, trop beau, trop fort pour quoi que ce soit.

– Si on allait sur le lit ? proposa-t-elle d'une petite voix.

En principe, c'était elle qui gardait le contrôle dans ce genre de situation. C'était elle qui avait décidé qu'ils n'étaient pas encore prêts à faire l'amour. Ils étaient tous les deux vierges. Il était plus que prêt, mais elle n'était pas encore sûre. Et il avait beau supplier, il ne la forçait pas. C'était un gentleman.

Mais là, elle était collée contre lui, ses hanches n'avaient pas besoin de son cerveau pour savoir quoi faire. Elle se retrouva sans chemise sans s'en être vraiment aperçue. Depuis quelque temps, Brian avait compris comment détacher son soutien-gorge.

Elle réussit à lui ôter son T-shirt. Il n'y avait rien de meilleur que de sentir sa peau nue contre la sienne, et ses quelques poils tout doux au milieu de son torse.

« Mais qui gardait la maison, alors ? » se demanda-t-elle dans un brouillard.

Ils fonçaient droit devant, reproduisant les mêmes gestes que d'habitude, simplement plus vite, plus fort. Son corps ne la consultait plus du tout. Elle le voulait tout contre elle, elle le voulait en elle.

Elle voulait arrêter. Dire : « Attends, une minute. » Réfléchir un peu, au moins. Se reprendre. Mais elle ne pouvait pas lui dire d'arrêter. Elle n'avait pas envie. Elle voulait le sentir en elle. Il était tellement près maintenant.

– Est-ce qu'on a… ?

– Oui, répondit-il sans même qu'elle ait besoin de formuler sa pensée.

Il farfouilla moins d'une seconde avant de dénicher le fameux préservatif.

– Tu veux… ?

– Je ne sais pas…

Elle l'aimait. Elle le savait.

Et l'espace d'un instant, simple et pur, ils se retrouvèrent plus proches l'un de l'autre qu'ils ne l'avaient jamais été.

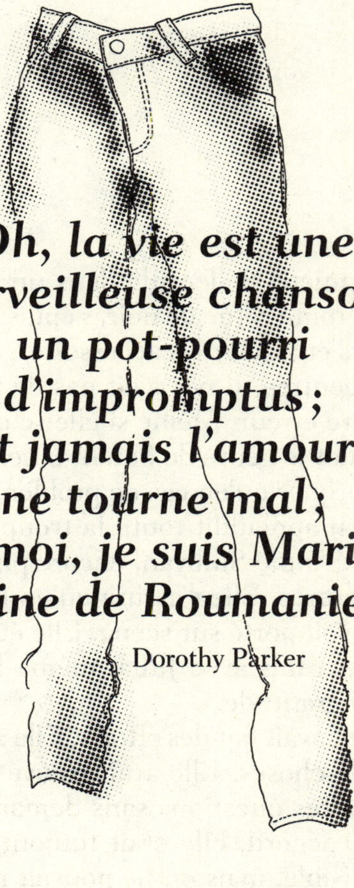

Oh, la vie est une merveilleuse chanson,
un pot-pourri d'impromptus ;
et jamais l'amour ne tourne mal ;
et moi, je suis Marie, reine de Roumanie.

Dorothy Parker

La première se déroula dans un brouillard. Carmen, toute vêtue de noir, s'épuisa à changer les décors et à gérer les accessoires. Elle restait très concentrée, il n'y avait pas de place pour la moindre erreur. Même si elle se débrouillait bien, c'était le genre de boulot où on ne se faisait remarquer qu'en cas de problème.

Carmen applaudit toute la troupe, et Julia, qui jouait Annie Sullivan, encore plus fort que tous les autres. Elle s'assura qu'un bouquet de roses lui soit porté sur scène. Elle était fière de son amie. Mais avec Julia, même la fierté se tintait de gratitude.

Carmen avait fait des efforts. Elle avait appris des tas de choses. Elle avait trouvé la réponse à ses propres questions sans demander à personne. D'accord, elle était toujours parfaitement invisible, mais on ne pouvait nier qu'elle faisait preuve de beaucoup de compétence.

Après la pièce, elle offrit à Julia un bracelet en argent. Son amie la remercia en lui apportant une assiette de brownies dans sa chambre, plus tard dans la soirée.

– Au fait, tu sais dans quelle chambre tu seras au festival de théâtre ? lui demanda-t-elle, le papier à la main.

– Je crois, oui.

Carmen prit sur son bureau la lettre qui était arrivée le matin même du Vermont.

– Bâtiment Forte, chambre 3H, annonça Julia. On est ensemble ?

– 3H, ouais !

– Ah, tant mieux !

Quel soulagement ! Une fois de plus, Carmen se dit qu'elle avait de la chance. Heureusement que Julia voulait être avec elle. Elle avait craint un instant qu'elle ne préfère partager sa chambre avec une nouvelle.

– Mon frère a promis de m'y conduire en voiture. Il va voir une copine à Dartmouth, il paraît que ce n'est pas trop loin. Tu veux venir avec nous ? Tu sais déjà comment tu vas y aller ?

Le frère de Julia, Thomas, était l'un des canons de la fac. En sa présence, Carmen, tout émue, ne pouvait articuler le moindre mot. Non contente d'être invisible, elle devenait muette.

– Ce serait génial, je n'avais encore rien prévu.

– Parfait, conclut Julia, l'air sincèrement ravi. On va se chercher un café ?

– OK.

Et Carmen suivit l'exubérante Julia dans les couloirs, impressionnée par sa jupe mexicaine, le rouge profond de son débardeur, sa minceur et son assurance – il n'y avait qu'elle pour oser porter une casquette en tweed comme ça. Une fois de plus, Carmen se sentit submergée de gratitude d'avoir quelqu'un avec qui faire des choses. Et pas n'importe qui : la fille la plus époustouflante de la fac.

Carmen fit la queue au foyer des étudiants pour commander deux cafés au lait. Lorsqu'elle revint à la table, elle trouva Julia entourée d'une petite cour de garçons de deuxième année. Elle se glissa sans bruit sur la chaise à côté d'elle. Elle rit à toutes ses blagues, admirant son aisance.

Pour la centième fois, Carmen se demanda ce qu'elle pouvait bien lui trouver. Cette amitié était on ne peut plus précieuse pour elle, mais qu'en tirait Julia ? Il y avait sur le campus des filles glamour dans son genre, qui lui auraient bien mieux convenu comme amies, et pourtant elle continuait à traîner avec la terne, la mutique, l'invisible Carmen.

Elle fixa le fond de son gobelet de café tandis que Julia racontait avec force détails comiques le moment où la chaîne stéréo s'était détraquée au beau milieu de l'acte II. Carmen s'en voulait de faire une si piètre amie. Elle aurait dû essayer de trouver des trucs à dire au lieu de rester assise là comme une idiote. Mais non, elle n'avait rien à offrir.

Julia ne méritait pas de traîner une nullasse noyée dans un sweat trop grand. Carmen se promit de se reprendre en main, pour faire honneur à Julia.

Allongée tout contre Brian, la joue collée à son torse moite, Tibby sentit de petites larmes chaudes jaillir du coin de ses yeux, couler le long de son nez, tomber goutte à goutte sur sa cage thoracique. Jamais larmes ne lui avaient paru plus sincères et plus mystérieuses. Lorsqu'elle caressa le visage de Brian, elle sentit que ses cils aussi étaient mouillés.

Elle aurait voulu rester éternellement comme ça. Elle avait envie de se fondre dans son corps et d'y passer sa vie. Le seul problème, c'est qu'elle avait envie de faire pipi.

À un moment, elle roula sur le dos et il s'assit. Elle porta les mains à ses joues en feu.

– Qu'est-ce… ?

Il émit un bruit bizarre.

Elle s'assit également, surprise.

– Qu'est-ce qu'il y a ? demanda-t-elle d'une voix assoupie.

– Je… le… je ne sais pas…

– Brian ?

– Le préservatif… je crois que… il n'était pas…

– Il n'était pas quoi ?

Elle n'osait même pas regarder.

– Pas… bien mis.

– Qu'est-ce que tu racontes ?

Elle n'avait pas élevé la voix, mais tous ses muscles s'étaient raidis.

– Bon sang, Tib ! Je ne sais pas. Il s'est peut-être déchiré. Je crois qu'il s'est déchiré.

– Ah bon ?

Il examinait l'objet, les cheveux dans les yeux. Il tendit la main vers elle, mais elle s'était déjà mise debout, entraînant la couette avec elle.

– Tu es sûr ?

Maintenant, elle haussait le ton. Les graines de l'inquiétude avaient germé et poussaient à vue d'œil, comme une plante verte dans un documentaire télévisé, image par image.

– Ça va aller. Je vais… Je vais…

– Tu es sûr qu'il s'est rompu ?

Elle tenait la couette plaquée contre elle des deux mains. Oh, comme elle haïssait ce préservatif incompétent qui était resté dans son portefeuille pendant des mois !

Brian était assis sur le lit comme *Le Penseur* de Rodin.

– Oui, je crois bien. Je ne sais pas quand ça s'est passé.

Elle pouvait tomber enceinte. Si ça se trouve, elle était en train de tomber enceinte en ce moment même. Et les maladies sexuellement transmissibles ? L'herpès ? Et le sida, bon Dieu ?

Non, il était vierge. Enfin, c'est ce qu'il lui avait dit. Pourvu que ce soit vrai. C'était vrai, hein ?

– Ça s'est passé pendant qu'on faisait l'amour, répliqua-t-elle sèchement.

Il leva les yeux vers elle, sans comprendre pourquoi elle avait pris ce ton-là.

Elle risquait de tomber enceinte ! Oui, c'était possible. C'était exactement comme ça que ce genre de chose arrivait ! Il fallait qu'elle réfléchisse. Quand avait-elle eu ses règles ? Ces choses-là arrivaient à de pauvres filles, des filles qui n'étaient pas aussi prudentes et avisées que Tibby.

Que devait-elle faire ? Qu'est-ce qui lui arrivait ? Depuis des années, malgré tout ce qui se passait dans sa vie, elle avait toujours trouvé une sorte de réconfort à se dire que, au moins, elle était toujours vierge. Au moins, elle n'avait pas à se soucier de ce genre de chose. Elle n'avait pas encore sauté le pas.

Désormais, elle n'était plus vierge. Comment avait-elle pu oublier, ne serait-ce qu'un instant, tout ce que cela impliquait ?

Elle regarda Brian, qui se tenait aussi loin d'elle qu'il le pouvait dans cette chambre minuscule. Elle aurait dû s'inquiéter de tout ça à voix haute, avec lui, pas seule. Mais elle n'y arrivait pas.

Elle aurait aimé pouvoir se rhabiller hors de sa vue. Elle se détourna.

– Je suis désolé, Tibby. Désolé que ce soit arrivé. Je ne savais pas que…

– Mais tu n'as rien fait…, murmura-t-elle dans un souffle, en s'adressant au mur.

– J'aimerais tellement…

Bridget avait l'estomac qui gargouillait depuis qu'elle avait ouvert un œil ce matin, mais lorsque son père déposa une assiette d'œufs brouillés pour elle sur la table, elle se mit à arpenter la cuisine au lieu de s'asseoir devant.

– Papa, pourquoi as-tu laissé Perry arrêter la fac ?

Son père était vêtu d'un pantalon informe et d'une veste en tweed, tenue qu'il avait toujours arborée au travail, aussi loin que remontaient ses souvenirs. Il était prof d'histoire et assistant du directeur dans un lycée privé, et d'une incompétence dont seul un aussi vieux membre de l'enseignement secondaire pouvait faire preuve. Son métier consistait à ignorer les jeunes dont il s'occupait. Il avait donc de l'entraînement et mettait ce talent à profit avec ses propres enfants.

– Il n'a pas arrêté. Il fait une pause.

– C'est ce qu'il t'a dit ?

Son père se mura dans le silence. Il n'aimait pas qu'on exige quoi que ce soit de lui. Il résistait de manière passive.

– Tu devrais prendre ton petit déjeuner si tu veux que je te dépose en partant au lycée, dit-il d'une voix posée.

Il lui proposait toujours de la déposer ici ou là.

– Pourquoi veut-il faire une pause ? Tu lui as demandé ? Suivre trois cours à l'université locale n'est pas particulièrement épuisant.

Il se versa son café.

– Tout le monde ne fait pas partie de l'élite, Bridget.

Elle lui jeta un regard noir. Il essayait de la forcer à battre en retraite. Il savait bien que sa fille n'était pas une tête ni une snob, et qu'elle était un peu gênée d'être à l'université Brown. Il pensait sûrement que ça allait lui clouer le bec, mais il n'en était pas question[1].

– Alors il reprendra ses études à la rentrée ? insista-t-elle.

Son père posa les couverts sur la table et s'assit.

– J'espère.

Elle essaya de capter son regard.

– C'est vraiment ce que tu espères ?

Il rajouta du sel sur ses œufs brouillés, puis attendit qu'elle s'asseye. Elle n'en avait aucune envie. Face à lui, elle pratiquait également la résistance passive. C'était l'une des rares choses qu'ils avaient en commun.

---

1. Aux États-Unis, il existe de prestigieuses université sélectives (comme Harvard ou Brown) et des facs locales beaucoup moins cotées (*N. d. T.*).

C'était un geste, de lui avoir préparé ces œufs. Il l'avait fait pour elle. Et pourtant leur simple vue lui retournait l'estomac. Pourquoi ne pouvait-elle répondre à ses rares tentatives de communication ?

Il refusait de lui donner ce qu'elle voulait. Elle refusait de prendre ce qu'il lui donnait.

Elle s'assit. Prit sa fourchette. Il se mit à manger.

– Je me fais du souci pour lui, avoua-t-elle.

Il hocha vaguement la tête. Ses yeux s'attardèrent sur le journal posé à côté de son assiette. La plupart du temps, il petit-déjeunait en compagnie du *Washington Post* et il n'avait pas l'air d'apprécier ce changement dans ses habitudes.

– On dirait… qu'il dépérit, cloîtré dans sa chambre.

Son père la regarda enfin.

– Il ne s'intéresse pas aux mêmes choses que toi, ça ne veut pas dire qu'il ne s'intéresse à rien. Pourquoi tu ne manges pas ?

Elle n'avait pas envie de manger. Elle n'avait pas envie de lui obéir. Elle avait l'impression que, si elle mangeait, ce serait une marque d'assentiment, comme si elle acceptait cette vie souterraine qu'ils menaient, et elle refusait de le faire.

– Il voit des gens ? Il sort, parfois ? Est-ce qu'il s'intéresse à autre chose qu'à ce fichu ordinateur auquel il est rivé nuit et jour ?

– Ne dramatise pas, Bridget. Il va bien.

Brusquement, elle laissa éclater sa fureur. Elle se leva, lâchant sa fourchette qui tomba bruyamment sur le sol.

– Il va bien ? hurla-t-elle. Aussi bien que maman, c'est ça ?

Il s'arrêta de mâcher. Reposa sa fourchette. Il ne la regardait pas, son regard passait à travers elle, se perdait dans le vide.

– Bridget, fit-il dans un grognement sourd.

– Regarde un peu autour de toi ! Tu ne vois pas qu'il ne va pas bien ?

– Bridget, répéta-t-il.

Plus il répétait son nom, moins elle avait l'impression qu'il se trouvait dans la pièce avec elle.

– Tu ne vois pas que ce n'est pas une vie !

Elle sentait les larmes lui serrer la gorge, lui brûler les yeux, mais elle ne s'autorisait pas à pleurer. Elle ne se sentait pas assez en confiance pour pleurer en sa présence, et depuis bien longtemps. « On ne peut pas vivre aussi seul. »

Il secoua la tête. Bien sûr qu'il ne voyait rien. Parce qu'il vivait de la même manière, exactement.

– Bridget. Tu mènes l'existence que tu as choisie. Laisse ton frère faire de même.

« Et moi aussi, laisse-moi vivre », aurait-il aussi bien pu ajouter.

Elle refusait de s'asseoir. Elle refusait de manger ses œufs. Mais elle allait mener l'existence qu'elle avait choisie. Ça, elle pouvait le faire pour lui.

Elle prit son sac marin, son sac à dos, et sortit de la cuisine, de la maison. Partir, voilà ce qu'elle choisit.

– Alors, quand il a appelé, je lui ai dit que je ne pouvais pas lui parler, expliqua Julia, assise en tailleur sur le lit de Carmen dans leur petite chambre du Vermont. Je m'en voulais et tout, mais je ne sais pas comment lui dire que je veux faire une pause pour l'été.

C'était drôle. Le cadre avait beau changer – le campus d'une université des arts de la scène où se tenait un festival de théâtre –, la situation ne changeait pas : Julia assise sur un lit le soir en train de raconter à Carmen le dernier épisode de sa relation tumultueuse avec Noah Markham, élève brillant et néanmoins canon.

Carmen hocha la tête. Elle avait fini de ranger ses affaires, mais se mit à les replier.

– Tu comprends, si je rencontre quelqu'un ici ? Tu as vu ? Il n'y a que des beaux mecs. Dont la moitié sont sûrement homos, mais quand même.

Nouveau hochement de tête. Carmen n'avait pas encore vraiment vu quoi que ce soit.

– Dans ce genre d'endroit, tout peut arriver. On sait bien que les acteurs tombent tout le temps amoureux de leur partenaire.

Carmen lisait assez souvent la presse à scandale pour savoir que c'était vrai. En posant une bouteille de leur shampooing préféré sur la commode de Julia, elle vit le portrait noir et blanc de sa mère dans son cadre argenté. Il décorait sa chambre à la fac. C'était un cliché artistique pris par un photographe célèbre que Carmen avait prétendu connaître. La mère de Julia avait été mannequin, selon elle. Elle était belle, certes, mais Carmen avait aussi remarqué qu'elle n'appelait presque jamais sa fille.

Elle, elle n'exposait pas sa famille mais, à l'intérieur de son classeur, elle avait une petite photo de Ryan le jour de sa naissance. Elle avait aussi celle que les quatre filles avaient prise lors de leur dernier week-end ensemble sur la plage de Rehoboth. Durant l'hiver, elle l'avait déplacée à la fin de son classeur, parce que sa vue suscitait chez elle un bonheur mélancolique, le plus triste des bonheurs.

Julia regardait Carmen ranger la chambre.

– Au fait, tu as pensé au baume démêlant Teramax ?

Carmen haussa les sourcils.

– Je ne crois pas. C'était sur la liste ?

Julia acquiesça.

– Je suis sûre de l'avoir noté.

Carmen passa en revue les sacs de la pharmacie, mais n'y trouva aucune bouteille de démêlant de quelque marque que ce soit.

– Ça a dû m'échapper.

Elle s'en voulait, alors qu'elle-même n'en utilisait pas.

– Ne t'en fais pas, la rassura Julia.

– J'en achèterai quand on ira en ville, promit-elle sur un ton d'excuse.

– Sincèrement, ce n'est pas grave.

Julia finit par s'endormir, mais Carmen resta éveillée dans son lit. Elle avait du mal à se rappeler où elle était.

Au bout d'un moment, elle se leva pour aller vérifier la liste de produits que Julia lui avait demandé d'acheter à la pharmacie. Le baume démêlant Teramax n'y figurait pas.

Elle sortit dans le couloir pour appeler Lena. Comme elle ne répondait pas, elle laissa un message. Tibby ne décrocha pas non plus et Bridget était déjà partie en Turquie.

Malgré l'heure tardive, elle téléphona à sa mère.

– Allô, *nena*. Tout va bien ? s'inquiéta-t-elle d'une voix ensommeillée.

– Oui, on vient de s'installer.

– Ça a l'air sympa ?

– Oui, oui, répondit Carmen sans réfléchir. Comment va Ryan ?

Sa mère se mit à rire.

– Il a jeté ses chaussures par la fenêtre.

– Oh non ! Les neuves ?

– Mmm.

Carmen imagina son frère qui lâchait ses

petites baskets dans le vide et sa mère qui filait pour essayer de les retrouver.

– Côté jardin ou côté rue ?

– Dans la rue, évidemment.

Carmen éclata de rire.

– Et sinon, quoi de neuf ? demanda-t-elle avec une note de mélancolie dans la voix.

– Nous avons vu les peintres aujourd'hui, annonça sa mère comme si elle avait rencontré le président.

– Ah oui ?

– Ils vont commencer à enduire les murs. Pendant ce temps, on va choisir les teintes.

Carmen bâilla. Elle n'y connaissait pas grand-chose en enduits.

– OK, *mamá*. Bon, dors bien.

– Toi aussi, *nena*. Je t'aime.

Carmen rentra dans la chambre sur la pointe des pieds et se faufila dans son lit en prenant garde à ne pas réveiller Julia, qui avait le sommeil léger.

Elle savait que sa mère l'aimait. Autrefois, cela lui apportait une certaine confiance en elle. Ce simple fait lui permettait de savoir qu'elle était quelqu'un.

Elle avait l'impression qu'elles ne faisaient qu'un, qu'elles vivaient la même vie. Désormais, elles menaient leurs vies chacune de leur côté. Elle ne pouvait plus se référer à Christina pour savoir qui elle était.

Cela ne voulait pas dire que sa mère ne l'aimait plus. Elle lui avait donné la vie, mais elle ne pouvait pas la vivre à sa place. Et, bizarrement, Carmen n'était pas certaine d'être capable de la vivre seule.

Elle glissa ses mains sous son oreiller. Elle avait beau entendre la respiration régulière de Julia à moins de un mètre, elle se sentait terriblement seule.

Lorsque Lena rentra dans sa chambre ce soir-là, elle rappela Carmen, en espérant qu'il n'était pas trop tard.

– J'ai une chose à te demander, mais promets de ne pas me mitrailler de questions, lui annonça-t-elle une fois que Carmen eut réussi à localiser le téléphone du couloir.

– Comme si c'était mon genre ! répliqua-t-elle, trop intriguée pour s'indigner bien longtemps.

– À ton avis, j'ai fait mon deuil de Kostos ?

– Tu as rencontré quelqu'un d'autre ?

Lena fixa le plafond.

– Non.

– Tu as posé les yeux sur quelqu'un d'autre ?

Lena se sentit rougir, soulagée que son amie ne puisse pas la voir. Carmen avait toujours fait preuve soit d'une clairvoyance proche de la divination, soit de l'aveuglement le plus total, mais rarement des deux en même temps.

– Pourquoi tu me demandes ça ?

– Parce que je pense que tu auras officiellement fait le deuil de Kostos quand tu penseras à un autre garçon – ou même que tu te contenteras de le regarder.

– Ce n'est pas un peu simpliste ?

– Pas du tout, se récria Carmen.

Lena rit.

– Un jour, tu tomberas amoureuse et tu l'oublieras. C'est forcé, ça arrivera tôt ou tard. Et j'espère que ce sera tôt.

Lena croisa les jambes sur son lit. Pouvait-elle oublier Kostos ? Était-ce son but ultime ? Jusque-là, elle s'était efforcée d'en « faire son deuil » – si tant est que cela veuille dire quelque chose – et elle se félicitait d'avoir fait des progrès en ce sens. Mais elle avait du mal à envisager de l'oublier. Elle n'était pas du genre à oublier.

– Je ne crois pas que ce soit possible.

– Mais si. Ça arrivera. Et tu sais ce que je pense à propos de Kostos ?

Lena soupira. Elle avait déjà du mal à prononcer ce prénom, mais elle supportait encore moins de l'entendre dans la bouche des autres.

– Non, génial génie, qu'est-ce que tu penses ?

– J'ai le pressentiment que, dès que tu auras oublié Kostos, tu vas le revoir.

Lena sentit que ça travaillait dans son ventre. Entre la lourdeur qui annonce la nausée et le frémissement d'excitation.

– Ah oui, tu crois ça.

Elle avait voulu prendre un ton légèrement ironique, mais il était carrément sinistre.

– Oui, franchement, j'en suis persuadée, déclara solennellement Carmen.

Lena raccrocha avec l'impression, peut-être même l'espoir, que Carmen était dans sa phase d'aveuglement total.

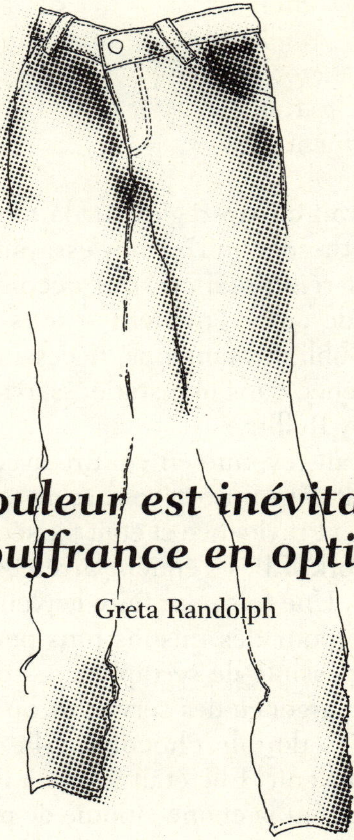

La douleur est inévitable,
la souffrance en option.

Greta Randolph

Elle avait eu ses règles sur la route entre la fac et Bethesda, non ? Tibby essayait de se rappeler les réjouissances qui accompagnaient d'habitude cet événement – sous-vêtements tachés, oubli des tampons, nécessité de s'arrêter d'urgence dans une station-service.

– Tibby Rollins ?

Elle était revenue en voiture avec Bee. Son amie avait emprunté la voiture de sa voisine de chambre à Providence et était passée la prendre à New York. Elles s'étaient arrêtées au moins deux fois. Une fois pour faire le plein d'essence et l'autre pour des raisons plus personnelles. Mais impossible de se rappeler si c'était pour acheter d'urgence des serviettes ou un paquet de cookies double chocolat. Elle n'en avait aucun souvenir. Elle était vierge à l'époque, et les vierges ont la chance inouïe de pouvoir rester dans l'ignorance la plus complète du calendrier de leurs règles.

– Tibby Rollins ?

Elle se retourna, agacée, vers son responsable. Charlie s'entêtait à l'appeler par ses nom et prénom comme s'il y avait trois autres Tibby dans le magasin.

– Charlie Spondini ? répliqua-t-elle.

Il fronça les sourcils.

– La boîte de retour est tellement pleine qu'on ne peut plus glisser une feuille de papier dans la fente. Ça te dérangerait… ?

– Ça me dérange, oui. Il s'agit effectivement d'un manque d'égards flagrant envers notre clientèle, susceptible de générer une perte de bénéfices.

Parfois, elle arrivait à le faire rire, mais aujourd'hui elle se rendait bien compte qu'elle n'était pas drôle, juste insolente. Elle avait presque envie de se faire virer.

– Tibby Rollins…

Il avait l'air plus las que furieux.

– Bon, d'accord.

Elle se dirigea vers l'immense boîte en carton, sous le comptoir, et entreprit de la vider.

Avec Bee, elles étaient rentrées le 4 juin. Si elle avait eu ses règles à ce moment-là, ça voulait dire que… Ça voulait dire quoi ? Était-elle censée savoir quand elle ovulait ? Tout ça la répugnait. Elle avait suivi malgré elle les traitements de stimulation ovarienne de sa mère, les courbes de température, les tests. Elle n'avait pas envie de pénétrer dans ce monde.

– Pardon ?

Elle leva les yeux. C'était un client. Il avait des lunettes teintées et ses cheveux gris peignés sur le côté camouflaient mal sa calvitie.

– Vous avez *Strip-tease* ?

– Hein ?

Elle lui jeta un regard de dégoût.

– *Strip-tease ?*

Beurk.

– Si on l'a, c'est au rayon comédie dramatique.

– Merci, fit-il avant de s'éloigner.

– C'est un navet, précisa-t-elle à l'attention de son dos.

Dans sa chambre, le voyant « message » de son téléphone clignotait. D'habitude, les messages romantiques de Brian lui remontaient le moral. Ce soir, elle dut se forcer à écouter.

– Tib, je me suis renseigné. Tu peux prendre un médicament…

Il paraissait tendu, préoccupé.

– … Je pense qu'il n'est pas trop tard. Je viendrai ce soir si tu veux que je t'accompagne. J'ai l'adresse du planning familial. Ce n'est pas loin, sur Bleecker Street. Je peux…

Elle appuya sur le bouton « effacer », plongeant la chambre dans le silence. Elle ne voulait pas connaître l'adresse du planning familial. Elle ne voulait pas mener ce genre de vie. Elle ne voulait pas être examinée par un gynécologue et prendre des médicaments. Elle voulait que son expérience sexuelle reste sans ordonnance.

Pourquoi avait-elle fait ça ? Pourquoi avait-elle laissé Brian la convaincre ? « Il n'a pas vraiment eu à te convaincre », fit la voix de Méta-Tibby. En fait, cela s'était passé sans paroles.

Mais c'était lui qui en avait tellement envie. C'était lui qui attendait et suppliait depuis des mois. C'était lui qui avait ce maudit préservatif dans son portefeuille. C'était lui qui pensait que ça allait encore les rapprocher.

Toute sa colère et sa rancœur étaient focalisées sur cette saleté de préservatif et sur Brian qui l'avait gardé sur lui pendant si longtemps et avec tant d'espoir.

Elle alluma sa petite télé. C'était les infos sur la sept. Tibby regardait toujours cette chaîne parce qu'elle aimait bien la présentatrice. Elle était plus âgée que les autres, presque la soixantaine, et elle s'appelait Maria Blanquette. Elle avait la peau mate, des traits intelligents mais pas parfaits et, contrairement à la plupart des nouvelles animatrices camouflées sous leur épais masque de maquillage, Maria avait l'air d'une vraie femme. Elle présentait la chronique « Vu à Manhattan » dans laquelle elle était censée faire la promo de tous les événements people de New York. Mais au lieu de se prosterner aux pieds des stars comme la plupart des autres présentateurs, Maria riait. Et elle avait un rire très inhabituel pour la télévision. Un rire incontrôlable, bruyant, pas policé du tout. Tibby ingurgitait des heures de journal télévisé pour ne pas manquer ces moments-là.

Elle attendit, pleine d'espoir. Mais aujourd'hui, Maria n'avait pas envie de rire. Sans doute ses producteurs lui avaient-ils conseillé de la fermer.

En principe, Bridget aimait manger dans l'avion. Elle était l'une des rares à apprécier les plateaux-repas.

Si on engloutissait tout tant que c'était chaud, ça passait. Mais, constata-t-elle, si on hésitait et qu'on laissait refroidir, ce n'était plus tellement appétissant. Comme beaucoup de choses dans la vie.

Ce soir, elle laissa son plateau sur la tablette, intact. Eric était à Bahia. Elle l'imagina en train de plonger dans la mer de Cortez. C'était presque l'heure du dîner là-bas et il piquait toujours une tête avant de manger. Et elle était là-haut, à des kilomètres au-dessus de l'Atlantique. Ils étaient tous deux suspendus au-dessus de l'eau, leurs pieds ne touchaient pas terre.

– Eric fait comme si je n'avais besoin de rien, s'était-elle plainte à Tibby quelques jours auparavant, au téléphone.

– Peut-être que tu te comportes comme si tu n'avais besoin de rien, avait-elle répondu.

Elle avait dit ça sans agressivité aucune, mais l'idée avait tout de même fait son chemin dans l'esprit de Bridget.

Elle eut un frisson d'angoisse d'être aussi loin du sol et de filer à si grande vitesse loin d'Eric, de chez elle et de toutes les choses dont elle avait besoin.

Il faisait noir dans la cabine. Noir dehors, derrière le hublot. Elle n'était pas complètement seule. Disséminées dans l'avion, il y avait plein d'autres personnes qui se rendaient au chantier. Les gens avec qui elle allait passer l'été. Pour l'instant, elle ne les connaissait pas mais, théoriquement, c'étaient des amis en puissance. Dommage qu'elle ne soit pas plus douée pour la théorisation !

Elle préférait les vols courts, où on ne changeait pas de jour. Elle était un peu désorientée d'aller dans le sens contraire du soleil.

Elle posa ses mains froides sur le jean, sentant sous ses doigts le contact rassurant des points de broderie maladroits et de l'encre gonflante de Carmen.

De quoi avait-elle réellement besoin ? Elle avait besoin de ses amies, mais elle avait le jean magique. C'était un peu comme si elle emmenait ses amies avec elle. Le jean leur permettait de rester en contact quoi qu'il arrive.

Elle avait Greta. Elle était chez elle, à Burgess, comme toujours. En calculant quelle heure il était là-bas, Bridget pouvait facilement deviner ce qu'elle était en train de faire. Le mardi soir à sept heures, elle jouait au loto. Le mercredi matin, elle allait faire des courses. Bridget pouvait foncer aussi loin, aussi vite qu'elle le voulait, Greta ne bougeait pas.

Et puis il y avait Eric. À un moment donné dans sa vie, elle avait eu besoin de lui et il avait été là. Il avait su exactement quoi faire. Elle ne l'oublierait jamais.

Et la maison. D'un point de vue technique, cela désignait une vieille maison en bois abritant son père et son frère. Elle avala sa salive. Tendit son plateau à une hôtesse qui passait. Avaient-ils besoin d'elle ? Avait-elle besoin d'eux ?

Elle ne se posait pas les bonnes questions. C'était « s/o ». En voyant trois « s/o » sur son premier bulletin de notes, elle avait d'abord cru qu'elle avait eu une mauvaise note dans ces matières. Mais son père avait ri en lui ébouriffant les cheveux.

– Ça veut dire « sans objet », tu n'as rien raté du tout, ma petite abeille.

Il avait su la rassurer à l'époque. Peut-être qu'elle y mettait un peu plus du sien, elle aussi.

Maintenant, à la maison, on ne pouvait plus parler en termes de besoins. Même si son père ou Perry avaient besoin d'elle, peu importait, parce qu'ils n'accepteraient pas son aide, de toute façon. Et si elle avait besoin d'eux… elle n'avait pas besoin d'eux. Ils n'avaient rien à offrir qu'elle puisse leur envier.

Elle allait dans le sens contraire du soleil, mais il serait là pour l'accueillir à l'atterrissage. Ils prenaient un chemin différent pour se rendre au même endroit, voilà tout.

Elle se détendit dans son fauteuil, arrachant son esprit au continent qu'elle laissait derrière elle pour le projeter vers celui qui l'attendait. Elle ne pouvait rien pour son père ou pour Perry. Rien du tout. Maintenant il fallait qu'elle aille de l'avant et qu'elle fasse sa vie comme elle l'entendait, du mieux possible. Plus besoin de regarder en arrière.

Elle ôta ses baskets et replia ses pieds sous ses fesses. Elle croisa les bras et glissa ses mains sous ses aisselles pour les mettre au chaud. Lorsqu'elle se réveillerait, elle serait en Turquie. Sur un autre continent, dans un autre monde.

Cette fois, elle sentit un frisson d'excitation, et non plus d'angoisse. Le genre qui vous donne faim et non mal au cœur. Qui vous fait regarder vers l'avant et non vers l'arrière.

D'une certaine façon, c'était le même frisson. Mais beaucoup plus agréable.

Carmen gribouillait sur les prospectus pendant que les aspirants théâtreux – qu'on appelait ici les « amateurs » – venus de tout le pays assistaient à la réunion de présentation dans le bâtiment principal. Julia était en train de se vernir les ongles de pieds, une activité assez débilitante, tout de même. Mais avec du vernis noir, activité digne d'une actrice, d'après Carmen.

Elle balaya du regard l'assemblée de garçons et de filles super lookés. Julia n'était pas la seule à avoir adopté le style vintage et eye-liner noir. C'était presque drôle : à la fac, Julia se détachait de la masse par sa tenue glamour tandis qu'ici, c'était Carmen qui se démarquait au milieu de toutes ces *fashion victims*.

Le metteur en scène de la pièce qui se jouerait sur la très convoitée « grande scène », Andrew Kerr, prit la parole en premier :

– Cette année, nous montons *Le Conte d'hiver*. Comme vous le savez sans doute, tous les dix ans, pour l'anniversaire du festival, nous consacrons notre été à Shakespeare. Or cette année, nous fêtons nos trente ans. De grands professionnels vont participer à notre projet. Alors voilà…

Il s'éclaircit la voix pour obtenir l'attention générale.

– La grande scène est réservée à une pièce jouée par des professionnels. Cependant, la tradition veut qu'un rôle soit tenu par un amateur. Un seul rôle, et généralement pas l'un des principaux. Cela se passe ainsi chaque année. Vous êtes les bienvenus aux auditions, mais il n'y aura qu'un seul élu. Ne gâchez donc pas toute votre énergie, il y a des rôles très intéressants sur la scène secondaire et dans la pièce des amateurs. Vous jouerez tous un rôle dans ce festival, de toute façon.

La plupart des participants savaient déjà tout cela, mais il était difficile de réfréner ses espoirs. Nombreux seraient ceux qui y mettraient toute leur énergie, malgré ce qu'Andrew Kerr venait de dire. Carmen commençait à se rendre compte que les acteurs, en général, avaient de grandes espérances et un amour-propre assez développé.

– Les auditions auront toutes lieu en même temps. Puis nous ferons une première sélection sous forme de liste, pour chacune des trois pièces.

Y avait-il quelqu'un d'autre dans la salle qui postulait directement pour travailler à la technique ? Carmen en doutait. Était-elle la seule à partir vaincue ?

– Les auditions débuteront non pas demain, mais après-demain. Les feuilles d'inscription sont dans le hall. Bonne chance à tous !

Carmen se demandait si elle avait un espoir de travailler dans les coulisses de la grande scène. Sans doute que non. Des décorateurs et des accessoiristes professionnels se déplaçaient exprès pour ce festival. Tant pis, de toute façon, ça lui plaisait autant de travailler pour l'une des autres pièces.

Après la réunion, Julia se sentait inspirée.

– Retournons dans la chambre pour nous mettre au travail.

– Mais moi, je n'ai rien à préparer pour l'instant, remarqua Carmen, qui peinait un peu à suivre son pas énergique.

– J'espérais que tu pourrais me faire répéter mon texte.

Il y a des gens qui aiment le changement plus que d'autres. Alors que le reste du groupe s'était affalé sur les trois banquettes du vieux break – l'un des nombreux véhicules antiques de l'Association d'archéologie classique –, Bee se tenait droite comme un palmier, admirant les paysages qui défilaient entre Izmir et Priène. Ils longeaient la côte et on pouvait apercevoir la mer Égée par les fenêtres de droite.

– Éphèse se trouve à quelques kilomètres, sur la gauche, expliqua Bob Trucmuche, l'étudiant-chercheur qui conduisait la voiture. On va y passer quelques jours cet été.

Bridget plissa les yeux dans la direction qu'il lui indiquait, tentant de se remémorer les photos d'Éphèse qu'elle avait vues en cours d'archéologie. Le soleil était effectivement arrivé en même temps qu'elle.

– Il y a aussi Aphrodisias, Milet et Halicarnasse. Parmi les plus belles ruines que tu auras l'occasion de voir dans ta vie.

Elle était contente de ne pas dormir, car sinon Bob n'aurait pu raconter ça à personne et elle ne l'aurait jamais su.

– Et Troie ? demanda-t-elle, le souffle court.

Jamais elle n'avait été si loin de chez elle, jamais elle n'avait mis les pieds dans un endroit aussi incroyable. Cette terre était plus chargée d'histoire qu'aucun autre endroit au monde.

– Troie est vers le nord, près des Dardanelles. C'est captivant du point de vue historique, mais il n'y a pas grand-chose à voir. Autant que je sache, dans notre groupe, il n'y a personne qui compte y aller.

Il avait un polo orange délavé et le visage rond. Il devait s'être rasé la barbe récemment car son menton et le bas de ses joues étaient plus pâles que le reste de son visage.

– J'ai lu l'*Iliade* à la fac, cette année, dit-elle. Enfin, le texte presque complet.

En plus de son cours d'archéologie, elle avait pris « littérature de la Grèce antique ». Elle n'en était pas vraiment consciente sur le coup, mais c'était ce qui l'avait le plus intéressée durant cette première année. On ne peut jamais prévoir ce qui peut nous marquer ou pas.

Lorsqu'ils arrivèrent sur le site, Bridget fut surprise : c'était minuscule et vraiment basique. Deux immenses tentes, entourées de quelques plus petites et, derrière, le carré poussiéreux du chantier de fouilles délimité par des cordes. Le tout était situé sur une haute colline, dominant une plaine traversée par une rivière, avec en toile de fond la mer Égée.

Elle déposa ses sacs dans l'une des tentes aux cloisons de toiles tendues sur une plate-forme en bois. Pour tout meuble, il n'y avait que quatre lits de camp et quelques étagères, mais elle trouva cela plutôt romantique. Les campements rustiques, elle avait l'habitude.

Les nouveaux arrivants, un peu abrutis par le voyage, se rassemblèrent pour la réunion d'accueil. Bridget put s'adonner à son vice préféré : chercher qui était le plus beau mec dans la pièce. C'était un vice qu'elle avait contracté avant d'être une « fille qui a un petit ami » et elle n'avait pas totalement réussi à l'éradiquer.

En l'occurrence, la pièce consistait en une grande tente ouverte sur un côté, qui leur servirait de salle de réunion, de salle de conférence et de réfectoire. On y avait surtout une belle vue sur la mer Égée, mais il y avait aussi quelques mecs pas mal.

– Nous sommes sur un site assez isolé, comme vous avez pu le remarquer. Les sanitaires sont rudimentaires : nous disposons de quatre latrines et de deux douches. C'est tout. Cet été, la transpiration sera votre meilleure amie, les encouragea Alison Machin, directrice adjointe, en guise de discours d'accueil pas très accueillant.

Bridget en déduisit qu'elle avait raté sa vocation : elle aurait dû faire carrière dans l'armée si les privations l'excitaient tant que ça.

Eh bien, elle aussi, ça l'amusait, les privations.

– Nous avons un générateur qui alimente le labo, mais les dortoirs n'ont pas l'électricité. J'espère que personne n'a apporté son sèche-cheveux.

Cela fit rire Bridget, mais pas toutes les filles.

C'était un petit chantier familial et assez récent, à ce qu'elle avait compris. Une trentaine de personnes en tout, mélange d'étudiants, de chercheurs et de quelques volontaires, « simples citoyens ». La tenue de rigueur étant T-shirt, treillis ou short en toile et Birkenstocks, on avait du mal à distinguer les professeurs d'université des doctorants, et les étudiants des simples citoyens. La plupart étaient américains ou canadiens, il n'y avait que quelques Turcs.

– Le chantier est divisé en trois parties où vous passerez tous un certain temps. Si vous êtes étudiant et que vous voulez faire valider cette expérience, vous devez assister aux conférences le mardi de trois à cinq. Nous organisons quatre excursions pour visiter d'autres sites, le planning est affiché sur le tableau. Toutes les sorties peuvent compter pour votre cursus. Voilà pour la partie universitaire. Sinon, nous sommes là pour bosser, c'est un travail d'équipe. Des questions ?

Pourquoi les personnes chargées de l'organisation présentaient-elles toujours les choses de façon aussi rébarbative ? Un peu d'enthousiasme : ils allaient visiter le temple d'Artémis à Éphèse, que diable !

Heureusement que l'université Brown était située dans un cadre plutôt urbain et non dans une tente, parce qu'il était difficile de se concentrer avec la mer qui vous faisait de l'œil. Perdant le fil de ce que disait Alison, elle s'adonna à son vice préféré. L'un des plus beaux mecs devait être étudiant. Il avait les cheveux bruns, frisés et les yeux très noirs. D'origine orientale, sans doute. Peut-être turc, mais elle l'avait entendu parler anglais.

Il y en avait un autre, pas mal, plus âgé. Sans doute en doctorat. Il avait les cheveux roux et tellement d'écran total sur la figure que son visage paraissait bleu. Pas top sexy.

– Bridget, c'est ça ? lui demanda Alison, la tirant de ses rêveries coupables.

– Oui.

– Tu es au funérarium.

– OK.

Alors qu'elles allaient visiter le labo, Bridget

s'approcha d'une fille qui s'appelait Karina Itabashi pour lui demander :

– C'est quoi le funérarium ?

– L'endroit où on s'occupe des morts.

– Ah…

Après le déjeuner, Bridget se rendit à sa première conférence et découvrit un fait du plus haut intérêt : le plus beau mec n'était ni le soi-disant Turc ni le roux badigeonné d'écran total. Le plus beau mec était celui qui se tenait devant elle, en train de faire un cours sur les artefacts.

– Bien…

Le plus beau mec sortit un objet de derrière son dos.

– Vous voyez ce que j'ai dans la main ? Est-ce un artefact technologique, un artefact sociologique ou un artefact idéologique ?

Le plus beau mec la fixait, attendant une réponse à sa question.

– C'est une tomate, répondit-elle.

Au lieu de lui lancer la tomate en pleine figure, le plus beau mec éclata de rire.

– Bien vu, euh… ?

– Bridget.

– Bridget. D'autres propositions ?

Quelques mains se levèrent.

Lorsqu'elle l'avait vu manger un sandwich sous un olivier, un peu plus tôt dans la journée, elle l'avait pris pour un étudiant. Il ne paraissait pas avoir la trentaine. Mais il s'était présenté comme Peter Haven, professeur à l'université de l'Indiana. Donc, à moins que ce ne fût un menteur, il était prof. Elle essaya de localiser l'Indiana sur une carte.

Après le dîner dans la grande tente, ce soir-là, un petit groupe se rassembla sur un talus au sommet de la colline pour regarder le coucher de soleil. Il y avait des packs de bière par terre. Bridget s'assit à côté de Karina qui avait une canette à la main.

– Tu en veux une ? lui proposa-t-elle.

Elle hésita. Karina parut lire dans ses pensées.

– Je crois qu'il n'y a pas d'âge minimum pour boire, ici.

Elle se pencha donc pour se servir. Elle était allée à tant de fêtes cette année qu'elle avait développé une certaine sympathie pour la bière, pour ne pas dire une véritable amitié.

De l'autre côté de Karina, Bridget reconnut l'un des organisateurs. Une fois de plus, comme au dîner, elle fut frappée de voir tous les membres de l'équipe se mélanger ainsi. Il ne semblait y avoir aucune hiérarchie sur ce chantier, en tout cas pas la même qu'à la fac. Pourtant, il était très hétérogène au niveau de l'âge. Les gens paraissaient se regrouper en fonction de la section où ils travaillaient plutôt que par âge ou par statut professionnel. Elle s'aperçut alors qu'elle avait le réflexe de chercher une figure d'autorité, mais ici elle n'en avait trouvé aucune.

– C'est quoi ton secteur de fouilles ? demanda-t-elle à la femme qui était assise à côté d'elle.

Si elle avait bien retenu, elle était dans sa tente et elle s'appelait Maxine.

– Je ne participe pas aux fouilles. Je suis conservatrice. Je m'occupe des poteries au labo. Et toi ?

– Au funérarium. Pour commencer, du moins.

– Ooh ! Tu as le cœur bien accroché ?

– Je crois, oui.

Elle remarqua Peter Haven, à l'autre bout du groupe. Il était en train de rire, une bière à la main. Il avait vraiment quelque chose qui lui plaisait.

Le soleil se coucha. La lune apparut. Maxine leva sa canette et Bridget trinqua avec elle.

– Au funérarium !

– À la poterie ! répondit Bridget.

C'était la première fois qu'elle trinquait avec une conservatrice. C'était chouette d'être adulte. Même la bière avait meilleur goût qu'avant.

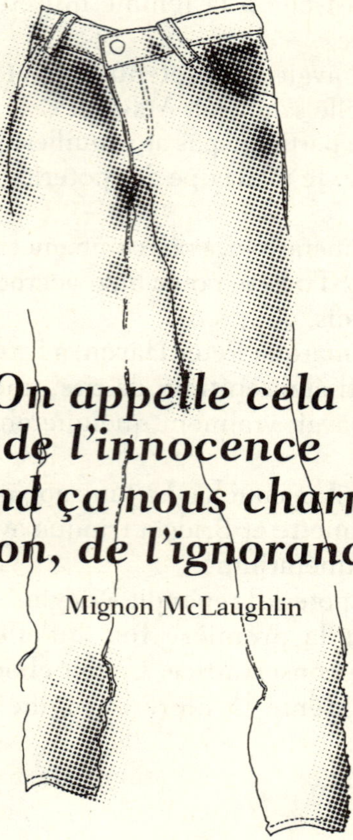

On appelle cela
de l'innocence
quand ça nous charme.
Sinon, de l'ignorance.

Mignon McLaughlin

Si Leo l'avait regardée, comme prévu, Lena n'aurait pas passé la nuit à penser à lui ni cherché son nom sur Google.

Elle n'aurait sans doute pas non plus ressenti le besoin de se rendre à l'atelier un samedi matin alors que tous les étudiants dignes de ce nom étaient encore au lit. Mais elle voulait jeter un coup d'œil à son tableau, dans l'espoir secret que son talent ne fût pas à la hauteur de sa réputation.

Elle regarda d'abord son propre travail. C'était la représentation en pied d'une femme aux cuisses épaisses prénommée Nora. Lena arrivait à se convaincre de sa beauté tant qu'elle ne bougeait pas. Dès qu'elle changeait d'expression ou qu'elle ouvrait la bouche, tout s'écroulait et Lena devait repartir de zéro au début de chaque pose.

Mais, à leur façon, les cuisses de Nora dégageaient une certaine grâce et, plus important encore, confrontaient Lena avec le rapport à la masse, qu'il était si difficile de rendre en deux dimensions. Or elle était assez satisfaite de cet aspect-là de son travail.

Puis, toute honteuse bien qu'elle soit seule, elle fit quelques pas sur le lino rayé. Elle regarda l'estrade déserte, les chevalets abandonnés, les hautes fenêtres à battants grinçantes, la fougère que personne n'arrosait jamais, le tout baigné de cette odeur si particulière. Contempler un atelier vide, c'était comme contempler le monde de nuit. Il était difficile de croire qu'un endroit était le même en plein jour.

Lena se rappelait cette nuit d'orage, un été, alors qu'elle était collégienne. Comme elle ne dormait pas, elle s'était levée au milieu de la nuit et était courageusement descendue en chemise de nuit s'asseoir sur le perron pour regarder l'orage. À la lueur des éclairs, minuit était soudain devenu midi et Lena avait été frappée de constater que toutes ces choses qui constituaient le monde mystérieux de la nuit étaient en tout point semblables à ce qu'elles étaient sous la lumière prosaïque du jour.

Cette expérience l'avait convaincue que ce qu'elle voyait, ou même ce qu'elle ressentait, n'avait qu'un très vague rapport avec ce qui se trouvait là devant elle. Ce qui se trouvait là, devant elle, constituait la réalité, peu importait ce qu'elle voyait ou ressentait.

Mais lorsqu'elle s'était mise à peindre et à dessiner, elle avait dû faire le chemin inverse. Il n'y avait aucun moyen d'accéder à une réalité quelconque au-delà de ce qu'on voyait. La réalité était ce qu'on avait sous les yeux. « Nous sommes prisonniers de nos sens, lui avait un jour dit Annick, son ancien professeur. Nous n'avons rien d'autre pour accéder au monde. »

« Et donc nos sens sont le monde », avait pensé Lena à l'époque, et bien souvent depuis.

On ne pouvait pas peindre une cuisse d'après ce qu'on en imaginait, de jour ou de nuit. On ne pouvait peindre une cuisse que d'après la manière dont les particules de lumière frappaient la rétine à un certain angle, dans une certaine pièce, à un certain moment.

Pourquoi passait-elle tant de temps à désapprendre ? C'était tellement plus difficile que d'apprendre, murmura-t-elle en s'approchant timidement du chevalet de Leo.

Elle avait presque peur de regarder – peur que sa toile soit moins bien réussie que prévu, mais surtout peur qu'elle soit mieux.

Elle attendit d'être bien en face d'elle pour la découvrir.

Après trois jours dans cet atelier, sa peinture n'était encore qu'une ébauche. Davantage suggestion qu'exécution. Et pourtant elle était d'une qualité tellement supérieure à la sienne qu'elle en aurait pleuré. Non pas juste parce que, en comparaison, la sienne n'était qu'un travail d'amateur, mais aussi parce que la toile de Leo avait une facture, une profondeur qui même à ce stade précoce la rendait indiciblement triste et belle.

Elle consacrait sa vie à son école d'art et elle savait qu'elle pouvait y apprendre beaucoup mais, dans un éclair de lucidité, elle se rendit compte également que personne ne pourrait lui enseigner cela. Elle ne pouvait pas expliquer pourquoi cette peinture la touchait autant, de quelle façon elle exprimait intimement l'essence de Nora, mais elle le sentait. Et elle voyait du même coup ses espoirs et ses ambitions réduits en miettes. Elle les entendait presque se briser en menus morceaux.

Elle s'essuya les joues d'un revers de main, agacée de les sentir humides. Elle aurait préféré que les larmes qui lui montaient aux yeux soient du genre virtuel, et non du genre bêtement mouillé.

Elle se représenta Leo. Ses cheveux et sa main. Elle essaya de relier cette image à la peinture qu'elle venait de découvrir.

Et soudain elle eut honte de son petit jeu stupide, réalisant que ses pensées seraient dorénavant occupées par lui quelle que soit la façon dont il la regarderait, si jamais il posait ses yeux sur elle un jour, d'ailleurs.

LennyK162 : Hellooooo, Tibby. Tu es là ? Tu ne réponds pas au téléphone, on commence à s'inquiéter. Bee a l'intention d'aller signaler ta disparition à la police et je suis chargée d'appeler Alice. Je t'en prie, fais-nous signe !

Tiboudou : Je suis là, ô hilarante amie !

– S'il te plaît, rappelle-moi avant cinq heures si tu peux, Tib.

Tibby s'allongea sur son lit en écoutant la fin du message de Brian. Elle n'avait pas envie de le rappeler. Si elle lui parlait en personne au lieu de lui laisser des messages lorsqu'elle savait qu'il était au travail, elle ne parviendrait sans doute pas à rester en colère après lui.

– Tout va bien se passer, Tib, disait-il en conclusion.

Pourquoi répétait-il ça tout le temps ? Avait-il le pouvoir de faire que tout aille bien ? Peut-être que, justement, non, ça n'allait pas bien se passer. Peut-être qu'elle était vraiment enceinte.

Et de toute façon, pour qui était-ce censé bien se passer, hein ? C'était son corps, à ce qu'elle sache, pas le sien.

Et si elle était enceinte, hein ? Qu'est-ce qu'il répondrait à ça ? Et s'il voulait garder le bébé ? Il avait déjà évoqué le sujet, avant. Si ça se trouve, il espérait secrètement qu'elle soit enceinte...

Méta-Tibby avait un commentaire à faire, mais Tibby simple mortelle la fit taire.

Brian idéalisait sans doute le fait d'avoir un enfant. Il devait penser que ce serait quelque chose de merveilleux, un lien unique entre eux. Eh bien, Tibby avait déjà assisté à tout le processus en direct et ce n'était pas beau à voir. Elle se souvenait de l'énorme ventre de sa mère quand elle attendait Nicky, tigré d'affreuses marques de vergetures. Elle savait qu'avec un bébé, il ne fallait pas compter dormir, ça pleurait tout le temps. Et, au cours d'une des expériences les plus surréalistes de sa vie, elle avait carrément été plongée, bien malgré elle, au cœur de cette affaire sanglante en aidant Christina à accoucher. La naissance était un événement d'une telle puissance, pure beauté et pure terreur à la fois ! Elle était bien la dernière fille au monde à pouvoir se dire qu'avoir un bébé, c'était mignon et sexy.

Donc ça ne pouvait pas lui arriver, impossible. Mais… ?

Si ses dernières règles dataient du cinq… ou était-ce le six ? Après, il fallait compter vingt-huit jours… Non, vingt et un, c'était bien ça ? À partir du dernier jour… ou bien du premier ?

Tibby s'était posé toutes ces questions des centaines de fois et elle bloquait toujours aux mêmes endroits.

Le mercredi soir, Brian travaillait comme

serveur dans un restaurant mexicain de Rockville. Elle attendit qu'il prenne son service pour le rappeler.

– Tu ferais mieux de ne pas venir ce week-end. Je vais peut-être aller voir Lena à Providence. OK ? Désolée.

Elle s'empressa de raccrocher. Elle devait faire une tête bizarre, son visage était tout crispé. Mais elle était trop préoccupée en ce moment pour avoir honte de mentir ou même se soucier d'être crédible.

Si c'était le cinq, alors ses règles – si elle les avait – devraient arriver vers le vingt-six. Mais si ce n'était pas le cinq ? Ça pouvait tout aussi bien être le six ou le sept. Alors il faudrait qu'elle attende jusqu'à dimanche. Comment allait-elle tenir jusque-là ?

Et si elle ne les avait pas dimanche ? Et si elle ne les avait pas du tout ?

Non. Elle ne pouvait même pas l'envisager. Elle ne pouvait pas aller au bout du raisonnement et, en même temps, elle était incapable de penser à autre chose.

Elle n'avait aucune intention de se rendre à Providence. Elle n'avait aucune envie de voir ses amies en ce moment. Pas avant d'avoir eu ses règles. Si elle les voyait, elle serait obligée de leur raconter ce qui lui arrivait. Elles la connaissaient trop bien pour se contenter de réponses évasives ou pour avaler ses mensonges.

Elle ne voulait pas prononcer le mot tant redouté devant ses amies pour ne pas le rendre trop réel.

Elle s'en voulait de ne pas pouvoir leur dire que ça y était, qu'elle avait sauté le pas. Elle avait besoin de le leur raconter, c'était trop important. Mais les conséquences qui en découlaient étaient bien trop pénibles pour qu'elle ait envie d'en parler. Tout ça était trop imbriqué.

Elle n'avait pas envie de voir Brian non plus. Elle ne voulait pas parler de ce qui s'était passé. Et s'il voulait à nouveau faire l'amour ? Il voudrait, c'était sûr. Que répondrait-elle alors ?

« Brian n'aurait pas dû insister autant, se surprit-elle à penser. On aurait dû rester comme on était. »

Elle n'avait pas faim, elle n'avait pas sommeil. Rien ne lui faisait envie, rien ne lui faisait plaisir. Elle n'avait envie de rien faire.

Pourtant, elle avait un programme très précis pour ce week-end. Attendre et espérer la seule chose qu'elle souhaitait vraiment. Attendre et espérer les avoir.

– Oh, mon Dieu ! C'est un fragment de crâne. Que quelqu'un aille chercher Bridget.

Bee se retourna en riant.

Darius, le bel Oriental, se révéla non pas turc mais d'origine iranienne et vivant à San Diego. Il travaillait aussi au funérarium et, à cet instant précis, était en train de désigner un mur de terre.

Elle s'approcha. Troqua son habituelle truelle pointue pour un instrument plus fin. En un peu plus d'une semaine, elle avait acquis la réputation d'être sans peur. Os en décomposition, serpents, vers, rongeurs, araignées, insectes de toutes tailles ne l'effrayaient pas. Même la puanteur des latrines ne la perturbait pas. Sauf qu'en réalité elle n'allait pratiquement jamais faire pipi là-dedans.

À cinq heures et demie du soir, ses collègues sales et en sueur regagnèrent le camp, alors qu'elle était encore en train de dégager ce fragment d'os. Il était assez gros et c'était un travail minutieux. On ne pouvait pas le déterrer comme ça. Il fallait nettoyer et examiner chaque grain de terre avec soin. La moindre brisure d'os, le moindre éclat de poterie ou de pierre devait être envoyé au labo. Et la position de chaque chose devait être précisément notée sur une grande grille en trois dimensions. Enfin, il fallait tout photographier avec un appareil numérique avant de numéroter chaque pièce.

– La différence entre le pillage et l'archéologie, c'est que nous prenons soin de préserver le contexte, lui avait expliqué Peter. L'objet en lui-même, quelle que soit sa valeur, ne représente qu'une infime parcelle de la valeur qu'il a pour nous en contexte.

À six heures et demie, Peter était encore avec elle.

– Tu peux y aller, lui dit-elle. J'ai presque fini.

– Ça m'embête de te laisser seule dans une tombe, répondit-il.

Il lui plaisait comme ça, avec le soleil dans le dos. Elle le laissa rester.

– Je l'ai baptisé Hector, dit-elle en tirant avec précaution le crâne de la terre.

– Qui ?

– Lui, fit-elle en montrant le trou où se tenait autrefois son nez.

– Un nom de héros. Pourquoi penses-tu que c'était un homme ?

Elle ne savait pas s'il lui posait réellement la question ou s'il la testait.

– À cause de sa taille. On a trouvé un fragment de crâne de femme hier.

Il hocha la tête.

– Et tu l'as appelée comment ?

– Clytemnestre.

– Pas mal.

– Merci. Je cherche encore ses derniers restes. Son squelette est presque entier.

– Oh, c'est elle, alors. J'en ai entendu parler au labo.

Bridget hocha la tête.

– Ceux qui font de la bio sont tout excités.

Une fois qu'elle eut presque ôté toute la terre, elle prit doucement le crâne d'Hector entre ses mains et entreprit de brosser les cavités comme on le lui avait appris.

– Ça ne te fait rien, hein ?

Elle haussa les épaules.

– Pas vraiment.

– À un moment quelque chose va finir par te toucher, c'est obligé. Tout ça paraît tellement lointain, je sais, mais il y a toujours quelque chose qui finit par nous atteindre.

– Mais qu'un gars soit mort il y a plus de trois mille ans n'a rien de tragique, non ? murmura Bridget. Ce bon vieil Hector serait de toute façon mort depuis longtemps quelles que soient les choses extraordinaires ou terribles qui lui sont arrivées au cours de sa vie.

Peter lui sourit.

– Ça permet de prendre du recul par rapport à la mort, pas vrai ?

– Ouais. Pourquoi tant s'inquiéter à propos de tout alors qu'on va tous finir comme ça ?

Elle était d'humeur plutôt joyeuse pour quelqu'un qui se trouvait sur un site funéraire avec un gros fragment de crâne humain à la main.

Il se mit à rire, visiblement sous le charme. Il s'assit au bord de la tranchée pour réfléchir. Décidément, il avait l'ouïe extrêmement fine. Il entendait toujours tout ce qu'elle disait et la comprenait parfaitement, qu'elle parle fort ou qu'elle marmonne entre ses dents. Quand on partage le même contexte, ça facilite la compréhension.

– C'est sûr qu'une mort récente paraît plus tragique, reprit-il. Sans doute parce que nous sommes encore dans le monde où cette personne n'est plus. Nous restons avec le vide, le manque qu'elle a laissé.

Avait-il déjà vécu pareille tragédie ? se demanda-t-elle. Se doutait-il qu'elle en avait fait l'expérience ?

Elle repoussa ses cheveux en arrière, barrant son front d'une traînée de terre.

– Notre lien moral aux autres se distend au bout d'un certain temps, tu ne crois pas ? Sinon, comment pourrions-nous fouiller dans leur tombe ?

– Tu as parfaitement raison, Bridget. Je suis 100 % d'accord. Mais au bout de combien de temps ? Deux cents ans ? Deux mille ? Comment estimer au bout de combien de temps la mort d'un être humain cesse d'être une affaire de sentiments pour devenir un fait scientifique ?

Elle savait qu'il s'agissait d'une question rhétorique, mais elle avait tout de même envie d'y répondre.

– Je dirais à partir de la disparition de la dernière personne qui a été un contemporain du mort. De sorte que celui qui est décédé n'a plus la possibilité d'apporter quoi que ce soit au monde des vivants, joie ou chagrin.

Il sourit devant tant d'assurance.

– C'est ton hypothèse ?

– Oui, c'est mon hypothèse.

– Mais tu ne crois pas que quelqu'un peut causer de la joie ou du chagrin bien après sa mort ?

– Non, pas si ceux qui l'ont connu sont tous morts, répondit-elle presque par réflexe.

Parfois, la certitude exerçait sur elle davantage d'attrait que la vérité.

– Alors, mon amie, les Grecs ont un ou deux trucs à t'apprendre.

Lenny,

Voici le jean magique garni d'un peu de terre antique, ainsi qu'une photo de moi en compagnie de mon nouveau petit ami, Hector. Pas très vif, me diras-tu. Mais il a l'expérience de l'âge !

Bisous de ton amie Bee (et un gros baiser édenté d'Hector)

Carmen aida Julia à répéter son texte. Pendant des heures et des heures, deux jours durant. Julia voulait essayer différents personnages avant de définir sa stratégie pour l'audition.

Carmen fut soulagée lorsqu'elle sortit photocopier encore d'autres rôles, ce qui lui laissa le temps de souffler et de consulter ses mails. Elle avait plusieurs nouveaux messages de Bee, de Lena, de sa mère et de son demi-frère, Paul.

Lorsque Julia revint dans la chambre, elle remarqua immédiatement la photo que Carmen avait imprimée et posée sur son bureau.

– Hé, c'est qui ?

Elle prit la feuille pour mieux la regarder.

C'était une photo de Bee en Turquie. Elle avait un crâne à la main et faisait semblant de l'embrasser. Carmen l'avait reçue par mail et ça l'avait tellement fait rire qu'elle l'avait imprimée.

– C'est mon amie Bridget, expliqua-t-elle.

– Ah bon ?

– Ouais.

Elle ne parlait pas souvent de ses amies à Julia, elle se rendait bien compte que c'était bizarre. Elle les mentionnait comme ça en passant, mais elle ne montrait jamais à quel point elles étaient proches. Elle ne savait pas pourquoi. Comme si elle avait rangé ses amies et Julia dans différents compartiments de sa vie qui ne se mélangeaient pas. Elle ne voulait surtout pas qu'ils se mélangent.

– C'est une amie à toi ?

Julia avait l'air incrédule, sous-entendant presque que Carmen avait découpé la photo dans un magazine et inventé cette histoire.

« C'était peut-être là l'explication, justement », pensa Carmen.

– Elle est canon ! Regarde-moi ces jambes, s'extasia Julia.

– C'est une sportive.

– Elle est belle. Elle va à quelle fac ?

C'était drôle, Carmen n'avait jamais considéré Bee comme belle. Bee n'avait pas la patience d'être belle.

– Brown, répondit-elle.

– J'avais pensé m'y inscrire. Mais Williams est bien plus intello.

Remarque pertinente pour une fille qui ne manquait pas un numéro de *Voici*, *Gala* et compagnie. Carmen haussa les épaules.

– Ses cheveux sont trop blonds, ça fait faux. Elle devrait se faire une couleur plus foncée.

– Quoi ?

– Elle les fait elle-même, ses couleurs ?

– Bridget ? Mais elle ne se teint pas les cheveux. C'est naturel.

– C'est sa couleur naturelle ?

– Oui.

– Tu es sûre ?

– Oui !

– Mmm, c'est ce qu'elle te fait croire, répliqua Julia en plaisantant à moitié, mais Carmen ne trouvait pas ça drôle.

Elle dévisagea Julia, tentant de comprendre ce qui se passait dans sa tête. Pouvait-elle être jalouse d'une fille qu'elle n'avait jamais rencontrée ?

– Tiens, si on allait se chercher un petit truc rapide pour manger dans la chambre, ce soir ?

suggéra Julia un peu plus tard, après une autre heure à réciter ses textes. J'aimerais continuer à travailler.

– Tu n'as qu'à rester ici, proposa Carmen. Je vais y aller.

Elle était franchement contente de pouvoir s'échapper cinq minutes, de prendre l'air, d'oublier les textes. Le cadre de la fac était vraiment enchanteur, surtout dans la lumière du soir. Il y avait de petits saules le long des allées et d'immenses parterres de fleurs autour des bâtiments.

Absorbée dans la contemplation du paysage, Carmen s'était égarée. Elle ne savait plus où se trouvait la cafétéria, surnommée la « cantine » par les stagiaires. Elle marcha jusqu'au sommet d'une colline dominant la vallée, elle était verdoyante et si jolie dans cette lumière dorée...

Carmen resta là un long moment. Elle était déjà perdue, elle ne pouvait pas se perdre davantage, de toute façon. « Quand on est chez soi nulle part, on est chez soi partout », murmura-t-elle.

Cela faisait tellement longtemps qu'elle n'avait pas admiré quelque chose de beau. Comme si ses sens avaient été gelés toute l'année et se réveillaient seulement.

Elle s'aperçut alors qu'il y avait quelqu'un près d'elle, qui admirait le même paysage. C'était une femme qu'elle n'avait encore jamais croisée.

– C'est beau, hein ? dit-elle.

Carmen soupira.

– Oh, que oui !

Elles reprirent le chemin ensemble.

– Tu participes au festival de théâtre ? lui demanda la femme.

Elle avait les hanches larges et manquait de grâce. Ce n'était sûrement pas une actrice, se dit Carmen, aussitôt mue par un élan de sympathie.

Elle hocha la tête.

– Tu vas auditionner pour quelle pièce ?

Carmen glissa une mèche de cheveux derrière son oreille.

– Aucune. Je m'occupe des décors, en fait.

– Tu ne vas pas passer d'audition ?

– Non.

– Pourquoi ?

– Parce que je ne suis pas actrice.

– Comment peux-tu le savoir ? Tu as déjà essayé ?

– Euh, je ne crois pas. Non.

« Mais mon père assure que j'ai un certain sens théâtral », ajouta-t-elle pour elle-même.

– Tu devrais essayer. C'est tout l'intérêt de ce festival.

– Vous croyez ?

– J'en suis sûre.

– Mmm.

Carmen fit semblant d'y réfléchir deux secondes, par pure politesse.

– Pourriez-vous m'indiquer la direction de la cantine ? Je me suis perdue et je n'ai aucune idée d'où je vais.

– Par ici.

La femme tendit le bras vers la gauche à un croisement.

– Merci, fit Carmen en se retournant.

– Comment t'appelles-tu ?

– Carmen.

– Moi, c'est Judy. Ravie d'avoir fait ta connaissance, Carmen. Et présente-toi aux auditions, d'accord ?

Carmen ne pouvait pas dire oui si ce n'était pas vrai.

– Je vais y réfléchir.

– C'est tout ce que je te demande, répondit la femme.

Plus tard, alors que Carmen sombrait dans le sommeil, hantée par des bribes de réplique, elle réfléchit effectivement à la question et comprit pourquoi elle ne se présenterait pas.

J'ai l'impression d'avoir déjà vécu ce trou de mémoire, mais j'ai oublié quand.

Steven Wright

Lena faisait les cent pas, complètement survoltée. Elle n'aimait pas être dans cet état. Elle avait oublié de manger et s'était maquillé les yeux pour venir au cours. Elle ne s'autorisait à regarder Leo qu'une seule fois au cours de chaque séance de pose et s'obligeait à rester seule pendant les cinq minutes de récréation qui les séparaient. Elle espérait, elle priait silencieusement pour qu'il la remarque. Et elle faisait tout son possible pour ne pas compromettre ses espoirs et les protéger jalousement.

Elle voyait son propre travail d'un nouvel œil, désormais. Au début, elle était tellement écœurée qu'elle osait à peine regarder sa toile. Puis elle s'était calmée. Elle s'était efforcée de se détendre pour mieux voir, voir plus au fond des choses que d'habitude. Elle avait l'impression d'être un coureur qui vient de réussir à battre son record et apprend qu'un autre a fait deux fois mieux que lui. Si une telle intensité d'expression existait, il fallait qu'elle pousse plus loin ses possibilités. Il fallait au moins qu'elle essaie.

Leo occupait ses pensées. Elle se renseigna à droite, à gauche, l'air de rien – tout du moins elle l'espérait – et apprit qu'il était en troisième année, qu'il ne logeait pas sur le campus et participait rarement aux divers événements qui y étaient organisés. Ce qui ne fit qu'accentuer son aura mystérieuse.

Le samedi suivant, le paquet de Bee contenant le jean magique arriva. Lena le mit pour se donner du courage et oser quitter le cocon rassurant de sa chambre universitaire – pas le courage d'aborder Leo, non, simplement de retourner voir sa toile.

Elle était tellement déterminée, surexcitée et en même temps gênée, qu'elle avait presque l'impression de pénétrer dans l'atelier désert pour commettre un vol. Elle passa devant son chevalet en ignorant sa propre peinture, filant directement voir la sienne. Elle se planta devant, comme elle avait eu tant envie de le faire toute la semaine. Chaque fois qu'elle le voyait travailler dessus, elle aurait voulu pouvoir le regarder, observer comment il s'y prenait. Comment pouvait-elle maintenant reconstituer une semaine entière de travail ?

Il aurait fallu qu'elle mette autant d'ardeur à sa propre toile, mais pour l'instant elle se laissait envahir par les nouvelles perspectives qu'il lui avait fait entrevoir.

Si elle avait pu se faufiler à l'intérieur même du tableau, elle n'aurait pas hésité, elle voulait tellement comprendre ce qu'il faisait, comment il faisait.

– Dans une école d'art, on apprend beaucoup en regardant simplement autour de soi, lui avait dit Annik au téléphone quelques jours plus tôt.

Rien n'aurait pu être plus vrai. Elle regrettait de ne pas pouvoir entendre ce que le prof, Robert, disait à Leo lorsqu'il lui parlait.

La toile semblait perdre de sa beauté au fur et à mesure qu'elle la disséquait, qu'elle l'analysait. Mais, soudain, elle se laissait déconcentrer, et sa force la frappait à nouveau. Finalement, elle prit un peu de recul, laissa sa vue se brouiller légèrement et se perdit dans sa contemplation.

Elle avait pourtant déjà vu des peintures vraiment transcendantes auparavant. Elle avait même admiré des œuvres bien plus abouties que celle-ci. Elle était allée à la National Gallery une bonne centaine de fois. Elle avait visité le Met et d'autres musées célèbres, petits ou grands.

Mais Leo était en train de peindre exactement le même sujet qu'elle, dans le même atelier, avec la même lumière. C'était un étudiant en art, pas un grand maître. Ils étaient à égalité, confrontés aux mêmes courbes, fossettes, poils et ombres, ce qui lui permettait d'apprécier la qualité de son travail avec davantage d'acuité et d'humilité.

À nouveau, elle y jeta un regard. La ligne des épaules. Les coudes. Bizarrement, elle pensa à son grand-père. Des émotions qu'elle gardait d'ordinaire bien enfouies refirent surface. Elle sentit ses joues s'empourprer et les larmes lui monter aux yeux. Puis elle pensa à Kostos et réalisa qu'elle n'avait pas pensé à lui depuis plusieurs jours.

Et si Carmen avait raison ? Peut-être était-elle capable de l'oublier. Devait-elle s'efforcer de l'oublier ?

Elle n'en était pas sûre. C'était vraiment perturbant. Elle n'était pas sûre de vouloir l'oublier, même si elle en était capable, finalement. Si elle oubliait Kostos, elle craignait d'oublier la plus grande partie d'elle-même en chemin. Qui serait-elle sans lui ?

– Qu'est-ce que tu en penses ?

Lena était si profondément plongée dans ses pensées qu'elle eut l'impression de devoir parcourir des kilomètres pour revenir à l'instant présent. Peu à peu, elle réalisa que Leo se tenait à quelques mètres d'elle, qu'il était en train de lui parler, qu'elle était plantée devant sa toile sans aucune explication valable à fournir et, en plus, en larmes.

Aussitôt, elle porta la main à son visage pour s'essuyer. Elle frotta ses doigts mouillés sur son pantalon, avant de se rappeler qu'elle portait le jean magique. Tant pis. Ce ne serait pas les premières larmes à sécher sur ce jean.

Leo la regardait tandis qu'elle se creusait la tête pour essayer de savoir ce qui était censé se passer. Il examina son jean. Fallait-il qu'elle se justifie ? Il venait de dire quelque chose, non ? Il lui avait posé une question. Elle était donc censée y répondre, n'est-ce pas ? Les pensées se bousculaient dans sa tête de manière si chaotique qu'elle craignait qu'il ne les entende s'entrechoquer.

– Je comprendrai si tu n'aimes pas, dit-il d'un ton conciliant.

– Non ! J'adore ! fit-elle en criant presque.

– La tête me pose problème.

Il tendit la main et, à la grande horreur de Lena, effaça du bout du pouce la peinture humide qui constituait la mâchoire de Nora.

– Non ! explosa-t-elle.

Pourquoi lui criait-elle dessus ? Elle se força à se taire. Elle n'avait aucune envie qu'il la fixe comme ça.

– Désolée… Je… C'est juste que ça me plaisait comme c'était, c'est dommage de l'effacer.

Peut-être était-elle plus en phase avec sa toile que lui-même.

– Oh… D'accord.

Il pensait qu'elle était folle. Elle préférait encore qu'il l'ignore.

Elle s'efforça de se calmer. Si elle n'arrivait pas à prendre un air détaché, alors autant être franche.

– J'aime vraiment beaucoup ta toile. Je la trouve très belle, dit-elle d'une voix plus posée, cette fois.

Il la regardait différemment, maintenant, essayant de jauger son ton, surpris par sa sincérité.

– Eh bien, merci.

– Le souci, c'est que... quand je la regarde, je me rends compte que, moi, je ne sais absolument pas où je vais.

Qui aurait pu croire que Lena allait réellement parler à Leo ? Et qu'elle serait tellement désarmée qu'elle n'aurait d'autre choix que d'être sincère ?

Il se mit à rire.

– Moi, quand je la regarde, je me rends compte que je n'ai aucune idée d'où je vais non plus.

Elle rit également, mais d'un rire désespéré.

– Oh, arrête !

Elle venait juste de lui dire de se taire, non ?

– C'est vrai, je t'assure. Je la regarde d'une certaine façon et je ne vois que ce qui cloche. On est tous pareils, hein ?

– Oui, mais pour la plupart d'entre nous, c'est vrai, répondit-elle tranquillement.

Alors, ça y était, elle était en train de discuter avec Leo!

Il rit à nouveau. Il avait un joli rire.

– Je m'appelle Leo. Tu es installée où?

Elle désigna le chevalet qui se trouvait à l'autre bout de la pièce, tout en s'efforçant de ne pas être dévastée à l'idée qu'il ne l'ait pas remarquée jusque-là.

– Lena, annonça-t-elle d'une voix où pointait l'abattement.

– Tu es ici toute l'année ou seulement pour l'été?

– Toute l'année. Enfin, je viens juste de finir la première.

Il hocha la tête.

Enfin, elle prit pleinement conscience de la portée de ce qu'elle était en train de vivre. Elle discutait avec Leo. Dans un atelier désert. Avait-il une petite amie? Ou un petit ami? Avait-il seulement le temps de se livrer à des activités aussi futiles?

Elle se rendit alors compte qu'il avait envie de travailler à sa toile. Brusquement gênée, elle perdit tous ses moyens. Bafouillant une excuse, elle prit la fuite.

Une fois dans sa chambre, elle se tourna et se retourna dans son lit défait pendant un moment avant d'appeler Carmen.

– Devine quoi?

– Quoi?

– Je crois que je suis amoureuse.

Carma,

Voici le jean magique ainsi qu'un petit portrait de Leo. Je l'ai dessiné de mémoire, pas sur le vif, bien sûr. (Non, non, je ne pense pas à lui jour et nuit. Heureusement.)

Sacrée touffe de cheveux, hein ?

Il ne s'était même pas aperçu que j'étais dans son cours. Il faut croire que je fais grande impression autour de moi !

Bisous,

Len

À sept heures et demie, le jour commençait à baisser et Peter était toujours assis au bord de la tranchée avec Bridget. Elle savait qu'il se sentait obligé de rester en tant que responsable des fouilles et aussi pour lui montrer qu'il appréciait qu'elle prenne ce travail à cœur. Elle espérait seulement qu'il passait un aussi bon moment qu'elle.

– Hé, Bridget ? dit-il enfin.

– Ouais ?

– Si on allait manger ?

– Ah oui, oui.

Elle feignit l'impatience.

– Je finis juste d'enregistrer les pièces.

– On les déposera au labo en passant.

Ils se mirent en route d'un pas tranquille. En

voulant s'essuyer le visage, elle rajouta une traînée de terre.

– Tu voudrais bien m'appeler Bee ?

– Bee ?

– Oui, Bee l'abeille, c'est mon surnom.

– OK.

– Mes amis m'appellent comme ça. Tu peux continuer à m'appeler Bridget, mais j'aurais l'impression que tu es en colère après moi.

Il lui sourit.

– D'accord, alors ce sera Bee.

Ils se nettoyèrent en vitesse à la pompe à eau mais, lorsqu'ils arrivèrent à la grande tente, le dîner était déjà desservi.

– C'est ma faute, reconnut-elle.

– Tout à fait, acquiesça-t-il avec humour.

Les dames turques qui s'occupaient des repas leur dénichèrent gentiment du pain, de l'houmous et de la salade qui restaient. L'une d'elles leur apporta une bouteille de vin rouge fort sans étiquette. C'était risqué de boire après avoir travaillé en plein soleil toute la journée. Bee coupa le sien avec de l'eau.

Elle se demanda un instant si la situation avait quelque chose de gênant.

Non, ce n'était pas vraiment gênant, c'était plutôt amusant, et excitant. Il était beau, gentil et il lui plaisait pour tout ça et sans doute d'autres raisons.

Aurait-ce été moins gênant s'il avait été moins

beau et moins gentil ? Aurait-ce été moins amusant ?

Oui, mais il ne fallait pas qu'elle oublie qu'elle était désormais une « fille qui a un petit ami ». Et qu'il était... quoi, d'ailleurs ?

Le fait d'avoir un petit ami était-il censé vous empêcher d'être attirée par d'autres personnes ? Et vous rendre moins attirante ?

Elle se demandait ce qu'il pensait d'elle. Cette tension entre eux quand ils se penchaient pour prendre quelque chose ou qu'ils se retrouvaient l'un près de l'autre, était-ce seulement dans sa tête ?

Oh ! Elle aurait voulu se gifler. Elle était incorrigible. Pourquoi se mettait-elle dans cet état ?

Mmm... Est-ce qu'elle l'était vraiment d'abord ?

Et puis, c'était quoi, exactement, ce fameux état ?

Le soleil était couché depuis longtemps, mais ils se promenèrent sur la colline, jusqu'au point de vue. Le vin lui tournait un peu la tête. Et lui, était-il un peu plus gai, un peu moins sous contrôle ? Ils voulaient rejoindre les autres, comme tous les soirs, mais le petit groupe s'était déjà dispersé. Ils hésitèrent à s'asseoir, gênés. Enfin, elle tout du moins. Il s'assit et elle l'imita. C'était bizarre, non, qu'ils passent autant de temps tous les deux comme ça.

Non, pas du tout, c'était elle qui était incorrigible.

Incorrigiblement, elle ôta l'élastique qui attachait ses cheveux. De toute façon, sa queue-de-cheval était à moitié défaite, se justifia-t-elle sans trop y croire elle-même. Ses cheveux étaient plus longs que d'habitude car, depuis qu'elles étaient en fac, Carmen n'était pas là pour les lui couper. Ils lui tombaient presque au niveau des coudes, au milieu du dos. Et ils possédaient la particularité de briller au clair de lune. Il allait forcément le remarquer, elle le savait. Il regrettait sans doute de s'être assis là, avec elle.

Pourquoi se comportait-elle ainsi ? Elle avait grandi. Elle avait compris la leçon. Qu'essayait-elle de prouver ?

Elle sentait ce picotement familier dans ses jambes. Elle ne pouvait pas s'en empêcher.

Ou alors tout était dans sa tête ?

Oui, oui. Et tant mieux.

Elle voulut voir ses yeux pour pouvoir juger honnêtement ce qui se jouait entre eux mais, à sa grande surprise, il croisa son regard. Ils restèrent les yeux dans les yeux un peu trop longtemps avant de se détourner.

Merde.

Il s'agita. Joignit les mains comme s'il allait présenter la conclusion d'un discours.

– Alors, Bridget, parle-moi un peu de ta famille.

Elle sentit son corps s'écarter de lui sans pourtant bouger réellement.

Elle n'avait rien à dire sur sa famille.

– Alors, Peter, répliqua-t-elle avec un ton un peu trop agressif, si tu me parlais de la tienne.

L'atmosphère s'était soudainement rafraîchie. Dans ces régions sèches, le soleil se couchait en emportant toute la chaleur. Il n'y avait aucune humidité dans l'air pour la retenir.

– Voyons. Mes enfants ont quatre et deux ans. Sophie et Miles.

Ses enfants avaient quatre et deux ans. Sophie et Miles. Peut-être aurait-il pu annoncer cela en dernier plutôt que de but en blanc ? Bêtement, elle avait cru qu'il commencerait par ses parents ou ses frères et sœurs. Elle rembobina ses pensées. S'il avait des enfants, il avait donc sans doute une femme.

– Et ta femme ?

– Amanda. Elle a trente-quatre ans.

– Et toi aussi ?

– Non, bientôt trente.

– Ah, une femme plus mûre…

– Oui.

Elle s'était trompée sur lui. Son esprit s'était emballé. Il fallait remballer tout ça, et vite.

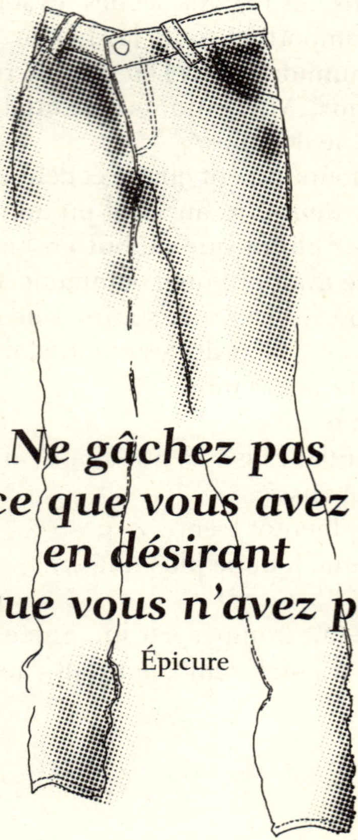

Ne gâchez pas
ce que vous avez
en désirant
ce que vous n'avez pas.

Épicure

Le jean magique avait beau être rangé sous son lit, il l'appelait. Ces derniers temps, chaque fois que Carmen l'avait eu, elle l'avait emmené avec elle d'un endroit à l'autre sans jamais le porter.

Ce jean attirait les regards, suscitait les questions, or durant tout ce temps Carmen n'était pas vraiment d'humeur à se faire remarquer. Elle n'était pas d'humeur à répondre aux questions que Julia ne manquerait pas de poser. Encore cette histoire de compartiments. Elle ne voyait pas comment faire coïncider cette Carmen avec l'autre. En plus, elle avait peur d'avoir trop grossi.

Elle tira sa valise de sous son lit et le chercha à tâtons à l'endroit où elle l'avait rangé ce matin, lorsqu'elle avait reçu le paquet de Lena. Il était là, soigneusement plié dans sa valise, comme un double fond.

Bizarrement, aujourd'hui, elle avait envie de le mettre. Parce qu'il faisait beau peut-être, ou qu'elle avait bu des litres de café. Ou parce que Lena était amoureuse d'un certain Leo, qu'elle était contente pour elle et que ça lui donnait l'impression qu'il y avait encore de l'espoir.

C'était un peu angoissant, elle redoutait l'épreuve de l'enfilage. Ça n'était pas parce qu'elle avait évité de l'essayer jusque-là qu'il allait lui aller. Pourtant, depuis qu'elle avait commencé à travailler sur *Miracle en Alabama* au printemps, elle avait pratiquement mis fin à ses désastreuses soirées en tête à tête avec bonbons et biscuits. Ces deux derniers mois, elle avait fait attention à ce qu'elle mangeait, surtout pour ne pas faire honte à son amie Julia.

Retenant sa respiration, rentrant son ventre et regrettant de ne pas pouvoir rentrer ses fesses, elle l'enfila : pieds, mollets, genoux, cuisses… elle réussit à le monter jusqu'à la taille. Et à le fermer. Qui oserait mettre en doute son pouvoir magique maintenant ? Bon sang, il lui allait. Et elle était bien dedans. Le bonheur.

Elle s'approcha du miroir et se regarda vraiment pour la première fois depuis des mois. Elle passa un T-shirt rose et sortit affronter le monde. Pour la première fois depuis une éternité, elle n'avait pas honte d'elle-même.

C'est certainement le jean qui la poussa à

entrer dans le hall de la salle de théâtre où avaient lieu les auditions.

– Vous êtes dans la prochaine fournée, lui dit une femme armée d'un bloc-notes. Allez-y.

Elle se trompait, Carmen le savait, mais elle obtempéra tout de même, par simple curiosité. Julia était-elle déjà passée ?

Un garçon était en train de jouer une scène de *Richard III*. Carmen s'assit dans le fond et écouta. Elle se mit à somnoler, bercée par ces flots de paroles sans s'accrocher vraiment au sens.

– Carmen ?

En entendant son nom, elle regarda autour d'elle. S'était-elle endormie ?

Elle plissa les yeux.

– Carmen, c'est toi ?

Elle se pencha en avant. La personne qui l'appelait était debout, au deuxième rang. Il s'agissait de Judy, la femme qui lui avait montré le chemin de la cafétéria l'autre soir.

Elle lui fit signe, un peu gênée.

– Nous allons arrêter pour aujourd'hui d'ici dix minutes. Mais si tu es prête, tu peux passer.

Ils lui proposaient d'auditionner là, maintenant ? Judy devait croire qu'elle était venue pour ça. Oui, c'était sans doute l'impression qu'elle donnait. Sinon qu'aurait-elle fait là ?

Carmen s'approcha lentement de la scène. Elle s'arrêta au bout de l'allée où se tenait Judy, en compagnie d'Andrew Kerr et d'autres gens qu'elle ne connaissait pas.

– Je n'ai pas vraiment… Je n'ai pas vraiment préparé quoi que ce soit, marmonna-t-elle en espérant que, par un quelconque miracle, seule Judy l'entendrait. Vous voulez que je revienne à un autre moment ?

« Euh… par exemple jamais », ajouta-t-elle en pensée.

– Non, non, vas-y, l'encouragea Judy.

Ce devait être l'une des assistantes d'Andrew Kerr.

Carmen monta sur scène sans savoir du tout ce qu'elle était en train de faire. Elle n'était pas à l'aise sous les projecteurs. Elle ne savait pas quoi dire, pas quoi réciter.

– Je m'intéresse surtout aux décors, expliqua-t-elle lamentablement au jury.

Elle crut entendre quelqu'un rire, dans le fond.

Les autres commençaient à s'impatienter, mais pas Judy. Elle s'approcha de la scène et lui tendit quelques feuilles de papier.

– Lis-nous le rôle de Perdita, ce sera très bien. Je vais faire Florizel.

– Vous êtes sûre ?

Carmen se sentait ridicule. Tout le monde avait appris ses répliques, préparé et joué son extrait en espérant décrocher un rôle. Et elle n'avait même pas apporté de texte.

Cependant elle le connaissait un peu. C'était *Le Conte d'hiver*. Elle l'avait fait réciter à Julia. Cela lui redonna du courage car ces tournures, bien qu'étranges, lui semblaient familières et douces à l'oreille.

Judy ouvrit la scène avec une réplique de Florizel puis laissa parler Carmen.

Elle s'éclaircit la voix.

Messire, mon beau seigneur !
Cela ne m'irait pas de vous gronder
Pour vos extravagances ; pardonnez-moi
Même d'en faire état... Votre noble personne,
Le gracieux point de mire de ce pays,
Vous l'avez obscurcie d'un habit de pâtre.
Et moi, pauvre humble fille, vous me parez
D'un éclat de déesse !

Elle s'interrompit et releva la tête.

– Continue, ordonna Judy.

Carmen poursuivit donc. Elle arriva à un passage qu'elle aimait particulièrement et le lut avec un certain plaisir. À la dernière ligne de la dernière page, elle s'arrêta. Regarda autour d'elle. À nouveau, elle eut honte.

– Bon... Merci, lança-t-elle à la cantonade, s'efforçant de regarder Judy malgré les spots qui lui brûlaient les yeux. Désolée...

Elle quitta la scène d'un pas lourd et sortit retrouver le soleil par la porte des coulisses.

Elle ne put s'empêcher de rire tout haut en se retrouvant dehors tant tout cela lui semblait idiot et ridicule.

« Oh, tant pis ! Une nouvelle aventure pour le jean magique », songea-t-elle avec tendresse.

Il y a tant de rebondissements inattendus sur la route de l'âge adulte. Tibby avait eu ses règles pour la première fois à quatorze ans. De toutes ses amies, c'était elle la dernière. Elle les attendait avec impatience. Elle ne cessait d'imaginer comment ce serait. Elle avait acheté une boîte de serviettes maxi qu'elle avait rangée sous le lavabo de la salle de bains, au cas où. Elle y était restée des mois. Elle avait peur de ne jamais les avoir. Elle avait peur de ne pas être normale. Oh, comme elle avait guetté cette première goutte de sang qui lui permettrait d'être comme les autres !

Et elle les avait eues. La joie qu'on éprouve lorsqu'on a longuement attendu quelque chose n'est jamais proportionnelle à l'inquiétude qui a accompagné l'attente. Le soulagement est un sentiment fugitif, pas très profond et somme toute assez faible. Le supplice du doute disparaît, ne laissant qu'un vague souvenir de l'angoisse. La vie s'accommode aussitôt de cette nouvelle réalité. Désormais, elle aurait ses règles tous les vingt-huit jours.

Trois mois plus tard, elle s'était rangée à

l'opinion générale qui faisait de ces quelques jours mensuels un moment honni et redouté. Elle avait affreusement mal au ventre. Elle restait recroquevillée dans son lit pendant des heures. Elle prenait du Spasfon. Les serviettes tant idéalisées étaient désormais un calvaire. Elle ne comprenait pas comment elle avait pu souhaiter que cela arrive. Elle tachait tous ses vêtements et les nettoyait toute seule pour que Loretta ne les voie pas.

Et maintenant, presque cinq ans plus tard, elle était là à guetter ses règles avec espoir. Son abdomen était sous surveillance permanente, qu'elle soit au travail ou à la maison. Quand elle regardait la télé, seule une partie de son cerveau s'intéressait à ce qui se passait sur l'écran, l'autre étant concentrée sur ses ovaires. Elle sentait quelque chose là, non ? Une petite douleur ? Oui ? Oh, pitié…

Au travail, elle passa toute la journée du vendredi et la matinée du samedi connectée à ses ovaires. Elle resta connectée sur la même pensée en remontant la 14e rue pour aller s'acheter à manger et un magazine. Elle y pensait toujours en passant devant tous ces endroits qui faisaient partie de sa vie depuis maintenant un an : le salon de coiffure où elle s'était fait massacrer les cheveux avec son amie Angela ; le resto mexicain où les étudiants en cinéma pouvaient boire des margaritas pas cher sans montrer leur carte d'identité. Elle demeura centrée sur ses ovaires durant tout l'après-midi et toute la nuit, ignorant le téléphone qui sonnait et écoutant les messages que lui laissaient les gens qui l'aimaient.

« Une fois que ce sera réglé, se disait-elle, je rappellerai tout le monde. »

Le dimanche, elle travaillait. Elle avait mis une serviette, au cas où. Elle crut sentir une douleur.

– Tibby Rollins, où vas-tu comme ça ?

Elle se figea au beau milieu du rayon « comédie ». Se racla la gorge.

– Hum… nulle part…

Elle ne pouvait pas avouer qu'elle allait encore aux toilettes. Elle y était déjà allée six fois et il n'était pas midi. Chaque fois, elle vérifiait sa serviette, pleine d'espoir. Chaque fois, elle retournait à son poste, toujours plus angoissée.

– Tu pourrais prendre la caisse 3 ?

– OK, d'accord.

Si elle ne les avait pas aujourd'hui, pouvait-on considérer ça comme un retard ? Est-ce que ça signifiait que… ? Une vague de panique la submergea. Mais peut-être que ses dernières règles ne s'étaient pas vraiment finies le six. Peut-être que c'était le sept.

C'était devenu un rituel. Elle se montait la tête en se convainquant que l'heure était grave. Elle paniquait. Puis elle démontait l'argumentation pour se convaincre que tout n'était pas perdu.

Un client agitait la main sous son nez.

– Excusez-moi ? fit-elle en clignant les yeux.

– Vous avez vu ce film ? demanda-t-il.

Il devait avoir dans les vingt ans. Pouarc ! Il empestait tellement l'eau de Cologne qu'elle en avait le goût dans la bouche.

– Oui, répondit-elle en retenant sa respiration.

– C'est un bon film pour un premier rencard ?

Elle n'avait pas fait exprès de lever les yeux au ciel. C'était un réflexe.

Il marmonna quelques mots peu aimables et s'en alla.

Elle le regarda s'éloigner, en connexion avec ses ovaires. Elle avait mal là, ça se contractait, non ? Ou alors c'était parce qu'elle avait faim… Vérifiant que Charlie ne la regardait pas, elle fila aux toilettes.

Le lendemain, Julia était sur les nerfs. C'était le jour où les résultats des auditions devaient être affichés.

– Ça va aller, lui assura Carmen. Je suis sûre que tu as été géniale.

– Espérons que Judy soit du même avis, répliqua Julia en se rongeant nerveusement l'ongle du petit doigt.

– Judy ?

– C'est elle qui s'occupe de la distribution des rôles.

– Ah oui ?

– Ouais. Pourquoi ? Tu la connais ?

– Non, pas vraiment, non.

Tout le monde était en train de déjeuner lorsque le bruit se répandit que les listes étaient affichées. Carmen faisait la queue pour commander leurs cafés et elle crut bien finir piétinée comme un pauvre supporter de foot anglais. Elle observa l'émeute de loin, en buvant son café tranquille, toute seule.

Plus tard, lorsque la bousculade se fut calmée, elle s'aventura dans le hall pour jeter un coup d'œil aux listes. Pourquoi pas ? Elle consulta d'abord la liste de la pièce des amateurs, c'était le plus plausible, puis celle de la scène secondaire. Son cœur s'emballa quelque peu lorsque ses yeux passèrent du I au J et du K au L. Puis au M. Mais son nom n'y était pas.

« C'est pas vraiment étonnant », se dit-elle en ressortant, prenant par un petit chemin détourné pour rentrer à sa chambre. Elle avait même un peu honte d'avoir regardé.

Était-elle déçue ? Elle tenait à être honnête avec elle-même.

Non. Elle était plutôt contente. Elle portait le jean magique, il lui allait encore et, même toute seule sur ce petit sentier, elle se sentait entourée par ses amies.

Ô Tibbiette, ma Tibbiette,
Pourquoi donc laisser vos amies dans une telle incertitude ?
Vous trouverez jointe à cette missive une carte téléphonique,
Appelez-moi, je vous en prie, pour couper court à mes inquiétudes.
Vous trouverez également ci-enclos le célèbre jean magique.
Meilleures pensées de votre shakespearienne amie, Carmenéo

Quand Bridget se présenta au funérarium le lendemain, Peter n'était pas là. Elle attendit l'heure du déjeuner pour demander, d'un ton dégagé, à sa compagne de tente Carolyn si elle savait pourquoi.

– Je crois qu'il travaille sur les fouilles de la maison, maintenant.

– Oh, fit-elle d'un ton toujours aussi dégagé.

Ce n'était pas lui qui faisait la conférence du mardi et elle ne le vit pas au dîner le lendemain soir.

– Il y a un petit groupe qui est parti dîner en ville, remarqua Maxine.

La ville se trouvait à environ trente-cinq minutes de là et Bridget n'y avait pas encore mis les pieds, mais soudain sa curiosité fut piquée au vif.

Le lendemain, Alison leur annonça que

l'équipe qui travaillait à l'excavation de la maison avait fait de gros progrès et qu'ils avaient besoin de deux volontaires supplémentaires. Bridget s'empressa de lever la main.

– Nous avons mis au jour une partie encore inconnue des fondations et un nouveau sol, expliqua avec enthousiasme Peter au groupe élargi après le déjeuner.

Était-il surpris de la voir ? D'ailleurs, cela avait-il une quelconque importance ?

– Nous avons dégagé une petite portion du sol et nous voulons continuer. Il s'agit d'un sol de terre battue, constitué euh… de terre. Ce qui le rend difficile à différencier du reste de la terre, si vous voyez ce que je veux dire.

Bridget se retrouva à quatre pattes, truelle en main. Ils fouillaient assez profond, les ombres étaient longues. D'autres membres de l'équipe ôtaient avec précaution les couches supérieures du terrain avec de plus gros outils. Là où elle était agenouillée, il ne restait plus qu'une vingtaine de centimètres de terre meuble.

Elle commença à la main, prenant la terre à pleines poignées pour la jeter à la poubelle. Peter lui avait dit ce qu'ils recherchaient, mais elle préférait procéder à la main. Elle ne voulait surtout pas entamer le sol de terre battue avec sa truelle et tout gâcher.

Elle promena ses mains à plat sur le rebord, avançant en tâtonnant. Il n'y avait là que de la terre, en effet. Mais une partie avait été tassée et mise en forme volontairement tandis que le reste s'était insinué sans ordre aucun dans l'espace vide. Même deux mille cinq cents ans après, elle arrivait à sentir la différence.

C'était le problème quand on creusait, elle commençait à comprendre. On développait un instinct de pillard : creuser, trouver un truc intéressant, de valeur et le refiler à un musée. Elle s'était imaginée en nouvelle Indiana Jones. Alors que le véritable intérêt de la chose, c'était de découvrir ce qui avait été volontairement effectué par l'homme. Ce que les hommes d'autrefois avaient pensé, projeté, désiré et tenté, c'était justement ce qui nous liait à eux. C'étaient leurs efforts qui faisaient la différence entre cette terre du hasard qui s'infiltrait partout, même dans les cheveux, et ce précieux sol de terre battue.

De la même façon, le site funéraire pouvait lui apprendre énormément, lui avait expliqué Peter. On en apprend beaucoup plus sur un peuple en étudiant comment il enterrait ses morts et leur rendait hommage que d'un corps qu'on trouverait par hasard sur le bord d'une route.

– Nous, les archéologues, nous n'aimons pas le hasard, l'avait-elle taquiné après l'un de ses petits discours.

– Non pas du tout, nous avons horreur du hasard, s'était-il esclaffé, toujours prompt à rire.

Ce sol n'était pas le fruit du hasard. Elle

ferma les yeux et concentra toute son attention dans ses paumes, presque en transe, continuant à tâtonner. Elle savait qu'elle devait avoir l'air ridicule, mais elle s'en fichait. Son grand-père lui avait décrit comment Michel-Ange sculptait des corps dans des blocs de marbre, elle s'en souvenait. Il lisait un livre à ce sujet durant le long été qu'elle avait passé en Alabama avec Greta et lui. Il lui avait dit que Michel-Ange mettait au jour le corps qui se trouvait enfermé dans le bloc. Il le voyait, il le sentait et, avec son ciseau, il le libérait.

Eh bien, un sol de terre battue était sans doute plus prosaïque, mais elle, Bridget, allait le libérer.

Ses doigts avaient acquis une telle sensibilité qu'elle cria presque lorsqu'ils frôlèrent un objet plus dur. Avec précaution, elle le dégagea et l'examina à la lumière du soleil.

– Regardez-moi ça ! s'exclama-t-elle.

Peter descendit dans la fosse, suivi de Carolyn et d'un autre gars.

– Waouh, génial ! Une lampe presque entière. On voit encore quelques traces de peinture.

Elle caressa la terre cuite, suivant sa forme lisse et douce du bout du doigt.

Peter désigna un petit trou sur le dessus.

– C'est là qu'ils versaient l'huile. Sans doute de l'huile d'olive. Et ils trempaient la mèche par ici.

Il lui adressa un regard approbateur.

– Je te parie que tu ne trouves pas le morceau qui manque.

Elle aimait tellement les défis ! Visiblement, il l'avait bien compris.

– Trouvé ! annonça-t-elle moins d'une minute plus tard.

Il revint, le visage rayonnant. Elle était contente d'être une telle source de joie.

– Bien joué, Bee.

Il leva la main pour lui donner une tape dans le dos, mais se ravisa et baissa le bras sans la toucher.

– Enregistre-la et apporte-la à Maxine. Elle va être ravie d'en avoir une entière.

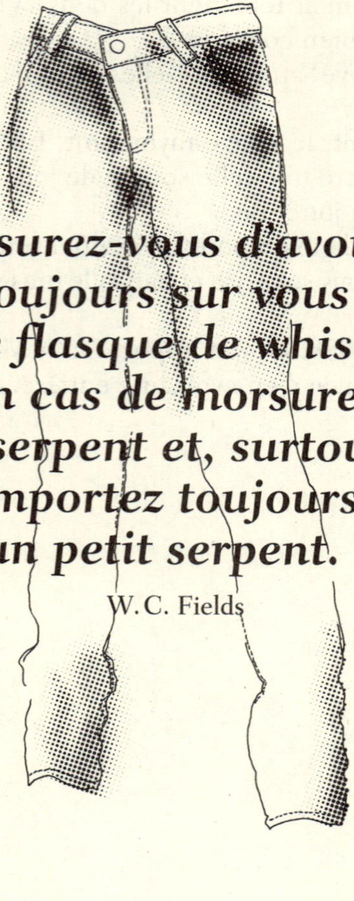

Assurez-vous d'avoir
toujours sur vous
une flasque de whisky
en cas de morsure
de serpent et, surtout,
emportez toujours
un petit serpent.

W.C. Fields

– J'adore *Peines d'amour perdues*, c'est une pièce géniale, affirma Carmen. Tu étais parfaite dans le rôle de Lady Machinchose.

– Rosaline, précisa platement Julia.

Carmen essayait de lui remonter le moral car elle avait été retenue pour la pièce des amateurs – la moins « cool » dans son esprit – et non pour les deux autres. Mais Julia restait morose.

– Rosaline, c'est ça. Avoue que c'est tout de même beaucoup plus drôle que *Richard III*.

Richard III serait joué sur la scène secondaire. Déjà une sorte de hiérarchie se mettait en place entre ceux qui avaient été retenus pour la scène secondaire et la masse de ceux qui joueraient dans la pièce des amateurs.

– Ouais, mais les places ne sont même pas à vendre. C'est gratuit. On va jouer dehors. C'est pas du vrai théâtre.

– Comment peux-tu dire ça ? Bien sûr que c'est du vrai théâtre. Andrew dit même que c'est la pièce qui attire le plus de monde, et de loin.

– Parce que c'est gratuit. Entrée libre.

– Je trouve ça bien. Et puis, au moins, toi, tu as été sélectionnée, nota Carmen.

Elle ne savait pas pourquoi elle avait dit ça. Elle avait décidé de ne pas lui parler de sa lamentable audition, mais elle était prête à s'enfoncer, si ça pouvait lui remonter le moral.

– Tout le monde a été sélectionné pour quelque chose, répliqua Julia.

– Non, c'est faux.

– Qu'est-ce que tu racontes ? Melanie Peer m'a dit que tous ceux qui avaient passé l'audition étaient sur une des listes.

– Non, ce n'est pas vrai.

– Qu'est-ce que tu en sais ?

Cette fois, Julia s'était redressée.

– Je ne figure sur aucune liste, moi, décréta Carmen avec une note de triomphe pervers dans la voix.

Julia la dévisagea, complètement abasourdie.

– Tu as passé l'audition ?

– Ouais.

– Tu rigoles ?

– C'était pour rire, oui. Mais j'ai tout de même auditionné.

– Ah oui ? Et pourquoi ?

– Aucune idée. En fait, c'était un malentendu.

– Tu as joué quel rôle ?

– Perdita.
– Non !
– Si !
Julia avait l'air prête à exploser de rire mais, à la place, elle émit un gémissement compatissant.
– Et ils ne t'ont mise sur aucune liste.
– Eh non !
– Bah, c'était courageux de ta part d'essayer.
– Courageux et surtout idiot.
Julia lui tapota le bras en riant. Voilà, Carmen avait trouvé comment lui remonter le moral.

Lena ignorait à quel point le phénomène était lié à la présence de Leo, mais ce qu'elle savait c'était que la moindre heure passée en dehors de l'atelier lui faisait regretter de ne pas y être.
– Salut, Lena, lui avait-il dit le jeudi alors qu'elle sortait du cours, se préparant à passer trois longues journées sans peindre, et sans le voir.
– Salut, avait-elle répondu, toute fière qu'il ait retenu son prénom.
– Ça avance ?
– Pas mal, avait-elle fait *platement*, avant de lui sourire *platement* et de lui demander *platement* : Et toi ?
– Bien, bien.
« Je t'en supplie, trouve quelque chose d'intéressant à dire », s'encouragea-t-elle mentalement.

Cela faisait quatre jours de suite qu'elle se lâchait les cheveux et mettait du mascara. Si elle était aussi passionnante qu'une feuille d'impôt niveau conversation, au moins, elle devait être plus jolie.

– Je ne sais pas si je vais pouvoir attendre lundi, remarqua Leo.

Il passa distraitement la main dans ses cheveux, les ébouriffant encore davantage.

– Comment ça ?

– Je veux dire sans peindre. Je suis en plein milieu d'un truc que j'essaie de comprendre. D'ici à lundi, j'aurai perdu le fil. C'est trop long, quoi. Tu comprends ?

Elle hocha la tête. Oh oui, elle comprenait. Elle n'était pas sûre que ses motivations soient aussi pures que les siennes, mais elle fut surprise qu'ils ressentent la même chose.

– Je voulais proposer à Nora de faire quelques heures sup le week-end. Mais il faut que je demande à Robert d'abord.

Il repoussa à nouveau ses cheveux d'un air abattu.

– On pourrait y aller ensemble ?

Si cette simple pensée la pétrifiait, sa façon de formuler les choses la ravissait.

– Mmm.

Elle réfléchit. Ça allait lui coûter huit ou neuf dollars l'heure de pose. Où allait-elle pouvoir les trouver ? Elle n'avait pas un sou. Elle se nourrissait presque exclusivement de Bolino – elle en avait acheté un lot de vingt-quatre en promo au supermarché grâce à la carte de réduction de ses parents. Voilà à quoi se résumait le soutien financier de son père. Sa mère lui avait glissé discrètement quatre-vingts dollars au début de l'été, qu'elle avait fait durer pendant presque trois semaines.

Mais comment pouvait-elle refuser ? Impossible. Elle n'aurait qu'à mettre sa montre en gage. Voler les diamants de sa mère. Ou emprunter de l'argent à Effie, bon sang !

Elle avala sa salive.

– Avec plaisir, pépia-t-elle.

– Carmen Lowell ?

Carmen leva les yeux de son assiette pour voir un type qu'elle ne connaissait pas la fixer avec insistance.

Sous le coup de la surprise, elle ne répondit pas. L'année dernière, elle aurait pensé qu'il la dévisageait ainsi parce qu'il la trouvait mignonne, mais maintenant qu'elle avait pris l'habitude d'être invisible, son regard pesant la gênait. Soudain, elle paniqua : si ça se trouve elle avait déclenché le système anti-incendie dans sa chambre ou un truc du genre…

– Oui, c'est bien Carmen Lowell, confirma Julia, légèrement agacée par leur petit manège.

– Waouh ! Félicitations ! Sophia m'a dit que

c'était toi, mais je lui ai répondu que tu ne voulais pas passer l'audition.

Carmen était on ne peut plus perplexe. Elle aurait aimé dire quelque chose, mais elle se contenta de rester bouche bée comme un poisson pris à l'hameçon.

– Félicitations pour quoi ? voulut savoir Julia.

– La sélection.

Julia posa sa fourchette et enveloppa Carmen d'un regard protecteur.

– Elle n'est sur aucune liste.

Carmen hocha la tête.

– Si, j'en suis sûr et certain. Tu as été sélectionnée.

Pourquoi ce type s'entêtait-il à parler à Carmen, alors que c'était Julia qui discutait avec lui ? C'était fort perturbant.

– Tu n'as pas été voir la liste ?

– Mais si, elle a regardé, répliqua Julia, sur la défensive.

– Alors tu devrais vérifier à nouveau, conseilla le type à Carmen.

– N'importe quoi, marmonna Julia une fois qu'il fut parti, en se replongeant dans sa salade arrosée de Coca Light.

Carmen se leva. Une étrange idée commençait à germer dans son esprit et il fallait qu'elle l'étouffe avant qu'elle ne prenne de l'ampleur.

– Tu as bien regardé les listes, hein ? la questionna Julia.

– Oui, mais je ferais peut-être bien de revérifier.

Carmen prit son plateau pour jeter les restes de son déjeuner.

Julia se leva également.

– Je t'accompagne. J'ai fini.

Sur le chemin du grand hall, Julia papotait tandis que Carmen paniquait.

– Ce type a vu ton nom sur la liste du personnel technique, il a dû confondre.

– Ouais, sûrement.

Mais en poussant les portes du hall, Carmen n'avait qu'une idée en tête : elle avait bien consulté les listes, mais seulement deux sur trois. Elle n'avait pas été vérifier la troisième parce qu'elle était affichée ailleurs, elle ignorait où, et qu'il lui semblait un peu présomptueux de le demander.

Sans un mot, Julia et elle se postèrent devant les listes et parcoururent les colonnes des yeux. Effectivement, le nom de Carmen n'y figurait pas.

– Une minute, murmura Carmen en ressortant.

Elle fit un détour par l'autre côté de l'entrée où elle avait aperçu une petite liste punaisée.

– C'est la sélection pour la grande scène, expliqua Julia.

Carmen s'approcha tout de même et regarda. Il n'y avait que sept noms sur la liste.

Dont le sien.

À : Carmabelle@hsp.xx.com
De : Beezy3@gomail.net
Objet : terre + moi = love

Carma,

J'ai un nouveau grand amour. Ne le dis surtout pas à Hector.

Je suis tombée amoureuse d'un sol de terre battue. C'est une véritable obsession. Je lui suis entièrement dévouée. Je suis son humble servante.

Je vais l'épouser et nous aurons des enfants en terre tout plats.

Mais n'aie crainte, Carma. Je vous aime toujours même si vous êtes propres et en volume. Mais bon, ce n'est pas pareil.

Bisous,

Mme Bee Vreeland-Terrebattue

Une fois le premier choc passé, Julia tint à en parler.

– C'est incroyable, Carmen. C'est complètement fou.

Elle voulait savoir en détail comment s'était passée l'audition et sa discussion avec Judy. Elle lui demanda de rejouer mot pour mot la scène.

Puis, soudain, elle ne voulut plus en entendre parler. Elle prétendit être fatiguée et s'endormit en cinq secondes.

Carmen resta donc à se retourner dans son

lit et à se demander si Judy se moquait d'elle. Elle ne comprenait pas.

Et elle devait se préparer à passer l'audition finale le lendemain soir ? Comment était-elle censée procéder ? Elle n'avait aucune idée de comment il fallait s'y prendre.

De toute façon, à quoi bon ? Elle n'était pas actrice dans l'âme. Elle n'aimait pas les projecteurs. Elle n'aurait pas le rôle.

Cette fameuse audition lui avait prouvé qu'elle n'avait rien à faire sur une scène, mais Judy n'était visiblement pas de cet avis.

Le lendemain matin, elle se leva tôt. Elle erra dans le campus jusqu'à neuf heures, le temps de localiser le bureau de Judy et, par conséquent, Judy elle-même.

– Euh, vous avez dû faire erreur, annonça-t-elle en se tortillant devant le bureau.

Judy ôta ses lunettes.

– Comment ça ?

– Vous m'avez mise sur la liste de sélection du *Conte d'hiver*.

Judy la dévisagea un peu bizarrement.

– Ce n'est pas une erreur.

– Ah, je croyais…

– Carmen, c'est toi la directrice de casting, ou c'est moi ?

Judy ne semblait pas franchement en colère, mais ses sourcils épais et droits lui donnaient l'air intimidant.

– Je sais, je sais. C'est juste que je ne pense pas pouvoir faire l'affaire.

– Tu ne sais même pas quel rôle on va te proposer !

– Oui, c'est vrai, mais je crois que je ne conviendrai pour aucun rôle.

– Laisse-moi en juger, veux-tu, répliqua Judy, maintenant légèrement agacée.

– Judy. Sincèrement. Je ne sais même pas comment on prépare une audition. Je n'ai aucune mémoire. Je ne vais pas y arriver. Il y a tellement de gens qui se débrouilleraient bien mieux que moi. Mon amie Julia Wyman, par exemple, elle serait parfaite. Je lui ai fait répéter le rôle de Perdita, elle joue beaucoup mieux que moi. Elle connaît le texte par cœur.

En disant cela, elle se rendait bien compte qu'elle était puérile.

– Excuse-moi, Carmen. Je ne voudrais pas offenser ton amie Julia, mais je la vois vingt fois par jour.

Carmen se demandait comment cela pouvait être possible quand soudain elle comprit que c'était une façon de parler.

– Elle est sûre d'elle, pleine d'aisance et d'ambition, mais ce n'est pas ce que je recherche. Quand elle joue le rôle de Perdita, j'ai l'impression de voir une bergère qui se prend pour une princesse. Moi, ce qu'il me faut, c'est une bergère qui se prend pour une bergère.

Carmen n'avait pas tout suivi, mais elle n'avait pas envie de discuter.

– Je cherche quelqu'un d'un peu plus malléable, tu vois ? Quelqu'un de fragile, de moins assuré.

Carmen acquiesça, comprenant enfin que Judy n'avait pas complètement perdu la tête.

Lorsqu'elle se retrouva au dortoir, elle appela sa mère.

– Félicitations, ma chérie ! Comme c'est excitant…

– Non, maman, ce n'est pas excitant, c'est affreusement angoissant. Je crois que je ne vais pas passer la seconde audition. Je ne sais pas comment m'y prendre.

Quand elle s'adressait à sa mère, sa voix était plus pleurnicharde que jamais.

– Tu sais bien que je ne suis pas actrice !

Sa mère se tut un instant pour réfléchir à cet argument et répliqua :

– Enfin, *nena*, tu as toujours eu un certain sens théâtral.

– *Mamá !*

Ils n'avaient donc tous que ça à la bouche ! Pourquoi tout le monde lui répétait-il toujours ça ?

Jamais un week-end ne lui avait paru aussi long. Un vieil adage dit qu'on sait si l'on a choisi la bonne voie professionnelle en fonction de l'humeur qui nous habite le dimanche soir. « Et quand on redoute l'arrivée du vendredi soir, qu'est-ce que ça signifie ? » se demandait Lena.

Elle ne vivait que pour son cours d'arts plastiques du lundi. Et elle se mit à vivre encore plus intensément lorsque Leo vint la voir à la pause.

– Ce n'est pas possible, Robert ne veut pas, lui annonça-t-il d'un ton sinistre.

– Et pourquoi ?

– On ne peut pas venir dans l'atelier. Un problème d'assurance, il faut un responsable dans le bâtiment, je ne sais quoi. Et il ne veut pas non plus qu'on fasse travailler Nora en heures sup.

– Ah bon ?

Il secoua la tête.

– C'est trop bête, dit-elle un peu trop joyeusement.

Elle était tellement contente qu'il lui parle comme à une amie.

– Ouais.

Bon. Tant mieux, elle n'aurait pas à voler les diamants de sa mère. Mais pourrait-elle survivre à un nouveau week-end sans lui ?

La pause était finie, ils durent retourner à leurs chevalets respectifs. À la fin du cours, elle prit tout son temps pour ranger ses affaires et fut ravie lorsqu'il vint la rejoindre.

– En fait, on n'est pas forcés de peindre Nora, lui dit-il alors qu'ils traversaient le hall pour sortir à la lumière du jour. Enfin, ce serait bien, mais l'important c'est de pouvoir continuer à peindre. Je pense qu'on devrait pratiquer tous les jours. J'ai l'impression de tout recommencer à zéro chaque lundi.

– Oui, c'est pareil pour moi, dit-elle d'un ton blasé.

Il marchait vite, elle était presque obligée de courir pour le suivre.

– Je pourrais travailler sur une nature morte ou un truc comme ça, reprit-il. Mais cette année, je travaille sur les nus. Je veux me concentrer là-dessus. Ce n'est pas pareil que de fixer une poire et une pomme pendant des heures.

– Mmm.

Il s'arrêta.

– Tu veux prendre un café ?

– Avec plaisir, répondit-elle.

Il la conduisit à un bar, au coin de la rue.

– Ils font de bons cafés glacés, ici.

– Super, dit-elle.

Elle adorait ses taches de rousseur.

Il en commanda deux.

– Tu as le temps de t'asseoir une minute ?

« Et pourquoi pas une heure ? avait-elle envie de répondre. Ou la journée entière ? »

Elle ne put retenir un petit rire et répondit :

– OK.

Ils s'assirent.

– J'ai même plein de minutes, avoua-t-elle avec une honnêteté excessive.

– Ah oui ?

– Ouais, j'ai un peu trop de temps pour moi, cet été.

Pourquoi était-elle donc si soporifique lorsque ses lèvres lui obéissaient et complètement ridicule lorsqu'elles échappaient à son contrôle ? N'y avait-il pas de juste milieu ?

Il la dévisagea. Avait-il pitié d'elle ? Ce n'était pas franchement glamour d'avouer qu'on n'avait rien à faire de sa vie.

– Enfin, je veux dire, j'ai la peinture, s'empressa-t-elle de rectifier. Et j'ai une recherche à faire à la bibliothèque, huit heures par semaine. Mais toutes mes amies sont parties cet été, alors...

– Je comprends.

– Ouais.

Il remua la glace pilée au fond de son gobelet. Il avait l'air mélancolique.

– Il va bientôt falloir que j'aille bosser, mais qu'est-ce que tu fais demain soir ?

Elle devint écarlate. Elle avait honte. La pitié et l'amour ne font vraiment pas bon ménage.

– Euh, c'est très gentil à toi, mais...

– Mais quoi ? Viens dîner à la maison. Tu ne vas pas me faire croire que tu es déjà prise...

Elle se mit à rire.

– Pas après ce que je viens de te dire...

– Allez, ce sera sympa. Tiens.

Il tira de son sac un papier et un stylo pour écrire son adresse.

– Vers sept heures ?

– OK, répondit-elle d'une petite voix.

Lorsqu'il sortit du café, elle relâcha lentement son souffle. Leo venait de l'inviter à dîner. Elle avait rendez-vous avec Leo.

D'un côté, elle était contente. De l'autre, elle savait qu'il n'y avait pas pire qu'un rendez-vous raté pour faire avorter une relation.

Surtout un rendez-vous accordé dans un élan de pitié…

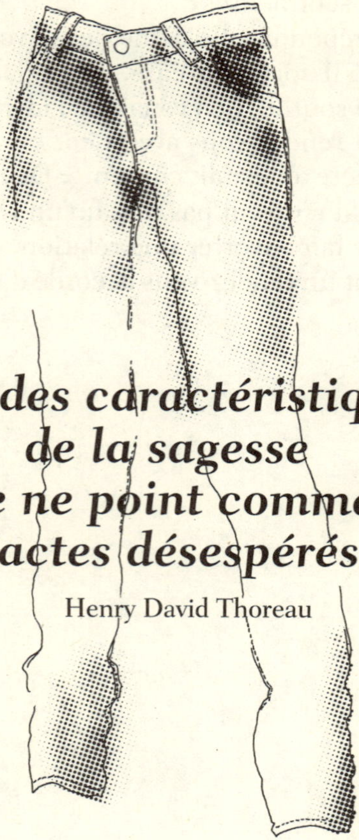

Une des caractéristiques de la sagesse est de ne point commettre d'actes désespérés.

Henry David Thoreau

Le jean magique arriva le dimanche. Mais de règles, toujours point. Comme tout ce que l'on attend avec trop d'impatience, elles se faisaient désirer.

Tibby décida de changer de stratégie. Elle allait provoquer le destin. Elle enfila une jolie culotte en dentelle, mit le jean magique et partit s'inscrire pour son stage d'été.

Une petite partie disponible de son cerveau compléta les imprimés qu'on lui donna à remplir dans le hall du bâtiment d'études cinématographiques et feuilleta la brochure. Avec le restant de son cerveau, elle s'efforçait de ne plus penser à ses règles.

Dès le premier jour où elle avait porté le jean magique, elle avait toujours été hantée par une crainte inavouable : avoir ses règles. Car, bien entendu, il était interdit de le laver. C'était la première et la plus tristement célèbre des règles. Tibby avait la chair de poule en imaginant la honte : laisser une trace de sang sur le jean magique juste avant de devoir le passer aux autres. Elle se voyait déjà le laver en cachette en espérant que jamais personne ne le découvrirait.

C'était pour cela que, dès le premier été, elle avait pris l'habitude de mettre sa culotte la plus couvrante lorsqu'elle le portait, et toujours avec une protection hygiénique. Elle savait qu'elle n'était pas la seule à faire ça. C'était une simple question de savoir-vivre.

Mais pas aujourd'hui. Aujourd'hui, elle avait pris le risque ultime. Elle était prête à tout, se dit-elle en rentrant dans sa chambre un peu plus tard dans l'après-midi.

– Tibby ?

Elle recula contre la porte. Son sang battait dans ses veines de façon chaotique. Jusque-là, toutes les fois où Brian s'était introduit dans sa chambre sans la prévenir, jamais il ne lui avait réellement fait peur.

– Désolé, fit-il en voyant sa réaction.

D'habitude, il s'asseyait sur son lit mais, aujourd'hui, il était debout. Lorsqu'il voulut la prendre dans ses bras, elle le repoussa.

– Je ne suis pas dans un bon jour.

– Tu ne réponds pas au téléphone. Je venais juste voir si tout allait bien.

– Ça va.

– Tu es sûre ?

Il mourait d'envie de lui parler, elle le voyait bien. Mais elle avait déjà trop de mal à contenir ses angoisses, elle ne pouvait pas s'ouvrir aux autres, ne serait-ce que de un millimètre.

– Tu ne travailles pas, ce soir ? lui demanda-t-elle.

– J'ai échangé mes horaires avec un collègue.

– Et demain matin ?

– Je serai de retour.

– Tu rentres ce soir ?

Il hocha la tête.

– Je voulais juste te voir.

C'était déjà un soulagement. Il ne restait pas.

– OK. Bon…

Ses cheveux étaient tout plats. À quand remontait sa dernière douche ?

– Je sais que tu t'inquiètes. Moi aussi, je m'inquiète. Je voudrais juste…

– Tu ne peux rien faire, répliqua-t-elle.

Elle fixa le sol.

– Estime-toi juste heureux d'être un mec et que ce soit moi la fille.

Il ne chercha pas à cacher qu'il était blessé.

– Mais je ne suis pas heureux.

Elle voyait bien qu'il était malheureux, à quel point elle le rendait malheureux. Elle pensa au jean magique, et à son seul et unique désir du moment. Elle était prête à tout risquer, à tout gâcher. Elle aurait tout sacrifié pour une goutte de sang.

– Je sais bien que tu es malheureux, dit-elle d'un ton contrit.

– J'aimerais pouvoir faire quelque chose.

Elle voulait juste qu'il parte. C'était la seule chose qu'elle attendait de lui. Elle voulait rester seule en tête à tête avec ses ovaires.

– Si j'ai une idée, je te le dirai, fit-elle en ouvrant la porte et en s'écartant pour le laisser passer.

– C'est vrai ?

– Oui, oui.

– Promis ?

– Oui.

– Tibby ?

– Oui ?

Il avait l'air au bord des larmes. Il étouffait de ne pas pouvoir en parler.

« On n'aurait jamais dû faire ça, aurait-elle voulu lui dire. Voilà où ça nous a menés. Pourquoi en avais-tu tellement envie, hein ? Pourquoi m'as-tu fait croire que tout allait bien se passer ? »

Elle savait qu'ils auraient dû en discuter ensemble. Mais, à la place, elle se repassa une fois de plus la conversation dans sa tête.

– Quoi ? fit-elle, tout en sachant pertinemment ce qu'il voulait.

Il la dévisagea encore un instant puis tourna les talons.

Elle se sentait minable. Elle était minable.

Elle se détestait encore plus qu'elle ne le détestait.

Il alla prendre l'ascenseur. Il avait fait tout le trajet, et il allait le refaire en sens inverse. Il n'y avait que lui pour faire une chose pareille.

D'ordinaire, ce genre d'attention la touchait. Elle aimait sa façon d'être, de faire ce qu'il pensait juste pour elle, pour lui, indépendamment de ce que le reste du monde pouvait penser. D'ordinaire, elle comprenait pourquoi il agissait ainsi, ce qui le motivait, ce qu'il ressentait.

Mais pas ce soir. Après avoir refermé la porte, elle se demanda quelle personne saine d'esprit ferait douze heures de route pour voir une fille dix minutes.

Julia apprenait le rôle de la princesse de France tandis que Carmen, mal à l'aise, travaillait sur celui de Perdita.

– Tu savais que Perdita voulait dire « enfant perdue » ? lui demanda-t-elle en levant la tête de son livre, la veille de l'audition.

Le silence régnait depuis si longtemps dans la chambre qu'elle ressentait désespérément le besoin de faire un brin de causette.

– Oui, évidemment, répondit platement Julia.

Carmen s'efforça de ne pas se vexer pour si peu.

– Tu veux que je te donne la réplique en faisant Berowne ou le roi ? insista-t-elle.

– Non merci.

Plus tard dans la soirée, elle eut l'impression que Julia avait des remords.

– Tu veux que je te fasse réciter ? lui proposa-t-elle.

– Euh, oui. C'est très gentil de ta part. Tu peux faire Polixène ?

– D'acc.

– Bon, alors je vais commencer au moment où elle s'en va.

Carmen jeta juste un petit coup d'œil à sa feuille, honteuse de ne pas connaître le texte par cœur.

– Euh… *Soyez le bienvenu, monsieur…*

– Vas-y, continue.

– *Soyez le bienvenu, monsieur ! / C'est le vœu de mon père que je me fasse / L'hôtesse de…*

– Non, la coupa Julia. On dit « fass' l'hôtesse » et pas « fasseuh l'hôtesse ». Et on ne dit pas « l'hôtesseuh » mais « l'hôtesse », tu dois dire « que je me fass' l'hôtess' de ce jour ».

– D'accord, fit Carmen.

Et elle réessaya.

Elle n'avait pas dit trois lignes de texte que Julia l'interrompit à nouveau :

– Carmen, tu as déjà lu du Shakespeare ?

– Pas tellement. Pas à haute voix en tout cas. Pourquoi ?

– Parce que tu ne maîtrises pas du tout la métrique. Tu n'as absolument aucun rythme.

– Ah…

Carmen avait du mal à croire que Julia faisait exprès de se montrer aussi blessante. Elles étaient amies, tout de même.

– Et je n'ai pas le temps de tout t'expliquer, je dois préparer mon audition moi aussi.

– Bon…, fit Carmen, au bord des larmes.

Julia referma son livre, insensible à son désarroi.

Carmen gardait les yeux rivés sur son texte.

– Écoute, Carmen, sans vouloir te vexer, tu veux vraiment perdre ton temps avec ça ? Ça n'a pas l'air vraiment ton truc, non ? Ça va te demander énormément de travail. Tu ferais peut-être mieux de laisser tomber. Moi, c'est ce que je ferais à ta place.

Carmen ne voulait pas pleurer devant elle.

– J'ai essayé de refuser, marmonna-t-elle d'un ton presque inaudible. J'ai dit à Judy qu'elle faisait une erreur.

– C'est vrai ? fit Julia avec empressement. Et qu'est-ce qu'elle a répondu ?

– Elle a dit que non.

Le visage de Julia, qui d'habitude était plutôt gracieux, paraissait déformé par la suspicion et l'envie. Carmen s'efforça de retrouver la grâce de ses traits dans son souvenir pour se rappeler qu'elles étaient amies.

– Que non quoi ?

– Qu'elle ne faisait pas erreur.

– Ouais, enfin, bon, tu sais mieux qu'elle ce que tu vaux.

Carmen hocha la tête sans un mot. Elle resta étendue sur son lit, tournée vers le mur. Qu'est-ce qui lui prenait ? Julia la torturait comme une vraie sorcière et elle ne réagissait pas, elle avait juste envie de pleurer. Qu'était devenue la célèbre Carmen au tempérament de feu ? Celle qui répliquait coup pour coup à toutes les attaques.

Elle n'avait pas vu cette Carmen depuis bien longtemps. Cette Carmen carmenesque n'avait plus rien à voir avec la Carmen d'aujourd'hui. Une Carmen délavée, affadie, une Carmen qui avait perdu son *mojo*.

Pour pouvoir se défendre, il fallait se sentir fort. Il fallait se sentir aimé. C'était toujours plus facile de tenir tête à ceux dont on se savait apprécié.

Elle aurait voulu pouvoir sombrer dans le sommeil, dormir, dormir, dormir, ne pas aller à l'audition et se réveiller en ayant oublié toute cette histoire. Si ça se trouve, Julia n'était pas si cruelle, juste franche, et c'était cette franchise qui était dure à avaler. Carmen ne savait pas lire du Shakespeare. Elle n'avait absolument aucun sens de la métrique, aucun rythme.

Elle aurait aimé pouvoir dormir, mais impossible. Longtemps après que Julia eut éteint, Carmen resta les yeux ouverts dans l'obscurité, à se lamenter sur son sort. Elle était au comble du désespoir, et le jean magique lui apparaissait comme la seule solution pour se hisser hors de l'abîme.

Soudain, elle eut une autre idée. Sans bruit, elle prit son texte au bout de son lit et sortit de la chambre sur la pointe des pieds.

Elle s'assit dans le couloir à un endroit bien éclairé. Mue par une étrange vague de rébellion, elle s'attela à son texte, là, dans sa tache de lumière.

Elle le lut de bout en bout. Pas seulement le rôle de Perdita, mais la pièce entière. Puis elle le relut à nouveau et, durant les quelques heures qui restaient avant l'aube, elle lut le rôle de Perdita avec une attention soutenue. Elle n'essayait pas d'apprendre, ni de comprendre ce que Julia appelait la métrique. Elle essayait juste de comprendre la pièce.

Carmen ne savait pas jouer les actrices. Mais elle venait de réaliser que ce n'était pas ce qu'on lui demandait. Elle était censée jouer Perdita. Elle était censée jouer une enfant perdue, de parents séparés – un père défaillant mais repentant, une mère contrainte à l'exil, gardant sa dignité malgré les critiques dont on l'accable. Ça, elle devait pouvoir essayer de le jouer.

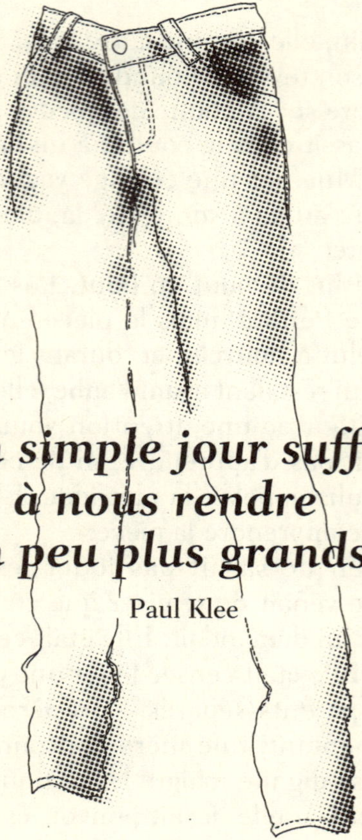

Un simple jour suffit à nous rendre un peu plus grands.

Paul Klee

En se préparant pour son prétendu rendez-vous, Lena s'aperçut qu'elle n'avait pas pensé à Kostos depuis deux jours. Par rapport à avant, c'était une éternité. Commençait-elle à l'oublier ? Le simple fait qu'elle se pose la question signifiait sans doute que non, pas encore.

Lena voulait être jolie, mais pas trop apprêtée. Elle ne voulait pas en faire trop, mais elle voulait tout de même qu'il remarque qu'elle était belle. Ou réputée telle, en tout cas. C'était drôle. « Tu ne l'as peut-être pas remarqué, Leo, mais je suis censée être belle. »

Elle appréciait et admirait Leo justement parce qu'il ne l'avait apparemment pas remarquée mais, maintenant, elle souhaitait qu'il la remarque. Elle était censée posséder cet atout qu'était la beauté, mais qui ne lui apportait, en général, que stress et contrariété – attirant des regards vides, des commentaires mièvres à foison et laissant supposer qu'elle se prenait pour une princesse ou qu'elle était snob. Pour une fois, elle aurait aimé pouvoir en profiter.

Malgré elle, cette pensée la ramena à la dernière fois qu'elle avait voulu profiter de cet atout. C'était pour l'enterrement de Bapi, où elle savait qu'elle allait voir Kostos.

Submergée par les souvenirs, elle laissa tomber son crayon à paupières sur la commode et s'assit sur son lit, les mains sous les fesses. C'était le pire de ses souvenirs.

Elle fixa ses pieds un moment, puis porta son regard vers la fenêtre et l'immeuble d'en face. Bon, pour l'oubli, c'était raté.

Lorsqu'elle se releva enfin, elle sauta la case maquillage et coiffure. Elle décida de mettre ses chaussures confortables qui révélaient que ses pieds étaient de vraies péniches. Elle se dérobait. Finalement, elle resta comme elle était.

Elle partit, l'adresse à la main. Où habitait-il ? Il était peut-être en colocation ? Devait-elle s'attendre à un rendez-vous dans les règles ? Ou bien était-ce juste un geste généreux de la part d'un ami charitable ? Elle ne savait pas ce qu'elle redoutait le plus.

Elle s'engagea dans sa rue. Elle connaissait cette rue, mais pas cette portion-là. C'était désert et un peu délabré, mais les vieux bâtiments industriels transformés en lofts lui donnaient un air résolument romantique, pensa- t-elle.

Elle s'arrêta devant le numéro 2020. Sonna au 7B. Le 7B lui ouvrit. Elle pénétra dans l'immeuble, s'assurant de bien refermer derrière elle.

Des centaines d'hypothèses qu'elle avait échafaudées, l'une des rares qu'elle n'avait pas imaginées se présenta à la porte.

– Bonsoir, je m'appelle Jaclyn. Tu es Lena ?

Elle resta une seconde de trop bouche bée, puis tendit la main.

– Oui, c'est moi. Bonsoir.

Jaclyn était une grande femme noire d'une quarantaine d'années. Elle portait une chemise en jean maculée de peinture sur un treillis kaki, avec des tongs en cuir très chic. Elle avait trois pinces en strass dans ses longs cheveux nattés. Elle était superbe.

Déstabilisée, Lena jeta un œil à l'appartement derrière elle. Il s'agissait d'un immense loft. Il devait y avoir six mètres de hauteur de plafond dans la pièce principale, et le balcon qui courait tout autour suggérait une mezzanine. De grandes tapisseries et quelques tapis anciens étaient suspendus à la balustrade.

Cette femme, dans cet intérieur, c'était trop pour elle. Tous ses sens étaient submergés. Elle se demandait ce qu'elle, Lena, venait faire ici. Leo était encore moins conventionnel qu'elle ne l'aurait cru. Et, visiblement, il aimait les femmes mûres.

Il arrivait justement derrière Jaclyn.

– Salut, bienvenue. Entre donc.

Elle les suivit, traversant la grande pièce jusqu'à la cuisine ouverte située sous la mezzanine. La table était mise et des casseroles mijotaient sur le feu. Il flottait dans l'air un parfum d'ail et d'épices.

– J'espère que tu aimes… euh… les plats qui ont du goût, dit Jaclyn. Leo utilise une tête d'ail minimum par plat.

Un autre sens ébloui. Une nouvelle surprise concernant Leo.

Lena hocha la tête.

– Oui, je suis d'origine grecque.

Jaclyn sourit.

– Parfait.

Leo gérait les quatre feux grésillants d'une main de maître. Lena venait d'une famille de cuisiniers, mais elle pouvait à peine surveiller une casserole à la fois.

– Maman, tu me passes le beurre ? demanda Leo.

Toutes les pièces du puzzle qui tourbillonnaient dans l'esprit de Lena se défirent et se remirent brusquement en place. Jaclyn était donc sa mère ?

Elle lui passa le beurre. Preuve s'il en fallait qu'elle était bien sa mère. De plus, il n'y avait personne d'autre dans les parages, qui aurait pu prétendre à ce titre.

Lena regarda Jaclyn et Leo tour à tour. Mmm. Effectivement, Leo avait la peau mate et dorée, assez foncée. Et il avait hérité de la beauté de sa mère.

Elle réalisa soudain qu'en tant qu'invitée, il n'était pas souhaitable de rester muette comme une pierre.

– Je peux vous aider ? proposa-t-elle poliment.

– Je crois que tout est prêt, répondit Jaclyn en cherchant quelque chose dans le placard. Ça va, Leo ?

– Encore deux minutes et c'est bon. Hé, Lena, tu peux m'apporter les assiettes, que je les garnisse ?

Ravie d'avoir une mission, elle empila les assiettes jaunes avec précaution.

– Elles sont magnifiques, murmura-t-elle.

– C'est ma mère.

Il lui fallut une seconde pour comprendre qu'il ne voulait pas simplement dire que la vaisselle appartenait à sa mère.

– Tu veux dire que…

– C'est elle qui les a faites. Elle travaille la céramique, entre autres choses.

– C'est vous qui les avez faites ? demanda-t-elle bêtement à Jaclyn qui était en train de poser les verres sur la table.

– Ouais. Avec le dîner, tu bois de l'eau ? Du jus de fruits ? Du vin ?

– De l'eau, s'il vous plaît, répondit Lena.

Elle ne pouvait s'empêcher de fixer Jaclyn avec une admiration béate. Elle était belle. Elle fabriquait de superbes assiettes jaunes. Brusquement, une question vint à l'esprit de Lena. Leo avait-il un père ? Il n'y avait que trois assiettes sur la table.

Puis elle pensa à sa mère à elle, avec ses tenues beiges strictes et son attaché-case en cuir brillant.

Seules ses papilles gustatives n'étaient pas encore affolées, mais quelques bouchées de ce repas suffirent à les régaler. C'était un curry d'agneau épicé avec des légumes et un riz particulièrement savoureux.

– C'est délicieux, avoua-t-elle sans masquer son ébahissement. Je n'arrive pas à croire que c'est toi qui as tout fait.

Voyant Leo éclater de rire, elle se rendit compte qu'elle avait mal tourné son compliment.

– Euh… non que tu paraisses incapable de cuisiner, bien sûr, se reprit-elle lamentablement. C'est juste que moi, je suis nulle en cuisine.

Pourquoi se dépréciait-elle systématiquement devant lui ? Cette méthode était-elle censée lui conférer un certain charme ?

– C'est sans doute que tu n'as pas beaucoup d'expérience, répondit Leo.

– C'est vrai. Dans ma famille, tout le monde cuisine, alors je n'ai pas encore eu besoin de m'y mettre.

L'image d'un Bolino fumant lui traversa l'esprit.

– Mes grands-parents tenaient un restaurant en Grèce.

La conversation s'engagea alors. Jaclyn voulait connaître l'histoire de toute sa famille, savoir comment ses parents avaient atterri en Amérique. Lena parla un moment, puis lorsqu'elle se rappela qu'elle était timide et réservée, Jaclyn vint à son secours avec une anecdote hilarante sur son voyage en Grèce avec un ex-petit ami : elle l'avait perdu sur un marché près de l'Acropole et ne l'avait plus jamais revu depuis !

Ensuite, Lena apprit que le père de Leo, un homme d'affaires qui vivait dans l'Ohio, n'était plus dans les parages depuis longtemps et que Jaclyn avait élevé son fils toute seule.

– Elle gagne sa vie en vendant ses céramiques et ses tapisseries, expliqua Leo avec une fierté visible.

Lena admira les tapisseries et les autres magnifiques objets qui ornaient les murs et les étagères. Le loft était rempli de leurs œuvres à tous les deux : dessins, vases, sculptures, peintures. Une fois encore, Lena se sentit dépassée, submergée.

Chez elle, les murs étaient beiges et nus, l'ameublement minimaliste réduit à des surfaces de métal et de pierre polie. Ses parents, issus d'une patrie au romantisme échevelé et quelque peu désordonnée, avaient grandi dans un cadre historique et un peu fouillis et ne juraient maintenant que par la netteté et l'ordre américain.

« On grandit, se dit Lena en pensant autant à eux qu'à elle-même. On quitte la maison. On découvre de nouvelles façons de vivre. »

Elle regarda autour d'elle, étouffant presque de désir. Comme elle avait envie de tout cela !

Il était tard et Bee était toujours à quatre pattes par terre. Elle avait encore dégagé quelques mètres, mais elle ne se résolvait pas à quitter « son » sol. Elle allait travailler au lieu d'aller dîner. Elle continuerait au clair de lune s'il le fallait. Elle n'avait pas besoin de lumière. Elle en avait rêvé ces trois dernières nuits. Elle aimait sentir la terre battue sous ses paumes et découvrir ce sol, centimètre par centimètre. Elle avait pris confiance en elle et savait désormais comment le mettre au jour.

La seule différence, c'est que, ce soir, Peter était à genoux à quelques mètres d'elle. Il ne connaissait pas encore ce sol aussi bien qu'elle, mais elle nota avec une pointe de fierté qu'il avait reposé sa truelle pour adopter sa technique. Plus elle progressait, plus ses gestes étaient rapides, fluides et assurés.

– Tu peux y aller, dit-elle. Franchement. Je me débrouille. Je suis une acharnée du travail, tu sais. C'est plus fort que moi. Mais je te jure que je n'abîmerai rien.

– Je sais, fit-il, sur la défensive. Ce n'est pas pour toi que je reste.

Elle se mit à rire.

– Ravie de l'apprendre.

Il avait le même air absent que celui qu'elle arborait lorsqu'elle avait les deux paumes à plat sur le sol.

– Enfin, je veux dire…

Il leva ses mains sales.

– C'est une vraie drogue.

– Tu crois ?

– Pire que les pistaches.

– À ce point ?

Il disparut un instant pour aller chercher un spot et le brancher sur le générateur. Puis il revint d'un bond dans la tranchée.

– Hé, regarde ! dit-elle.

Elle brandit un gros éclat de poterie.

– Encore un.

Ils en avaient des tas. En avançant dans la soirée, ils avaient cessé de les étiqueter correctement.

– Ça vient du cratère en calice.

– Sans doute.

– Si ça se trouve, on va pouvoir le reconstituer en entier, ma vieille.

Il était surexcité.

Il avait bien choisi sa voie. Elle comprenait qu'on puisse vouloir passer sa vie à faire ça.

– Si ça se trouve, t'as raison, mon vieux, le taquina-t-elle.

Il repartit chercher quelques *pitas*, une tablette de chocolat et une demi-bouteille de vin rouge, qu'il partagea galamment avec elle.

Après avoir mangé, ils travaillèrent en silence. De temps à autre, elle entendait des rires s'élever de la colline, où le groupe s'était rassemblé comme chaque soir.

– Encore un tesson. De lampe, cette fois.

– Argh ! grogna-t-elle. Arrête avec tes mots scientifiques. Tu peux dire « éclat » ou « morceau ».

Le mot « tesson » était la seule chose qu'elle détestait vraiment en archéologie.

Il lui lança un regard de défi.

– Tesson.

– Arrête !

– Tesson.

– Ça m'horripile.

– Tesson.

– Peter, tais-toi !

– Tesson.

Elle lui donna un grand coup de coude. Surpris et déséquilibré, il s'affala dans la poussière.

Elle était désolée, mais elle riait tellement qu'elle ne pouvait pas s'arrêter. Elle s'approcha de lui à quatre pattes. En voulant lui dire pardon, elle ne parvint qu'à hoqueter.

Il se releva et la poussa pour se venger. Elle tomba à la renverse, riant tellement qu'elle n'arrivait plus à respirer. Ils restèrent tous les deux allongés par terre, ivres de fatigue et de vin.

Lorsqu'il eut retrouvé son souffle, il se rassit et lui tendit la main.

– On fait la paix ? proposa-t-il en l'aidant à se relever.

Elle était à genoux. Il lui tenait la main (sale !). Il la porta à son cœur.

Elle voulait répondre : « On fait la paix », mais explosa de rire au milieu de la phrase.

– Tesson, répliqua-t-il.

– Comment ça s'est passé ? voulut savoir Julia lorsque Carmen la rejoignit pour dîner après son audition.

À en juger par sa tête, elle attendait une réponse bien précise.

Carmen était censée soupirer : « Un vrai désastre. Je me suis ridiculisée. »

Elle savait que c'était ce que Julia avait envie d'entendre pour qu'après elles puissent en rire ensemble et être à nouveau comme avant. Elle posa son plateau et s'assit. Mais si Julia était réellement son amie, pourquoi aurait-elle envie d'entendre ça ? Et pourquoi Carmen était-elle tentée d'obtempérer, elle qui avait pourtant une sacrée repartie ? Pourquoi Julia voulait-elle à tout prix que Carmen soit nulle et pourquoi Carmen se pliait-elle à ses désirs ?

– Je ne sais pas, répondit-elle avec sincérité. Je ne me rends pas bien compte.

– Mais Judy a fait un commentaire ? s'impatienta Julia, que la réponse ne satisfaisait pas.

– Elle a dit : « Merci, Carmen. »

– C'est tout ?

– C'est tout.

L'ambiance était tellement tendue entre elles qu'elles continuèrent leur repas dans un silence glacé. Mais quelques minutes plus tard, deux filles de leur dortoir les rejoignirent.

– Salut, Carmen. J'ai entendu dire que ton audition s'était super bien passée, lança Alexandra.

Carmen ne tenta pas de cacher sa surprise.

– Ah bon ?

– Oui, d'après Benjamin Bolter, tu débordes d'énergie et de fraîcheur. C'est ce qu'il a dit.

Carmen ne savait pas trop comment interpréter ça.

– Merci. J'avais le trac.

– Ça peut être bien d'avoir un peu le trac, affirma l'autre fille, Rachel.

– En tout cas, j'espère vraiment que tu vas décrocher le rôle. Ce serait trop cool, hein ?

Carmen les regarda s'éloigner, regrettant soudain de ne pas dîner en compagnie de Rachel et d'Alexandra plutôt qu'avec Julia.

En quittant la cantine, Carmen remarqua que la bande qui était assise à la table juste à la sortie la fixait. Un type qu'elle connaissait, Jack Je-ne-sais-quoi, lui fit signe.

– Bien joué, Carmen.

Elle franchit la porte en rougissant. Mince, elle n'était pas maquillée et elle n'avait pas mis de boucles d'oreilles. Son cœur battait plus fort, stimulé par l'adrénaline. C'était une vraie responsabilité, d'être à nouveau regardée.

À : tiboudou@sbgnetworks.com
De : carmabelle@hsp.xx.com
Objet : appelle-moi, please !

Salut à toi, mystérieuse fille des villes. Appelle-moi, j'ai une super nouvelle à t'annoncer et je veux le faire de vive voix, pas par mail.

Il faut que tu me téléphones. Ha ! ha !

Et arrête d'appeler mon répondeur, sachant pertinemment que je ne suis pas là, je connais ta technique !

À onze heures ce soir-là, Lena était heureuse et détendue. Elle était repue. Et elle était amoureuse. Si ce n'était de Leo, tout du moins de sa mère.

– J'ai quand même proposé à Nora de poser pour nous, malgré l'avis de Robert, avoua Leo alors qu'ils picoraient les dernières framboises avec des petits gâteaux.

– Et qu'est-ce qu'elle a répondu ?

– Qu'elle allait réfléchir. À mon avis, ça veut dire non.

– En fait, j'aimerais vraiment que ça marche, mais je n'ai pas les moyens. À moins de voler les bijoux de ma mère. J'y ai pensé.

Leo éclata de rire.

– Ça reviendra seulement à huit dollars l'heure si on partage.

Lena porta les mains à ses tempes.

– Je sais. Mais je n'ai pas un sou. Je dois me débrouiller toute seule pour faire cette école et c'est...

–... honteusement hors de prix ! compléta Jaclyn. Tu as demandé une bourse sur critères sociaux ?

– Je ne l'ai pas eue, fit Lena. Mes parents ont de l'argent, mais mon père ne... enfin, il n'approuve pas vraiment mon projet de carrière artistique.

En général, Lena n'osait pas en parler, tellement elle avait honte. Mais, ce soir-là, elle expliqua la situation avec une pointe de fierté.

– Tu devrais demander une bourse de mérite, intervint Leo. C'est ce que j'ai fait.

– Tu l'as obtenue ?

– Oui, ils me paient les frais de scolarité, plus une allocation, tout… Mais ça aide d'être noir. Je crois que je pourrais décrocher n'importe quelle bourse, si je le voulais.

« Ça aide aussi d'avoir du talent », pensa-t-elle tout en disant :

– J'ai obtenu une aide partielle. Et je vais demander la bourse complète pour l'année prochaine. Ça se passe en août.

– Je suis sûr que ce sera bon. Mais je peux t'aider à préparer ton dossier, si tu veux.

Lena rougit de plaisir.

– Merci.

Elle n'était pas sûre d'oser lui montrer les dessins qu'elle avait crus réussis jusque-là.

– Il me faut encore quelques toiles achevées.

Jaclyn se leva pour ôter les tasses.

– Vous devriez faire ce qu'on faisait de mon temps quand j'étais en école d'art.

– Comment ça ? demanda Leo, les pieds en chaussettes bleu délavé croisés sur un coin de la table.

– On posait les uns pour les autres. On faisait des portraits, des nus, tout… C'est gratuit, pas de problème. La plupart des dessins de l'époque où j'étais étudiante représentent mes copains.

– Je ne connais pas grand monde au stage d'été, confia Lena.

Jaclyn désigna son fils.

– Tu connais Leo. Vous n'avez qu'à le faire tous les deux.

Tandis que Leo réfléchissait, Lena réalisa ce que cela impliquait. Brusquement, elle n'était plus aussi détendue.

– Il faudrait que je pose pour Leo et qu'il pose pour moi, c'est ça ?

Au regard qu'ils lui lancèrent, elle se sentit idiote et puérile.

Leo s'enthousiasmait.

– On pourrait s'organiser comme on veut. Je poserais pour toi le samedi et tu poserais pour moi le dimanche, par exemple. Comme ça, on pourrait s'entraîner le week-end.

Lena savait qu'elle avait les yeux écarquillés. Elle s'efforça de baisser un peu les paupières pour avoir l'air moins abasourdie.

– J'ai entendu dire que c'était une bonne expérience pour un artiste de poser, renchérit Leo d'une voix qui lui sembla lointaine. Ça permet de découvrir l'autre côté de la toile. Après, tu communiques mieux avec les modèles.

Lena hocha machinalement la tête.

– Et comme ça, on aura chacun un nu à la fin de l'été.

Lena était seule, enfermée dans sa tête avec ses pensées. Il voulait poser nu pour elle ? Le dernier biscuit qu'elle avait mangé lui restait coincé dans la gorge. Et elle était censée poser pour lui ?

– Ou un portrait, corrigea-t-elle d'une voix étranglée.

Elle n'arrivait pas à avaler ce gâteau. Il restait là, bloqué, à l'étouffer. Elle savait que la pruderie n'avait pas sa place dans une carrière d'artiste, mais quand même.

Elle essaya à nouveau de déglutir. Son père avait peut-être raison, en fin de compte.

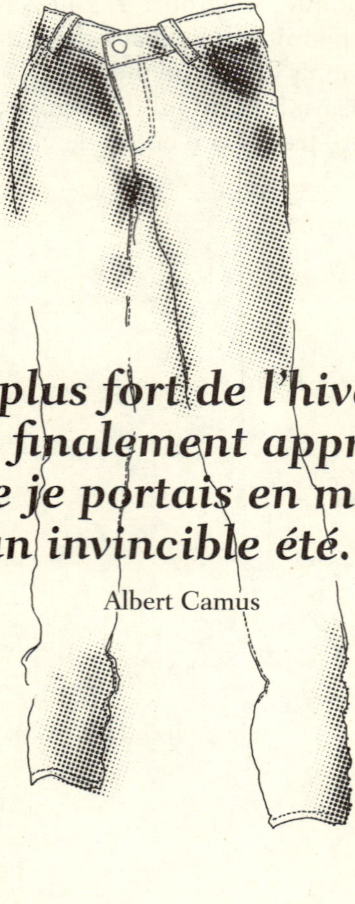

Au plus fort de l'hiver,
j'ai finalement appris
que je portais en moi
un invincible été.

Albert Camus

Le lendemain matin, Carmen exhuma un pantalon-trompette rouge qu'elle n'avait pas porté depuis l'été précédent. Elle l'avait mis pour aller faire des courses de fournitures scolaires avec Win. Elle avait aussi noué un bandana à la pirate autour de sa tête et il l'avait embrassée fiévreusement sur le parking du magasin.

Dieu que ça semblait loin !

Pour le haut, elle choisit un débardeur noir sexy et de grands anneaux en argent. Elle mit un rouge à lèvres rouge qui lui allait bien et laissa ses longs cheveux indomptables lâchés. En sortant à l'air libre, elle avait l'impression d'être quelqu'un d'autre, de complètement différent. Mais quelqu'un qu'elle connaissait bien.

Elle avait prévu d'aller tranquillement jusqu'au théâtre. Elle ne voulait pas s'emballer, se laisser emporter par ses espoirs. Elle avait peu de chances de voir son nom sur la liste, elle le savait. Une sur sept, au mieux, et elle était consciente de ne pas être aussi douée ni aussi rodée que les six autres.

Dire qu'il y a deux jours, elle était dans le bureau de Judy à essayer de se défiler. Et maintenant... Maintenant quoi ?

Maintenant, elle le voulait, ce rôle. Elle avait passé toute la nuit à travailler et à réfléchir. Et il en ressortait qu'elle voulait ce rôle. En entrant dans le théâtre, elle sentit son cœur battre comme un fou, tellement fort que son corps entier en tremblait. Finalement, c'était peut-être plus confortable de n'avoir aucun espoir, aucun désir.

Mais c'était bon aussi de désirer. Même si, au bout du compte, elle n'obtenait pas le rôle. Le désir, c'est ce qui fait de nous des êtres humains et elle était contente d'avoir rejoint le rang des êtres humains.

Elle se serait crue dans un rêve. Les soixante-quinze amateurs théâtreux semblaient réunis dans le hall du théâtre, mais il ne régnait ni le vacarme ni le chaos qu'on aurait pu imaginer. Carmen avait l'étrange impression que tout le monde l'attendait.

C'était tellement bizarre, son imagination lui jouait sûrement des tours. Pourtant, c'était bien ça : elle avait l'impression que la foule s'écartait sur son passage pour la laisser s'approcher du tableau où la liste était affichée. Elle avait même l'impression qu'ils l'encourageaient tous à regarder. Et lorsqu'elle se retrouva face à la liste, il lui sembla qu'un nom était écrit en plus gros et en plus gras que les autres.

« Perdita », lut-elle. Et en face « Carmen Lowell ».

Elle n'avait pas dit oui. C'est ce que se répétait Lena en sortant de la douche le lendemain de son dîner chez Leo. Elle avait peut-être eu l'air d'accepter mais elle n'avait pas prononcé le mot « oui ».

Il serait tellement déçu si elle refusait…

Elle se regarda, nue, dans le miroir embué. Il était trop petit pour qu'elle puisse se voir en entier, et c'était tant mieux.

Elle était pudique. Autant l'admettre. Elle était pudique et même prude. La faute à ses origines grecques, sans doute. Ses parents étaient très conservateurs. Elle ne pouvait même pas se regarder sans rougir.

Elle essaya d'imaginer Leo face à elle, dans cette « tenue ». Cette simple pensée la paniquait complètement. Jamais elle n'y arriverait.

Elle était coincée. Elle aurait aimé être plus cool, mais elle était coincée. Qu'est-ce qui la dérangeait tant ? Elle était bien proportionnée. Pas trop grosse ni difforme. Elle n'avait pas de bourrelets de cellulite, autant qu'elle sache.

Ni de poils dans des endroits incongrus. Ses tétons ne partaient pas dans tous les sens. Où était le problème, alors ?

Elle aurait aimé être comme Bee. Elle se douchait sans problème dans les vestiaires de son camp de foot, à côté de gars qu'elle connaissait à peine. Cette révélation avait laissé Lena bouche bée et bredouillante, mais Bee ne paraissait pas s'en émouvoir. « Je ne vois pas ce qui te choque », lui avait-elle répondu.

Lena repensa à Kostos et à ce fameux jour où il l'avait surprise en train de se baigner, l'été où ils s'étaient connus. Elle qui préférait rester habillée, le destin lui avait joué de sacrés tours.

À : carmabelle@hsp.xx.com
De : beezy3@gomail.net
Objet : WAOUH !

Carma ! J'ai poussé un tel cri en lisant ton mail que mon coéquipier a failli appeler une ambulance.

Je suis super fière de toi !

La technicienne sort des coulisses et devient une star ! C'est plus fort que toi, hein ?

Si elle ne les avait pas mardi, Tibby achèterait un test de grossesse.

Si elle ne les avait pas mercredi, elle achèterait un test.

Si elle ne les avait pas jeudi.

Ou vendredi.

Le samedi matin, Tibby se présenta à la pharmacie. Elle fixait la boîte comme s'il s'agissait d'un cobra. Évidemment, elle était rangée derrière le comptoir, dans une vitrine. Impossible de la subtiliser discrètement sur l'étagère pour la poser face cachée sur le comptoir. Il fallait la demander. Comment arriver à prononcer ces mots ? Elle élabora la question dans sa tête. « Pourrais-je avoir un thhhhhhhhh ? Un des brrrrrrrrr, s'il vous plaît ? La boîte avec les mmmmmmm ? »

Si elle n'arrivait même pas à supporter de penser ces mots, comment pourrait-elle se résoudre à les prononcer ?

Le vendeur était un homme aux favoris bien fournis. Elle ne pouvait pas le lui demander. Elle reviendrait plus tard.

Elle porta la main à son ventre. La sensation sous ses doigts n'était pas la même que d'habitude.

Elle sortit de la boutique. Leva les yeux. Le soleil continuait à briller de tous ses feux, sereinement, sans le moindre nuage pour l'assombrir. Elle avait un jour de congé, le ciel était bleu, et pourtant elle étouffait, en pleine crise de claustrophobie. Elle aurait beau aller n'importe où, l'angoisse la suivrait. Ses pas la menèrent jusqu'au parc de Washington Square. Des bandes d'amis discutaient autour de la fontaine. Un homme et une femme s'embrassaient sur un banc. Peut-être que son angoisse était en partie due à la solitude ?

Elle pensa à ses amies et ses muscles se détendirent un peu, fondant sous l'effet de la tristesse.

« Hé, les filles ! J'ai fait l'amour ! Je ne suis plus vierge ! C'est dingue, hein ? Je l'ai fait. On l'a fait. »

Mais aussitôt venait la suite de l'histoire, inséparable du début. La nature fataliste de Tibby la poussait à croire que le vieil adage « Après la pluie, le beau temps » était forcément réversible. « Après le beau temps, la pluie », ça n'avait pas raté. Le bonheur avait fait place à l'angoisse, l'amour au ressentiment.

La vie était donc vraiment ainsi faite. On fait l'amour pour la première fois avec un garçon qu'on aime vraiment, le préservatif se rompt et on se retrouve pfffff...

Le cynisme était un excellent moyen de se protéger, évidemment. Quand le malheur arrivait, on avait au moins la satisfaction de se dire qu'on avait raison depuis le début. Mais dans ce cas précis, la satisfaction avait un goût amer. Tibby n'avait pas envie d'avoir raison. Pour la première fois de sa vie, elle aurait aimé avoir tort.

– Vous avez l'heure ? lui demanda un jeune homme avec une casquette en velours.

– Non, aucune idée, répondit-elle.

Elle aurait pu regarder sur son portable, mais elle ne se donna pas cette peine.

Elle ne tenait pas en place. Elle repassa devant la pharmacie.

Fallait-il vraiment qu'elle achète ce test ? Non, elle n'y arriverait jamais. Voulait-elle vraiment en avoir le cœur net ? Elle avait aussi la possibilité de faire comme si de rien n'était durant les neuf prochains mois. Jusqu'où était-elle capable d'aller dans le déni ? Elle pourrait faire comme ces filles qui accouchaient dans les toilettes entre deux cours.

Elle se dirigea vers le centre-ville. Traversa Houston Street et s'enfonça dans la foule de SoHo. Les touristes y venaient pour goûter à la vie typiquement new-yorkaise et se retrouvaient en fin de compte exclusivement entre eux.

Elle marcha jusqu'à Canal Street, fit une brève incursion dans Chinatown. Passa devant un restaurant où elle avait, un soir, mangé d'étranges mets aussi délicieux que gélatineux en compagnie de Brian et de deux filles de son dortoir. Installés à une table près de la fenêtre, ils avaient regardé la neige tomber. Maintenant, il faisait trente-cinq degrés. Ce soir-là, elle était heureuse, et aujourd'hui désespérée. Elle reprit vers le nord. Ses jambes la portèrent, sans lui demander son avis, jusqu'à la pharmacie.

Elle fit les cent pas devant le magasin. Elle était incapable d'entrer pour acheter ce truc et incapable de faire quoi que ce soit d'autre. Ça peut occuper toute une vie, le déni.

En passant devant la même SDF pour la troisième fois, elle fouilla dans son sac et en tira un billet de cinq dollars. La femme au visage bouffi l'accepta volontiers. Tibby se demanda ce qui lui était arrivé. Pourquoi avait-elle fini dans la rue ?

Tibby baissa la tête et poursuivit son chemin. Elle avait certainement dû tomber enceinte trop jeune.

Peter était aussi accro qu'elle au sol de terre battue. D'habitude, Bridget était attirée par des gens plus sains d'esprit qu'elle mais, cette fois, elle était contente de trouver avec qui partager son délire.

C'était dimanche. Tous les autres étaient à la plage. Bridget et Peter étaient restés sur le chantier à travailler sur leur sol de terre battue.

– Vous êtes dingues, tous les deux, avait commenté Alison avant de partir.

Ils avaient acquiescé sans protester.

Ils en étaient à plus des deux tiers. Ils avaient mis au jour une grande pièce carrée, objet d'admiration de tout le chantier, et exhumé deux poteries attiques de la fin du VIe siècle avant Jésus-Christ, magnifiques et intactes, ainsi que les morceaux d'au moins cinq autres. Il s'agissait d'une découverte plus importante, d'une maison plus prospère que le directeur des fouilles ne l'avait supposé. D'autres membres de l'équipe, qui s'occupaient des murs, avaient dégagé l'esquisse d'une fresque.

– Je ne sais pas ce que je vais bien pouvoir faire de ma vie une fois qu'on aura fini, murmura Bridget, en s'affairant, les deux mains dans la terre.

– Mmm, pareil pour moi, répondit Peter.

– J'adore ça. Ça va terriblement me manquer. J'ai l'impression que je n'aurai plus de raison de vivre !

Il hocha la tête. Il n'avait pas l'air surpris. Il s'était, comme elle, laissé gagner par la fièvre.

– Ce sont des fouilles particulièrement agréables, dit-il d'une voix un peu traînante, accablé par le soleil brûlant. Ce n'est pas toujours comme ça.

– Je suis gâtée.

– C'est la chance du débutant, affirma-t-il.

– J'ai de la chance, s'entendit-elle dire.

– C'est vrai ?

– Oui. Pour tout, sauf pour les trucs importants.

Il s'interrompit et s'adossa à la tranchée.

– Comment ça ?

Pendant des jours, il ne l'avait pas regardée en face mais, maintenant, il la dévisageait.

Elle posa ses mains à plat sur son sol de terre battue.

– Ma mère est morte quand j'étais petite.

C'était bien de mettre les choses au point, d'évacuer le sujet. Elle savait toujours mieux où elle en était une fois qu'elle l'avait dit. C'était sa façon à elle de marquer son territoire.

– Désolé.

– Mmm. Merci.

Elle avait l'impression que, d'une certaine façon, le fait que sa mère soit morte la rapprochait de ce sol de terre battue, sans qu'elle sache bien pourquoi.

– C'est pour ça que tu n'aimes pas parler de ta famille.

« Je n'ai pas de famille », allait-elle répliquer, mais elle s'aperçut que c'était faux. Elle avait une famille. Pas un de ses membres n'avait plus de vingt et un ans, ni le moindre lien de parenté avec elle, mais c'était cette famille-là qui avait fait d'elle ce qu'elle était. Qui avait fait ressortir le meilleur d'elle-même.

– J'ai une famille originale, disons, corrigea-t-elle.

Il la laissa creuser toute seule pendant quelque temps et elle lui en fut reconnaissante.

– Ces gens menaient une existence aisée, constata-t-il alors que le jour commençait à baisser. Ils décoraient leurs poteries, leurs murs, ils avaient un sanctuaire et racontaient leur histoire sur la moindre surface disponible.

– Ils avaient la belle vie, fit-elle, mélancolique.

Elle commençait à être fatiguée.

– C'est pour ça que j'ai choisi ce chantier, plutôt qu'un autre, plus près de la maison, ce qui aurait été plus raisonnable. Ces gens ont laissé tant de traces de leur vie partout, pour nous.

Elle hocha la tête en bâillant. Elle s'adossa contre le mur pour se reposer à l'ombre. Ces longues heures à travailler dehors, en plein soleil, avaient bruni sa peau et éclairci encore ses cheveux déjà blonds.

Elle pensa à chez elle, où elle vivait en laissant le moins de traces possible de son passage. Si un archéologue fouillait la maison, quels témoignages de son existence découvrirait-il ? Et de celle de sa mère ? Leur histoire n'était inscrite nulle part. Où étaient passés les photos, les vieux souvenirs ? Son père avait-il tout jeté ?

Elle se remit à quatre pattes pour retourner à son grand amour, son sol. Elle allait prendre son temps. Faire durer le plaisir.

– Hé, qu'est-ce que c'est que ça ? s'exclama-t-elle.

Enlevant la poussière, elle tendit les lourds objets en métal à Peter.

Il les examina attentivement.

– Tu sais ce que c'est ?

Elle secoua la tête, bien que la question n'ait pour but que de ménager le suspense.

– Je pense qu'il s'agit de poids de métier à tisser. J'en ai vu en photo, mais encore jamais en vrai.

Il avait l'air tout excité.

– Note bien où tu les as trouvés.

Elle acquiesça. Elle s'essuya les mains sur son short avant de sortir l'appareil numérique de sa poche. Elle en tira aussi un stylo pour rédiger l'étiquette.

– Tu sais quoi ?

– Non, dit-elle.

– Ça me permet d'imaginer à quoi servait cette pièce. D'après son emplacement, loin de la route. D'après les poteries que nous avons trouvées, et maintenant ceci.

Elle attendait patiemment, le laissant réfléchir tout en parlant.

– Je pense qu'il s'agissait du gynécée. On préviendra David dès qu'il rentrera. Il va être fou !

– Comment tu appelles ça ?

– Le gynécée, la pièce réservée aux femmes. Il y en avait dans les grandes maisons. Les hommes n'aimaient pas que les femmes soient vues en public, même chez elles. Elles restaient donc dans une partie de la maison, à l'écart des autres.

– Pourquoi ? voulut savoir Bridget.

– Pourquoi ? Parce que…

Il s'interrompit, perdu dans ses pensées.

– Parce que les hommes sont jaloux, j'imagine. Je ne vois pas d'autre raison.

Il la regarda avec une certaine franchise. Trop même.

– Nous sommes des créatures faillibles et jalouses. Voilà ce qu'il y a dans nos cœurs.

– Allô ?

Le dimanche soir, Tibby décrocha le téléphone parce qu'elle attendait qu'on lui livre la soupe qu'elle avait commandée. Elle pensait que l'agent de sécurité de l'accueil l'appelait pour lui dire de descendre la chercher.

– Allô ? Tibby ? C'est toi ?

Elle n'aurait jamais décroché si elle avait su que c'était Lena.

– Tibby ? C'est moi. Dis quelque chose. Tu es là ?

Le son de sa voix fit monter les larmes si longtemps retenues. Et avec elles, toute l'angoisse, toute la tristesse. Ça montait, montait… jusqu'à déborder. Tibby essaya de ne pas faire de bruit. Elle écarta le combiné. Une larme fit une tache ronde sur le jean magique. Une tache, puis une autre. Tout son corps tremblait. Un sanglot lui échappa.

– Tibby. Je suis là. Je ne suis pas pressée. Dis-moi juste un mot que je sache que tu es là.

La douceur de Lena permit à Tibby d'ouvrir son cœur, plus sûrement que si elle avait tenté de la brusquer. Elle s'efforça d'inspirer assez d'air pour prononcer un mot, mais son nez était plein de morve et de larmes. Sa main était trempée. Elle émit un bruit qui était plus un gargouillis plus qu'un vrai mot.

– OK, Tibou. C'est bon, je t'entends. Tu n'es pas obligée de parler si tu n'en as pas envie.

Tibby hocha la tête en pleurant. Elle se rappela confusément avoir un jour grondé sa petite sœur Katherine parce qu'elle hochait la tête au téléphone au lieu de dire oui.

– Je vais rester un peu à l'autre bout du fil, l'informa Lena.

– D'accord, gargouilla Tibby.

Elle repensa à l'époque où, au collège, avant la mode des messageries instantanées, elles passaient des heures au téléphone, à se faire écouter des disques ou à regarder la télé ensemble.

Elle repensa aux nuits qu'elle avait passées en ligne avec Carmen lorsque sa mère rentrait tard du travail et que Carmen pensait entendre des bruits bizarres dans l'appartement. Plus d'une fois, Tibby s'était endormie avec le combiné contre la joue, sur l'oreiller.

Elle essaya d'articuler quelques mots, juste pour ne pas paraître trop bizarre.

– J'ai… peur… je crois que… j'ai peur d'être…

Le mot crucial fut noyé par un flot d'eau salée. Il n'arrivait pas à sortir.

Lena acquiesça d'un « mmm… » marquant sa compassion. Face à une crise de ce genre, la plupart des gens se montrent d'une curiosité maladive et spéculent sur le drame qui se trame. Pas Lena, et Tibby lui en était reconnaissante.

Elle fit preuve d'une grande patience et la laissa pleurer. Longtemps.

– Lenny, je suis super mal, finit-elle par dire.

Elle se mit à rire et se moucha involontairement en même temps. Elle était super mal mais, malgré tout, elle se sentait un peu mieux de l'avoir avoué.

– J'arrive, d'accord ?

– Ce n'est pas la peine.

– Si, si, pas de problème.

– Tu es sûre ?

– Mais oui !

Tibby soupira.

– Tu as besoin de quelque chose ? demanda Lena.

Elle réfléchit.

– Euh… en fait, oui.

– Quoi ?

Tibby s'éclaircit la voix.

– Tu pourrais apporter un test de grossesse ?

– En fait, j'avais l'intention de travailler sur les décors, expliquait Carmen au petit groupe qui buvait du café glacé sur les marches du théâtre en ce dimanche soir.

– J'ai entendu dire que tu n'avais même pas tenté les deux autres pièces, remarqua Michael Skelley, un garçon qui était à l'étage en dessous d'elle.

Carmen se rendait bien compte que son ascension fulgurante était en passe de devenir un mythe et elle s'efforçait de le cultiver, tout en remettant les pendules à l'heure.

– Parce que je ne pensais passer aucune audition. J'étais juste venue en tant que spectatrice quand Judy m'a demandé de lire le rôle de Perdita. C'est comme ça que tout a commencé.

Les gens hochèrent la tête.

– Alors, il est comment, Ian O'Bannon ? s'enquit Rachel.

C'était le célèbre acteur irlandais qui jouait Léonte.

Carmen se mit à rire.

– Je n'ai pas encore eu le courage de lui adresser la parole. À la première lecture, on aurait dit qu'il avait joué ce rôle toute sa vie.

C'était bizarre de voir tous ces gens autour d'elle, alors qu'elle n'avait pas attiré un regard depuis des mois. Ils ne se doutaient pas qu'elle était à la dérive, hors du courant, à regarder le monde défiler sous ses yeux. Ils ne pouvaient certainement pas s'en douter parce que ce n'était plus ce qu'elle ressentait, là, maintenant.

Les gens étaient contents pour elle. Ils avaient tous tenu à la féliciter. Ils ne savaient pas qu'elle était nulle, qu'elle ne méritait pas cet honneur.

Une seule personne ne l'avait pas félicitée et ne semblait pas se réjouir pour elle. Cette personne savait qu'elle était nulle et indigne de cet honneur et, hélas, cette personne se trouvait être son amie.

Julia avait été sélectionnée pour la pièce des amateurs. Elle intervenait à la fin, dans une sorte de chœur intitulé « Hiver », déguisée en hibou.

Carmen avait l'impression que Judy gardait une certaine rancune envers les filles qui rôdaient trop autour d'elle.

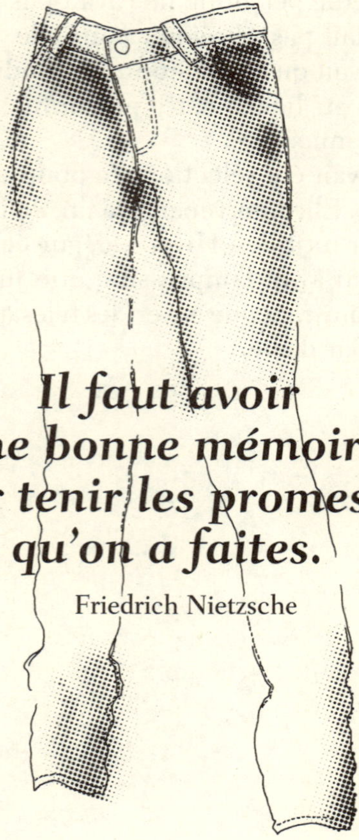

Il faut avoir
une bonne mémoire
pour tenir les promesses
qu'on a faites.

Friedrich Nietzsche

Lorsque sa soupe arriva enfin, Tibby pleura à chaudes larmes dedans.

– J'ai peur d'être enceinte, lui avoua-t-elle.

Les carottes et petits pois ne répondirent rien, mais elle se sentait mieux, rien que de le leur avoir dit.

Elle dormit tout habillée et, au matin, se mit en pyjama. Elle attendit Lena dans cette tenue. Et comme elle était trop impatiente pour tenir en place, elle descendit dans le hall guetter son amie, en pyjama.

Ses sous-vêtements semblaient humides, elle le constata distraitement, trop concentrée sur l'arrivée de Lena pour aller vérifier.

Tibby était debout derrière la porte en verre lorsque Lena surgit au coin de la rue. Elle se précipita dehors et faillit la renverser. Elle ne savait pas si Lena était plus surprise qu'elle lui saute au cou de cette façon ou qu'elle soit en pyjama dans les rues de New York en plein jour.

Lena lui tint la main dans l'ascenseur.

– Tu peux attendre une minute ? lui demanda-t-elle lorsqu'elles arrivèrent à son étage.

– Bien sûr.

Tibby fila aux toilettes et ressortit moins de cinq secondes plus tard.

– Devine quoi ?

Elle avait l'impression que tout son corps se dénouait.

– Quoi ?

– Elles sont arrivées avant toi.

Elle ne parvenait pas à s'empêcher de sourire.

– C'est vrai ?

– Ouais.

– Alors on n'a plus besoin de ça, annonça gaiement Lena en brandissant un sac de pharmacie en plastique.

Tibby en sortit la boîte et l'examina. Alors qu'elle lui avait inspiré une telle frayeur dans le magasin, elle paraissait maintenant inoffensive.

– Dis donc, c'est cher.

– Tu crois qu'il sera encore valable dans dix ou vingt ans ? demanda Lena.

– Garde-le, toi. Moi, je ne peux pas.

Prise d'une fatigue soudaine, Tibby s'affala sur son lit, comme si elle n'avait plus un seul os dans le corps.

– Bon…, fit Lena.

Elle n'allait quand même pas attendre éternellement.

– Tu veux bien me raconter ce qui s'est passé ?

Tibby était prête. Elle s'allongea sur son lit, Lena s'assit sur la chaise, près de la fenêtre. Tibby parlait tandis que Lena sortait son carnet de croquis pour dessiner ses pieds nus tout en l'écoutant. Tibby savourait chaque spasme avec le plaisir d'un surfeur après la tempête.

Quel soulagement ! « Jamais je n'oublierai ce que j'ai ressenti, se promit-elle. Jamais. Jamais plus je ne considérerai quoi que ce soit comme acquis. »

Le jeudi, Nora prit une nouvelle pose pour une durée de quatre semaines. Ils tirèrent au sort pour savoir qui choisirait sa place en premier. Lena fut troisième et s'installa tout près. Le temps que les chevalets restants soient distribués, elle redouta qu'un autre élève vienne empiéter sur son espace. Elle avait l'impression de se changer en grenouille-taureau qui se gonflait et prenait un air menaçant dès que quelqu'un approchait.

Leo tira le numéro quatorze et fut le dernier à choisir. À la grande surprise de Lena, il s'installa sur un tabouret bas, juste à ses pieds. Au début, elle crut qu'il plaisantait. Elle aurait été furieuse si ç'avait été n'importe qui d'autre mais, lorsque la pose commença et qu'il se mit à esquisser la silhouette à grands traits, elle resta fascinée.

Elle voyait parfaitement le modèle. Ainsi que le dos, les mains et la toile de Leo. Elle pouvait le regarder travailler. Pouvait-il se douter que c'était son rêve ? Qu'en l'observant elle pourrait tant apprendre de lui ?

Elle le fixa, le souffle coupé, pour commencer. Et lorsqu'elle se mit à peindre, elle était tellement électrisée qu'elle avait l'impression d'avoir connecté son esprit au sien avec un câble pour procéder à un téléchargement direct.

Elle ne supportait plus ses anciens travaux, ses anciennes façons de faire et de voir. Elle était en pleine autocritique. Mais elle n'était pas pessimiste. À l'époque, elle n'avait pas encore entrevu toutes les possibilités. Désormais, elle les avait sous les yeux.

Ils travaillèrent même durant les pauses, elle et lui. À quatre heures, Lena commença à avoir des crampes dans le bras et les jambes ankylosées, mais elle s'en moquait. Sa vie d'artiste était marquée par des avancées successives et elle avait davantage progressé aujourd'hui que durant l'année entière.

Ils rangèrent leurs affaires en silence et sortirent ensemble. Dur, dur de revenir sur terre. L'excitation, la gratitude et l'enthousiasme la laissaient sans voix. Si on tentait d'en tirer la moindre chose, tout le reste déboulerait avec, comme dans un placard trop rempli.

Il comprenait visiblement ce qu'elle

ressentait. En guise d'au revoir, il lui posa la main sur le bras.

– On se voit samedi.

Ce soir-là, Lena ne put s'endormir, tant son corps et sa tête étaient pleins d'émotions, presque à lui faire mal. Elle ne savait pas dans quelle catégorie classer les différents sentiments qui l'habitaient.

Le désir. Peut-être l'amour. Ou l'excitation physique. Mais une excitation plus intellectuelle aussi, l'impression de progresser, d'être inspirée par l'esprit de l'art. Elle ignorait comment tout ça pouvait se combiner.

Les rares nuits (aussi douces que douloureuses) où, le cœur lourd, elle brûlait de désir inassouvi, elle s'autorisait à s'endormir en pensant à Kostos, à ce qu'ils avaient fait ensemble, à ce qu'elle aurait aimé qu'ils fassent ensemble, à ce qu'ils feraient s'ils étaient à nouveau ensemble un jour, tout impossible que ce soit.

Ce soir-là, elle laissa libre cours à ses fantasmes. Mais pour une fois, c'était Leo qui habitait ses pensées.

Bridget travaillait au labo, à classer la paperasse et à enregistrer les pièces. Elle timbra l'enveloppe adressée à Greta et attendit de pouvoir se servir de l'ordinateur. Cela faisait quatre jours qu'elle n'avait pas consulté ses mails. Eric se demandait sûrement ce qu'elle était devenue.

Elle passait des heures, et même des journées entières, sans penser à lui. Comment était-ce possible ? D'accord, elle était très prise par son sol. Mais, en présence de Peter, elle avait tendance à complètement oublier Eric. Et ça, c'était plus inquiétant.

Depuis qu'il était parti pour le Mexique, elle avait du mal à se représenter son visage. C'était fou. Elle voyait à peu près les contours de sa tête, la forme de ses cheveux, mais le milieu était tout flou. Pourquoi donc ? Elle se souvenait parfaitement de gens dont elle n'avait rien à faire. Tiens, par exemple, ce gros lard d'intendant de l'université. Ou la sœur aînée de sa voisine de chambre, Aisha, qu'elle n'avait vue qu'une fois. Pourquoi n'arrivait-elle pas à se représenter son propre petit ami ? Pourquoi n'arrivait-elle pas à le garder en mémoire lorsqu'il n'était pas avec elle ? Elle savait que, en théorie, elle l'aimait, mais elle n'arrivait pas à ressentir cet amour à cet instant précis.

Pour quelle raison ? Comment se faisait-il qu'elle ne parvienne pas à retrouver un sentiment qu'elle éprouvait avec tant d'intensité lorsqu'il était là, avec elle ?

Parce que, justement, il n'était pas là.

Son cœur devait avoir un défaut de fabrication. C'était sûr, il ne fonctionnait pas correctement. Ça signifiait que rien ne pouvait la toucher au plus profond, alors ?

Elle pensa à Peter et sentit son cœur s'emballer. Non, non, il fonctionnait parfaitement. Peut-être trop bien, même.

Mais son cœur avait ses limites, c'était un cœur pragmatique qui ne battait qu'au présent. Comme l'air du désert qui n'arrivait pas à retenir la chaleur une fois le soleil couché. Comme un canal qui ne coulait que dans une direction – toujours vers l'avant, jamais en arrière.

Qu'allait-elle bien pouvoir écrire à Eric ? Qu'allait-elle lui dire ? Sentirait-il que son ton était forcé ou évasif ? Était-il jaloux ? Était-il faillible ?

Un certain Martin sortit du bureau, elle se leva pour prendre sa place.

– Ça ne marche pas, lui annonça-t-il. La connexion satellite est interrompue.

– La messagerie ne fonctionne pas, alors ?

Il secoua la tête.

Elle réalisa avec un pincement de culpabilité qu'elle était plus contente d'avoir une excuse que triste de ne pouvoir écrire. Elle croisa Peter en repartant.

– Internet est toujours hors service ? la questionna-t-il.

Elle acquiesça.

– Je n'étais pas au courant.

– Depuis ce matin. On est coupés du monde, j'en ai bien peur.

En traversant le labo, elle passa voir ceux

qui travaillaient sur les découvertes du funérarium.

– Comment va ma chère Clytemnestre ? demanda-t-elle à Anton, le biologiste.

Il semblait apprécier les visites-éclairs de Bridget.

– Ça y est, elle est entière. On avance bien.

– Qu'est-ce que vous avez appris ?

– Son âge, ce qu'elle mangeait, de quoi elle est morte.

– C'est vrai ? Alors ?

– Elle est morte en couches.

Bridget sentit son visage pâlir.

– Comment pouvez-vous le savoir ?

– On n'en est pas certains, mais c'est probable.

Elle hocha la tête.

– Quel âge avait-elle ?

– Dans les dix-neuf, vingt ans.

Les pas de Bridget étaient plus lourds lorsqu'elle quitta le labo que lorsqu'elle y était entrée. Elle se demandait si le bébé de Clytemnestre avait survécu. Et s'ils tombaient sur un minuscule squelette ? Feraient-ils appel à la célèbre Bridget, sans peur et sans reproche ?

Elle baissa la tête en passant devant le site funéraire. Clytemnestre avait beau être âgée de milliers d'années, Bridget réalisa soudain qu'elle avait dix-neuf ou vingt ans pour l'éternité.

Oh, Bee, Bee, Bee !

J'ai un tas de trucs à te raconter. J'ai l'impression que tu ne reçois pas tes mails. Je ne peux pas tout t'expliquer dans cette lettre, alors appelle-moi, d'accord ?

Profite bien du jean magique et ne fais rien que je ne ferais pas moi-même. Ce qui devrait sérieusement réduire les possibilités qui s'offrent à toi. Mais euh... en fait, il y a une chose que tu n'envisages sûrement pas, me connaissant, mais que euh... en fait, je pourrais bien avoir expérimentée. Si tu vois ce que je veux dire.

Non, ce n'est pas possible, ce n'est pas moi qui ai écrit ça !

Bizzzzzzzzzzz

Tibby

– Peut-être pas ce week-end, Brian, lui répondit Tibby au téléphone.

– Je pourrais venir juste le dimanche.

– Je travaille dimanche. Et puis il faut que je prépare mes affaires pour les cours qui commencent lundi.

– Ah. D'accord.

Elle l'entendait marcher dans sa chambre. Elle connaissait son pas, les moindres craquements du sol et la proportion exacte de tapis et de parquet.

– Je pourrais venir passer la nuit mercredi, suggéra-t-il.

Pourquoi ne pouvait-il pas la laisser tranquille un moment ? Pourquoi se montrait-il si entêté ?

– Non, en milieu de semaine, je ne préfère pas, affirma-t-elle.

Puisqu'il faisait la sourde oreille, elle n'allait pas s'embarrasser d'excuses compliquées.

– Le week-end prochain, alors.

– Peut-être.

Elle l'entendait faire les cent pas.

– Tibby ?

– Ouais ?

– Tu sais, ce qui nous inquiétait tant…

Il attendait qu'elle l'interrompe, qu'elle complète, mais elle n'avait aucune envie d'obtempérer.

– Tu as dit que… tu n'étais… tu n'étais plus inquiète ?

– Non, je te l'ai dit. C'est bon, je crois.

Elle avait été tellement soulagée dimanche. Pourquoi ne voulait-elle pas partager ça avec lui ? Elle n'aimait pas partager les mauvaises nouvelles, et encore moins les bonnes.

Elle raccrocha le téléphone et s'assit par terre, songeuse. Pourquoi était-elle en colère après lui ? Elle avait ses règles, pas de doute, elle ne craignait plus d'être enceinte. Plus de peur que de mal. (C'est bien ce qu'on dit, non ?) Pourquoi n'arrivait-elle pas à retrouver la paix ? Elle s'était imaginé qu'une simple tache rouge dans sa culotte suffirait pour que tout rentre dans l'ordre, mais ce n'était pas le cas. Pourquoi ?

Comme si, à l'intérieur d'elle-même, un mécanisme s'était tourné dans le mauvais sens et était dans l'incapacité de reprendre sa place pour repartir dans la bonne direction.

Sa voix hésitante, ses appels incessants, son besoin constant d'être rassuré. Pourquoi tout cela l'énervait-il autant ?

Mais, bizarrement, cette question en amenait une autre qu'elle n'avait pas l'intention de se poser : pourquoi tout cela ne l'avait-il pas dérangée jusque-là ?

Comme tout bon modèle, Leo arriva pile à neuf heures, comme prévu.

Lena ouvrit la porte de sa petite chambre d'étudiante et le fit entrer. Elle était assise sur son lit, dans le silence le plus complet, depuis au moins vingt minutes, les mains moites, l'esprit vide.

Pas la peine de chercher à dissimuler son stress. Cela ne servait à rien.

– Tu es prête ? lui demanda-t-il.

Sa voix était-elle légèrement plus aiguë que d'ordinaire ?

– Je crois, couina-t-elle, la gorge serrée.

Elle désigna son chevalet, où était installée une toile fraîchement enduite de cinquante centimètres sur soixante-dix. Sa palette était prête, ses tubes de peinture disposés à côté.

Avec lui au milieu, la chambre paraissait ridiculement petite.

Comment allaient-ils procéder ? Si elle voulait voir plus que dix centimètres carrés de son torse, il fallait qu'elle prenne du recul, mais… Elle n'avait pas pensé à ça. (Elle n'avait pas voulu y penser du tout, en fait.)

– Tu veux que je m'installe… sur le lit ? proposa-t-il.

Il n'était pas vraiment sûr de lui non plus. Son hésitation la paniqua encore davantage et l'aida en même temps à reprendre un peu le dessus. Il fallait bien que quelqu'un tienne les rênes.

– Je me disais que… Oui. Sauf que…

– Oui, tu ne peux pas vraiment…

– Oui, c'est un peu trop près…

– Et si je…

Il essaya de s'allonger dans différentes positions, toujours habillé, Dieu merci. Chaque fois, elle se surprenait à fixer, bien en face et de près, son entrejambe.

Quelque part, elle savait que c'était plutôt comique, mais elle était dans un tel état de panique que rire lui semblait aussi incongru qu'en plein accident d'avion.

Il parut en prendre conscience et se redressa.

– Et si je posais assis ?

Il essaya quelques positions.

Lena recula au maximum. Avec son aide, elle poussa sa commode et s'installa dos au mur. Elle secoua la tête.

– Il va falloir qu'on perce un trou dans le mur et que je te peigne de la chambre de Dana.

Il haussa les épaules.

– Dana ne serait peut-être pas d'accord.

Était-ce trop tôt pour s'avouer vaincus ? Ils avaient essayé, peut-être pouvaient-ils se contenter d'aller prendre un café glacé.

– Je crois que je tiens la solution, annonça-t-il.

« Un café glacé ? » pensa-t-elle, pleine d'espoir. Mais elle s'éclaircit la voix.

– C'est quoi ?

– Une représentation en raccourci.

– Ah oui ?

Il poussa son lit au fond de la pièce.

– Je vais te montrer.

Il installa son chevalet dans le coin, puis s'allongea sur le lit, la tête vers elle et les pieds vers le mur.

Debout derrière son chevalet, elle le fixait. C'était un angle de vue bizarre. Elle allait devoir peindre son épaule et sa tête en très gros et ses pieds en tout petit. Son épaule lui faisait penser au Groenland sur les projections cartographiques du monde et ses pieds tout riquiqui au cap de Bonne-Espérance. L'avantage, c'est que ses parties intimes seraient moins visibles dans cette position. Un peu comme l'Équateur.

C'était le mieux qu'ils puissent faire.

– Je pense que ça va aller, conclut-elle.

– OK, tant mieux.

– OK.

– OK, bon, alors je vais juste…

– OK.

Elle baissa les yeux vers ses tubes de peinture, les joues en feu. Quel bébé ! Qu'aurait pensé Bee ?

Il se redressa pour faire passer son T-shirt par-dessus sa tête.

Elle gardait les yeux baissés.

– Je n'ai jamais fait ce genre de choses. C'est un peu bizarre.

Elle n'arrivait même pas à émettre un son.

– Alors que ça paraît tellement simple pour les modèles qui posent dans l'atelier, tu ne trouves pas ?

Elle acquiesça, fixant toujours son rouge cadmium.

– Pourtant c'est juste une pose. Pour peindre.

Il continuait à parler en déboutonnant et en enlevant son jean.

– Ouais, essaya-t-elle de dire, mais ça ressemblait davantage à un grognement qu'à un véritable mot.

Allait-il vraiment enlever ses sous-vêtements ? Argh ! Quel bébé !

– Hein ? Ce n'est pas comme s'il y avait autre chose qui se jouait là…

Sa voix se perdit. Il ôta son caleçon en titubant et fut allongé sur son lit en moins d'une seconde.

Elle ne pouvait pas regarder. Elle n'allait jamais pouvoir se concentrer sur son travail.

Il pensait qu'il n'y avait rien d'autre qui se jouait ? Elle avait pourtant l'impression qu'il y avait bien autre chose qui se jouait là.

Son visage ruisselait de sueur. Ses mains étaient moites et tremblantes. Elle se cramponnait à son pinceau. Si elle essayait de le lever, il s'apercevrait qu'elle tremblait comme une feuille.

Il avait dit que ce n'était pas comme s'il y avait autre chose qui se jouait là. Hé ! Qu'est-ce que ça voulait dire ?

– Je suis prêt. Tu peux chronométrer la pose ?

Non, elle ne pouvait pas. Elle ne pouvait rien faire. Elle ne pouvait même pas remuer ses yeux dans ses orbites.

– Ça va ? demanda-t-il.

Elle nota une douce inquiétude dans sa voix.

Elle s'efforça de se secouer.

– Je suis d'origine grecque, finit-elle par dire.

C'était sa réponse à tout. Pour l'ail, pour la gêne.

– Oh…

Son ton était assez compréhensif.

– Tu pourrais essayer de te dire que je suis un modèle, comme tous ceux qu'on a à l'atelier.

Elle se força à relever les yeux, lentement. Son épaule, son visage. Il était rouge, comme elle, mais il ne suait pas autant. Leurs regards se croisèrent un instant, ce qu'elle n'avait pas prévu du tout.

Il ne pensait pas qu'autre chose se jouait, là ?

Elle ne ressentait pas cela quand Nora posait. Ni quand Marvin posait. Pas le dixième du quart du millionième.

L'indignation l'empêchait de baisser les yeux, mais ses pupilles restaient dans le vague. Cramponnée à son pinceau, elle le dirigea vers la toile. Ce n'était pas la bonne technique. Elle fit quelques traits maladroits.

Trop énervée pour regarder sa toile, elle le regarda. La poêle à frire sur le feu. Ses yeux descendirent le long de son corps, de sa peau dorée. Oh, mon Dieu. Elle vit ce qui se trouvait là. Impossible d'y échapper. Ce n'était pas l'Équateur. Plutôt le Brésil.

Elle détourna vite les yeux. Il y avait définitivement autre chose qui se jouait dans cette pièce.

Elle reposa son pinceau sur sa palette.

– Si on faisait une pause ? proposa-t-il.

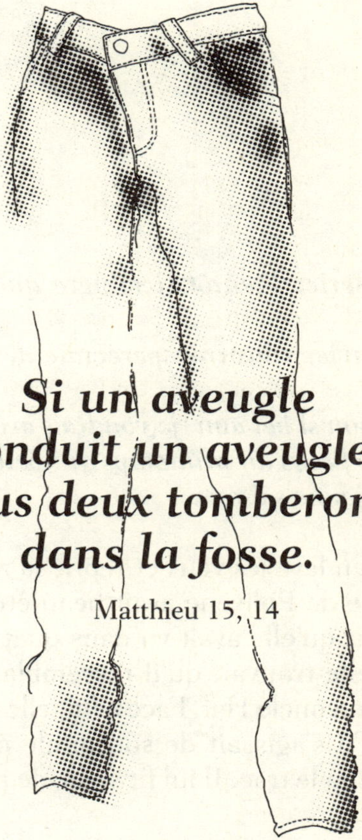

Si un aveugle conduit un aveugle, tous deux tomberont dans la fosse.

Matthieu 15, 14

Vous seriez bientôt si maigre que les bourrasques
De janvier vous transperceraient, de part en part.
Oh, mon si bel ami, je voudrais avoir
De ces fleurs du printemps qui peuvent dire
Votre jeune saison…

Carmen leva les yeux et reprit sa respiration. Le rôle de Polixène avait beau être joué par un acteur qu'elle avait vu dans quatre films au moins, elle trouvait qu'il ressemblait étrangement à son oncle Hal. Face à lui, elle s'imaginait donc qu'il s'agissait de son oncle pour éviter d'avoir trop le trac. Il lui fit signe de poursuivre.

Vous qui portez toujours, sur vos branches pures,
Votre virginité en fleur… Ô Proserpine,

Que n'ai-je encor les fleurs qu'en ton effroi,
Du char de Pluton tu laissas tomber!

Elle s'adressait maintenant à Florizel, son soi-disant amoureux. Il avait au moins dix ans de plus qu'elle, était maquillé comme une voiture volée et semblait bien plus intéressé par Polixène.

Elle fut soulagée lorsqu'ils firent enfin une pause. Ils répétaient désormais près de dix heures par jour et, le reste du temps, devaient essayer leurs costumes.

Elle aperçut Léonte qui avait assisté à la scène depuis les coulisses et tenta maladroitement de l'éviter. Il était tellement beau qu'elle n'avait pas encore eu le courage de lui adresser la parole en dehors des répliques de Perdita.

Mais son stratagème échoua lamentablement. Il la regarda droit dans les yeux.

– Carmen, tu étais absolument charmante, lui dit-il alors qu'elle trottinait comme un bébé tortue tentant de gagner la mer.

– Merci, répondit-elle d'une voix étranglée, ruisselante de sueur.

Mais, une fois dehors, elle ne put contenir sa joie.

« Charmante », il avait dit « absolument charmante ».

« Absolument charmante », c'était ce qu'il avait dit. Elle rit toute seule. Elle avait des auréoles de sueur sous les bras qui n'avaient absolument rien de charmant.

Elle était abasourdie. Sincèrement. Jamais de sa vie elle n'aurait imaginé avoir un quelconque talent pour quoi que ce soit. Jusque-là, elle avait l'impression d'avoir dû travailler dur, ramer, supplier, réquisitionner ou voler tout ce qu'elle avait obtenu.

Elle était bonne en maths parce qu'elle bossait deux fois plus que les autres. Elle avait réussi brillamment ses exams parce qu'elle avait appris par cœur des listes de vocabulaire et fait tous les exercices des annales pendant deux ans. Elle avait décroché un A en physique parce qu'elle était assise à la droite de Brian Jervis, un crack qui écrivait de la main gauche et ne prenait pas la peine de cacher sa feuille.

Et voilà qu'elle parvenait, au prix d'un effort à peine perceptible, à être absolument charmante.

Quel bonheur ! Quel charme !

Le prince Mamillius sortit par la porte des coulisses. Lorsqu'il la vit, il vint s'asseoir à côté d'elle. Elle n'arrivait pas à se rappeler son vrai nom. Même si, techniquement, c'était le frère de Perdita, il mourait avant sa naissance, ils n'avaient donc pas de scène en commun.

– Ça va ? lui demanda-t-il.

Quand il jouait le prince, il parlait un anglais shakespearien impeccable, mais hors de la scène, elle remarqua avec amusement qu'il avait plutôt l'accent du fin fond du New Jersey.

– Ça va, répondit-elle.

Il avait un blaireau tatoué sur la cheville. En fait, il était carrément mignon.

– Jolies fleurs, commenta-t-il.

Carmen porta la main à son oreille. Andrew Kerr lui avait demandé de se mettre des fleurs dans les cheveux durant la scène romantique, pour se préparer à porter son somptueux costume de Flore.

– Oh…

Elle eut un peu honte sur le coup, puis se dit finalement que non, elle n'était pas ridicule.

Il se pencha tout contre elle pour les sentir.

– Hum !

Son souffle caressa ses cheveux.

– Tu veux une limonade ? lui proposa-t-il en se relevant.

Décidément, il ne tenait pas en place.

Elle allait refuser machinalement, puis finalement accepta.

– Avec plaisir, répondit-elle.

Il haussa les sourcils avant de tourner les talons. Elle mit un temps à réaliser que son propre frère, le prince Mamillius, venait de flirter avec elle.

Trois heures plus tard, Lena avait tartiné l'équivalent de plusieurs dollars de peinture sur une belle toile neuve. Elle avait gâché les deux, ainsi que la matinée de Leo. Sa toile n'était même pas une toile. Sa sœur Effie aurait fait mieux.

Durant la troisième heure, les joues de Lena prirent une teinte violet foncé. Pas question qu'elle laisse Leo jeter un coup d'œil à cette prétendue peinture.

– C'est bon pour aujourd'hui, annonça-t-elle d'un ton abattu.

– Tu es sûre ?

Il n'avait pas l'air fâché d'en finir.

– Oui, oui.

Il paraissait aussi gêné qu'elle.

– Désolé, je ne suis pas un très bon modèle.

– Non, non, c'est parfait. C'est juste que…

Elle alla nettoyer ses pinceaux dans les toilettes pendant qu'il se rhabillait. Lorsqu'elle revint, ils s'assirent côte à côte sur le lit.

– Ça ne s'est pas passé aussi bien que je l'avais espéré, constata-t-il.

Elle laissa échapper un soupir de soulagement. Ouf, il était habillé. Et re-ouf, elle n'avait plus à tenir son pinceau.

– C'est ma faute, dit-elle.

– Non, pas du tout.

Ils restèrent un moment silencieux.

– Tu es vierge ? lui demanda-t-il.

Elle le dévisagea, surprise.

– Désolé, c'est personnel, je sais. Tu n'es pas obligée de répondre.

Sa première réaction était de refuser de répondre. Mais il avait l'air tellement gentil. Il la regardait avec intensité. Il était lui aussi complètement perdu, et ça lui allait bien.

– Ça va. Bon sang, ça se voit tant que ça ?

– Non. Et puis, de toute façon, il n'y a pas de quoi avoir honte.

Il posa la main sur la sienne. Il ne la prit pas, il la laissa juste comme ça.

Lorsqu'il fut parti, Lena s'écroula sur son lit, épuisée, et y resta pendant une heure. Quelque part, au fond d'elle, elle sentait que, dans leur contrat d'échange de pose, elle venait de remplir la partie la plus facile.

Bridget avait passé toute la journée du samedi à visiter Halicarnasse, ville aujourd'hui nommée Bodrum. Dans le minibus, elle s'était retourné l'estomac à lire les livres que Peter lui avait prêtés, engloutissant un pan d'histoire allant de l'installation des premiers Grecs en Asie Mineure jusqu'aux invasions perses qui les avaient presque anéantis.

Une fois dans les ruines de la ville, elle avait fait le tour de chaque colonne, arpenté chaque sentier, gravi chaque gradin du stade antique. Elle avait adoré, mais elle était contente de rentrer au chantier où l'attendaient le jean magique envoyé par Tibby ainsi que son sol de terre battue.

Elle s'assit sur sa terre avec le jean, ravie à la pensée qu'il serait imprégné pour toujours de terre antique. Elle savoura ce moment en leur précieuse compagnie à tous deux. Et en compagnie de Peter également. Le fait de se retrouver seule avec lui alors que la connexion internet était toujours interrompue lui donnait l'impression d'être encore plus isolée du reste du monde.

Il ne leur restait plus que quelques mètres carrés à dégager. Ils prenaient tous les deux leur temps maintenant.

– Quelle heure est-il ? demanda-t-il.

Le soleil était couché depuis des heures et ils étaient restés à creuser et à méditer en silence.

– Je ne sais pas. Tu veux que j'aille voir ?

Il acquiesça.

– Tu veux bien ?

Elle se leva.

– Hé, il est chouette, ton jean.

Elle aurait parié qu'il le remarquerait.

Elle s'approcha de lui et se mit à la lumière pour qu'il puisse bien voir.

– C'est un trésor de famille, la famille peu banale dont je t'ai parlé.

Il hocha la tête, examinant les dessins et les inscriptions sur le devant. Puis il l'attrapa par un passant de ceinture et la fit tourner lentement pour regarder le reste.

« Tu es en train d'admirer mon jean », pensa-t-elle dans sa tête, mais elle se doutait bien qu'il admirait aussi sa silhouette en dessous.

Un peu gênée, elle sortit de la tranchée par l'escalier de bois improvisé pour rejoindre le petit groupe de la colline qui commençait juste à se disperser.

– Quelqu'un a l'heure ? lança-t-elle.

Darius portait une montre.

– Une heure moins vingt.

Elle retourna transmettre l'info à Peter.

– Devine quoi ? lui dit-il.

– Quoi ?

– J'ai trente ans.

– Là tout de suite ?

– Depuis quarante minutes.

– C'est pas vrai ! Bon anniversaire ! Trente ans, ça se fête !

– Merci.

Il s'adossa à nouveau contre le mur. S'épousseta les mains. Soudain, il prit l'air inquiet.

– Si tu le dis à qui que ce soit, je te tue.

– Ce serait une réaction un peu excessive.

Il rit.

– Tu as raison. Mais je compte sur toi, hein ?

– OK.

C'était presque trop naturel qu'il lui confie ce genre de secret. Elle le dévisagea. Trente ans, ça ne lui paraissait pas très vieux maintenant qu'elle le connaissait.

– Il faut qu'on te trouve un gâteau ou quelque chose, non ?

– Je crois que je survivrai sans. Je déteste que des inconnus me chantent « Joyeux anniversaire », c'est une phobie héritée de l'enfance.

– Intéressant.

– Ouais, enfin, bref, je suis content de fêter mes trente ans en tête à tête avec ce sol de terre battue.

Il s'interrompit pour la regarder.

– Et avec toi.

Elle esquissa un haussement d'épaules mais elle avait les joues en feu.

– Merci. Je suis flattée.

Elle sentait son humeur hésiter entre badinage et émotion, elle ne savait pas comment le prendre.

– Moi aussi.

Ce n'était pas la peine qu'ils fassent semblant. Ils étaient devenus très proches au cours des dernières semaines ; c'était indéniable.

Elle eut une idée.

– Tiens, attends une minute.

Le coin cuisine de la grande tente était désert, mais elle trouva une torche et dénicha aussi un plat à moitié plein de *baklavas*, une bougie votive et une bouteille de vin. Elle prit des allumettes et deux gobelets et s'en alla retrouver Peter avec son butin.

Assise en face de lui sur leur sol bien lisse,

elle versa deux verres de vin, alluma la bougie et la posa près des *baklavas*.

– J'imagine que tu n'as pas envie que je chante, mais bon anniversaire, mon vieux.

Elle fit cette déclaration d'un ton solennel et elle était sincère. C'était un grand jour, un jour important. Elle baissa les yeux tandis qu'il soufflait sa bougie en faisant un vœu.

Parce qu'il était son ami et qu'elle se sentait investie de la grande responsabilité de l'escorter au seuil d'une nouvelle décennie, elle leva son verre pour trinquer et se pencha vers lui, sans trop savoir ce qu'elle cherchait. Peut-être avait-elle l'intention de le serrer dans ses bras ou de l'embrasser sur la joue comme elle l'aurait fait avec n'importe qui.

Mais il se méprit sur son geste. Ou peut-être est-ce elle qui se méprit sur le sien. Sa joue frôla la sienne, puis ses lèvres se posèrent sur sa joue. Et soudain, il se détourna – pour se rapprocher ou pour s'écarter, comment savoir. En tout cas, il en résulta que, accidentellement ou volontairement, leurs lèvres se rencontrèrent.

Le premier contact fut gauche et maladroit. Mais le second fut plus volontaire. Elle plongea dans sa chaleur, dans son odeur. Elle lui caressa le visage, ce qu'elle ne faisait pas avec n'importe qui. Elle l'embrassa avidement et sentit le contact décidé de sa main sur sa nuque.

– C'était un baiser d'anniversaire, commenta-t-elle en se forçant à s'écarter.

La tête lui tournait. Elle ne savait plus où elle en était. Elle voulait conserver la possibilité de faire machine arrière. Pensait-il de même ?

Il se releva avec empressement et elle l'imita.

– On marche un peu ? proposa-t-il.

Ils en avaient tous les deux besoin. Faire quelques pas, prendre l'air.

Ils partirent en direction de la mer, grimpèrent la colline et, de l'autre côté, découvrirent une belle étendue d'herbe rousse qui se déroulait sous des millions d'étoiles.

Elle avait envie de descendre en courant jusqu'au rivage, de plonger et de traverser la mer à la nage. Elle avait envie de l'embrasser à nouveau, de se jeter sur lui et d'enfouir son visage dans son cou.

Elle portait le même débardeur blanc crasseux depuis le matin. Peut-être avait-elle froid, mais elle ne le sentait pas.

Peter prit sa main dans la sienne et les posa toutes les deux sur sa cuisse.

– Bee.

– Oui.

– Je dois te faire un aveu : je suis monstrueusement accro à toi, déclara-t-il lentement et en pesant ses mots. J'espérais que ça n'irait pas jusque-là, mais j'espère aussi que ça ira mieux maintenant que je te l'ai dit.

Elle posa sa joue dans sa main, fixant son regard au loin.

– Je suis accro aussi.

– À la terre.

– À la terre. À toi.

– À moi ?

– À toi.

Cela faisait du bien de le dire, effectivement. « Mais est-ce que ça va vraiment arranger les choses ? »

– Je ne devrais pas m'en réjouir, dit-il d'une façon qui contredisait ses mots.

– Non. Moi non plus.

Elle sentait ses cheveux voleter dans la brise légère, chatouiller son bras, exercer leur pouvoir magique. Sauf qu'elle n'avait pas vraiment envie de magie, à ce moment précis.

– C'est difficile…, commença-t-il, ponctuant son discours d'hésitations et d'inspirations malaisées, de ne pas me dire que je suis en train de tomber amoureux de toi. Ce que je ressens est tellement fort lorsque je suis avec toi ! Quand je te regarde, j'ai du mal à me concentrer sur les raisons qui font que ça ne peut pas marcher.

– Tu veux en parler ?

Il eut l'air vraiment malheureux l'espace d'un instant.

– Non.

Elle le dévisagea avec une étincelle de défi dans les yeux.

– Alors qu'est-ce que tu veux ?

Le bonheur fou, indomptable, reprenait le dessus. Il était comme elle. Il ne pouvait pas le maîtriser.

– Tu veux vraiment le savoir ?

Elle hocha la tête, parfaitement consciente qu'elle n'aurait pas dû. Elle n'aurait pas dû poser la question. Elle n'aurait même pas dû avoir envie de savoir.

– Voilà ce que je veux. Je veux te serrer dans mes bras et dévaler cette colline. Puis je veux te déshabiller pour t'embrasser partout. Je veux te faire passionnément l'amour dans l'herbe, là-bas.

Il désigna un endroit au pied de la colline.

– Puis je veux m'endormir avec toi dans mes bras et je veux me réveiller au lever du soleil et tout recommencer.

Elle garda les yeux fermés une minute. Ils traversaient une zone dangereuse. Comment ne pas s'imaginer tout ce qu'il lui disait, de la manière dont il le lui disait ?

– Et qu'est-ce que tu vas faire ? demanda-t-elle d'une voix à peine plus forte qu'un murmure.

Elle voyait presque les forces adverses se battre dans sa tête. Elle ne savait pas quel camp était en train de gagner ni même quel camp elle soutenait.

La lassitude qui s'empara de son regard lui fournit un indice.

– On va s'embrasser parce que j'ai trente ans et que c'est le vœu que je viens de faire. Puis je te raccompagnerai à ta tente et on se dira bonne nuit.

– D'accord, fit-elle, à la fois triste et soulagée.

Il l'embrassa. Il la fit rouler dans l'herbe et l'embrassa passionnément. Ses mains passèrent sous son T-shirt pour se plaquer contre son dos nu. La force de son désir lui donna le vertige.

Elle se redressa avant qu'ils ne se laissent entraîner dans la seconde phase.

Ils rentrèrent au camp en se tenant la main. Il l'embrassa sur la joue devant sa tente.

– Tu ferais bien de filer avant que tout ça ne nous échappe, lui glissa-t-il à l'oreille. Qu'on ne se laisse emporter et qu'on dévale la colline.

Elle hocha la tête tout contre sa joue.

– Joyeux anniversaire, monsieur, dit-elle du bout des lèvres à la façon Mae West.

Et elle partit s'allonger sur son lit de camp minable, flottant sur un nuage de désir. Mais sur son nuage, quelque chose la perturbait, quelque chose lui rentrait dans le dos, une sensation de menace imminente.

Ils avaient résisté ce soir, mais qu'en serait-il demain et après-demain ?

Elle avait son goût dans la bouche. Il avait laissé l'empreinte de son corps dans le sien. Ils s'étaient dit des choses qui ne s'oublient pas et qu'on ne peut pas reprendre. Ils avaient franchi toutes les barrières, les laissant en morceaux à leurs pieds. Qu'est-ce qui les retenait, maintenant ? Elle craignait qu'ils n'aient tous les deux vu l'endroit où ils auraient dû faire demi-tour et ne l'aient dépassé sans s'arrêter.

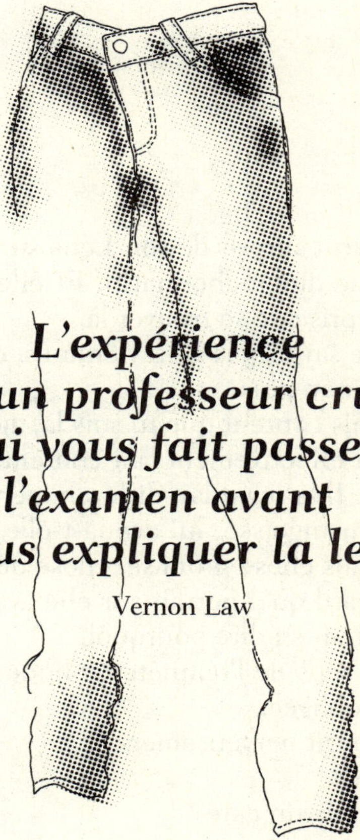

L'expérience est un professeur cruel qui vous fait passer l'examen avant de vous expliquer la leçon.

Vernon Law

Leo parut surpris de voir Lena sur le seuil de son loft le dimanche matin. Et elle était tout aussi surprise de se trouver là.

– Je ne savais pas si tu viendrais, dit-il.

– Moi non plus.

– Je suis content que tu sois là, ajouta-t-il.

Il avait effectivement l'air content, et un peu perplexe. Il la regardait différemment.

– Ça m'angoisse, lui avoua-t-elle avec franchise. Mais chose promise, chose due.

Le regard qu'il portait sur elle avait changé. Elle n'aurait su dire pourquoi.

– Ton sens de l'honnêteté t'honore, mais tu n'es pas obligée.

Elle sourit nerveusement.

– Merci.

– Tu veux un café ?

– Oui…

Elle s'interrompit, considérant l'état de ses nerfs.

– Ou peut-être un thé, marmonna-t-elle en le suivant dans la cuisine.

Il mit la bouilloire à chauffer et s'assit. La lumière du nord – la lumière des artistes – inondait la pièce par les hautes fenêtres.

– Où est ta mère ? s'enquit Lena.

– C'est son jour de bénévolat à l'église, expliqua-t-il. Je me suis dit qu'un peu d'intimité faciliterait peut-être les choses.

Elle acquiesça.

– Mais je comprendrais que tu ne veuilles pas...

– OK.

Elle s'assit, perdue dans ses pensées.

Il la regarda, les coudes sur la table, le menton dans la main. Lorsqu'elle croisa son regard, il lui sourit. Et elle lui rendit son sourire.

Elle envisagea de rentrer chez elle après avoir bu son thé. Ou bien de rester, de se déshabiller et de laisser Leo la peindre. La deuxième alternative ne lui semblait guère plausible mais, bizarrement, la première non plus. Elle avait la drôle d'impression de s'aventurer en territoire inconnu. Elle avait déjà laissé son esprit vagabonder. Toutes les possibilités étaient ouvertes. Elle ne pouvait pas faire machine arrière et tout oublier. Elle n'avait pas l'oubli facile.

– Je pense qu'on devrait essayer, déclara-t-elle enfin.

– Tu crois ?

– Et toi ?
– Oui, je crois.
– Alors allons-y.
– Si ça te met mal à l'aise, on arrête.
Elle haussa les épaules avec un petit rire.
– Ça me met mal à l'aise. On va devoir s'arrêter avant même d'avoir commencé.
Elle prit une profonde inspiration.
– Mais je pense qu'on devrait quand même essayer.
La chambre de Leo était spacieuse, éclairée par un puits de lumière. Il avait tiré un petit sofa bordeaux au milieu de la pièce et étendu un drap jaune pâle par-dessus. Son chevalet était plié dans un coin.
– J'avais pensé qu'ici ce serait bien, annonça-t-il, un peu penaud.
Elle voyait qu'il s'était efforcé de recréer un cadre rappelant l'ambiance d'un atelier, au lieu de lui proposer de poser sur son lit.
– Mais on peut se mettre ailleurs, si tu veux.
Les couleurs étaient rayonnantes. La lumière faisait ressortir le drapé. Elle voyait presque déjà la toile.
– Non, ça va.
Il disparut un instant et revint avec un peignoir, sans doute celui de sa mère. Il le lui tendit avec un air interrogateur, qui signifiait : « Tu es vraiment d'accord ? »
– Je ne t'en voudrai pas si tu ne veux pas.

– Oui, mais moi, je m'en voudrai.

Il hocha la tête.

– C'est juste une peinture.

C'était bien plus qu'une peinture pour elle. Mais il fallait qu'elle le fasse.

– Je vais te laisser un peu seule, dit-il.

– Pas trop longtemps, répondit-elle avec un petit rire nerveux.

Elle pensa aux médecins qui quittent la pièce le temps que le patient se déshabille et se rhabille. Comme si la nudité n'était gênante qu'en tant qu'état transitoire.

Elle ôta vite ses vêtements pour ne pas se laisser le temps de réfléchir et de revenir sur sa décision. Débardeur, pantalon large, tongs en tas par terre. Elle était trop stressée pour les plier. Elle s'était habillée en s'inspirant des modèles : des vêtements amples, faciles à enfiler et à enlever. Pas de marques rouges à la ceinture ou sous la bretelle du soutien-gorge. Elle avait pensé à se raser pour avoir la peau lisse et sans défaut.

Elle s'enfouit aussitôt dans le peignoir. « À quoi bon ? » se demanda-t-elle. Elle allait tout de suite devoir l'enlever. Mais les modèles avaient toujours un peignoir. Qui sait, c'était peut-être comme la cabine téléphonique de Superman ? La vierge effarouchée et pudibonde qui enfilait le peignoir et se transformait brusquement en modèle chevronné en l'enlevant.

Elle l'ôta. S'assit sur le sofa. S'allongea. Corrigea sa position. Leo frappa à la porte.

– Tu es prête ?

Tous ses muscles se raidirent. Ses épaules, son cou, sa tête fusionnèrent en une masse disgracieuse. Apparemment, elle était ressortie de ce peignoir aussi prude qu'elle y était entrée.

– Prête, couina-t-elle.

– Lena ?

– Prête, répéta-t-elle un peu plus fort.

On se serait cru dans un vaudeville. Si seulement elle avait pu en rire…

Il était stressé, lui aussi. Il ne voulait pas l'offenser ou la gêner en la regardant trop vite ou trop brutalement. Il s'affaira à préparer son chevalet, feignant d'ignorer qu'il y avait une fille nue dans la pièce. Elle marmonna quelques mots à propos de la chaleur, feignant également d'ignorer qu'il y avait une fille nue dans la pièce.

– On y va, ma vieille, dit-il, son pinceau à la main.

Il était prêt à se mettre au travail. Il la regarda de ses yeux de peintre.

– On y va, souffla-t-elle.

Ce « ma vieille » lui convenait peut-être à lui, pensait-elle amèrement, mais à elle, pas du tout.

Il déplaça le chevalet vers la gauche et un peu plus près d'elle. Il sortit de derrière et s'approcha d'elle.

– Relève un peu la tête.

Elle obtempéra.

– Parfait.

Il s'approcha encore, sans la quitter des yeux.

– Bien, les mains un peu plus comme ça.

Il lui montra le geste plutôt que de la toucher.

Elle s'exécuta. Si seulement ses muscles pouvaient se décontracter un peu…

– Très joli, dit-il en l'étudiant toujours. Les jambes… un peu plus souples.

Elle laissa échapper un petit rire nerveux.

– Oui, d'accord.

Il rit également, mais distraitement. Elle voyait bien qu'il était concentré sur son œuvre. Pourquoi n'avait-elle pas réussi à le faire lorsque c'était à son tour de peindre ?

– OK. Waouh !

Il retourna à son chevalet. Haussa les sourcils. Il était surexcité, c'était clair. Surexcité par son œuvre.

Le lendemain matin, Bridget était affalée sur son bol de céréales, enfournant machinalement ses Frosties, lorsqu'elle aperçut une voiture inconnue qui se garait sur le parking improvisé. Sur le coup, elle n'en pensa rien. Elle avait déjà la tête assez pleine et, en plus, elle n'était pas bien réveillée.

Elle nota vaguement un claquement de portières, de l'agitation à l'entrée de la tente. Petit à petit, ces divers éléments firent leur chemin dans son esprit.

– Tu as vu Peter ? lui demanda Karina.

Elle cligna des yeux en avalant les céréales qu'elle avait dans la bouche.

– Pas ce matin.

Bizarrement, cette question mit son esprit en alerte. À l'autre bout de la tente, une femme qu'elle n'avait jamais vue discutait avec Alison. Puis, soudain, une toute jeune personne entra dans le champ de vision de Bridget, une petite fille avec une queue-de-cheval primesautière qui avait glissé sur le côté. C'était inhabituel de voir un enfant sur le chantier.

Mais les pièces du puzzle ne se mirent pas en place avant qu'elle voie Alison s'avancer vers elle, l'air inquiet, ce qui chez elle se traduisait par une agitation extrême.

– Tu sais où est Peter ? Sa femme et ses enfants sont là pour lui faire une surprise.

Sa femme et ses enfants. Venus pour lui faire une surprise. L'alerte se transforma en sirène. Sa femme et ses enfants étaient sortis de leur univers virtuel et s'étaient matérialisés ici. Pour lui faire la surprise.

Pour son anniversaire. Les pièces du puzzle s'assemblaient péniblement dans l'esprit de Bridget. Cet anniversaire secret qui, jusque-là, n'appartenait qu'à elle. Eh bien non, ce n'était pas un secret, et il n'appartenait pas qu'à elle, réalisa-t-elle avec un douloureux coup au cœur. C'était leur anniversaire, à eux aussi.

La femme et les enfants de Peter étaient trop loin et en contre-jour, si bien qu'elle ne les distinguait pas vraiment.

– Non, je ne sais pas où il est, répondit-elle mécaniquement.

Brusquement, elle se sentit aussi honteuse qu'Ève dans le jardin d'Éden. Pourquoi lui posait-on la question à elle ? Étaient-ils tous au courant ? Avaient-ils des soupçons ? Elle regretta d'être rentrée si tard tous les soirs. Elle aurait voulu pouvoir s'assurer que ses compagnes de tente l'avaient bien vue se réveiller dans son lit chaque matin.

Qu'allait penser la femme de Peter si tout le monde se tournait vers cette grande blonde fatiguée aux yeux rêveurs et aux lèvres encore chaudes de baisers pour savoir où était son mari ? Elle aurait voulu pouvoir se défendre mais contre qui ? contre quoi ?

Elle était là, coincée sur sa chaise, la bouche à moitié pleine, incapable d'avaler ses céréales ou de les recracher, lorsqu'elle entendit la voix de Peter dans son dos. Vite, il fallait qu'elle s'éclipse avant d'assister aux retrouvailles. Elle voulait s'épargner ça mais, aussi et surtout, elle voulait épargner ça à Peter. Pas la peine qu'il la voie ici. Elle s'enfonça dans sa chaise, envisageant un instant de se cacher sous la table.

Il avait une femme. Une femme. Virtuelle, et maintenant réelle, avec les cheveux châtain foncé et un sac en toile sur l'épaule. Une vraie femme et une vraie famille. De vrais enfants qui sautillent partout en réclamant sans arrêt.

Elle cessa un instant de s'identifier à sa femme pour s'identifier à sa fille. Une fille, comme elle était la fille de son père. Une enfant avec ses espoirs, ses désillusions. Ouh là, terrain glissant…

Tibby laissa finalement Brian venir le dimanche, mais pas pour les raisons qu'il imaginait.

Elle le héla dès qu'il entra dans le hall. Ce serait pire s'il montait dans sa chambre.

– Il fait beau dehors. On va se balader ? lui proposa-t-il, tout courage et tout innocence.

Autrefois, elle vénérait son innocence. Maintenant, elle s'interrogeait. Il était bête ou quoi ? Non, pas bête. Ce n'était pas ce qu'elle voulait dire. Il avait des capacités intellectuelles tout à fait correctes, un bon QI, tout ça. Mais justement, peut-être était-ce là un exemple de la naïveté frôlant la crétinerie que pouvaient développer les surdoués ?

– OK, accepta-t-elle, malhonnête.

Peut-être, suggéra Méta-Tibby, l'innocence de Brian lui aurait-elle semblé plus supportable si son cœur à elle n'avait pas été d'une telle noirceur.

Ils n'allèrent pas bien loin. Au beau milieu d'Astor Place, elle se tourna vers lui.

– Brian, je pense qu'il faut qu'on fasse une pause, déclara-t-elle.

C'était la petite phrase qu'elle avait préparée.

Il la dévisagea, la tête penchée sur le côté, comme un labrador.

– Comment ça ?

– Eh bien, je pense qu'on ne devrait pas se voir pendant un temps.

– Tu veux dire que…

La tristesse et la surprise commençaient à poindre sous son air confiant, mais cela ne la touchait absolument pas. Elle assistait à la scène, mais informations et émotions n'allaient pas plus loin que ses yeux. À certains moments de sa vie, elle avait ressenti sa souffrance avec plus d'intensité qu'il ne la ressentait lui-même. Pourquoi plus maintenant ?

– Mais pourquoi ? voulut-il savoir.

– Parce que. Parce que…

C'était une telle évidence qu'elle n'avait pas préparé de réponse.

– Je crois que… avec la distance et tout ça…

– Ça ne me dérange pas de venir jusqu'ici, s'empressa-t-il d'affirmer.

Elle le toisa. « Drape-toi dans ce qui te reste de dignité et va-t'en ! avait-elle envie de lui crier. Mets-toi en colère. Traite-moi de salope. Plante-moi là ! »

– Mais je n'ai plus envie que tu viennes, répondit-elle platement. J'ai envie d'être un peu seule pendant quelque temps. Je ne saurais pas vraiment l'expliquer.

Il digérait l'information. Il flottait dans son T-shirt. Il avait l'air tout maigre.

Brian ne se contentait pas de vivre en miroir. Il faisait ses choix, il menait sa vie de la façon la plus courageuse possible. C'était quelque chose qu'elle appréciait chez lui autrefois. Mais, maintenant, cette qualité se changeait en terrible défaut. Elle avait toujours cru qu'il refusait les jeux de miroir parce qu'il trouvait ça petit et lâche, désormais elle se demandait s'il en connaissait simplement l'existence. Était-ce un choix conscient ou de la simple ignorance ? Pourquoi, pour une fois, ne pouvait-il pas suivre le mouvement qu'elle avait amorcé ?

« On n'aime jamais trop fort », lui avait un jour confié de but en blanc une amie de sa mère aux yeux de faon effarouché. « Eh bien, la preuve que si », pensait maintenant Tibby.

– C'est à cause de…, risqua-t-il prudemment.

– Je ne sais pas pourquoi moi-même, cingla-t-elle. Je sais juste que je n'ai pas envie de continuer comme ça.

Il leva les yeux, puis les baissa à nouveau. Il regarda les piétons traverser Lafayette Street. Il fixa la bannière qui claquait au vent à l'entrée du théâtre municipal.

Tibby redoutait qu'il se mette à pleurer, mais non.

– Tu ne veux plus que je vienne te voir, conclut-il.

– Plus vraiment. Non.

– Tu ne veux plus que je t'appelle ?

– Non.

Franchement, il ne comprenait pas vite. Combien de temps fallait-il lui marteler le crâne pour qu'il enregistre ce qu'on lui disait ?

Brusquement, elle sentit le doute s'insinuer en elle. Elle vit cette nouvelle version de Brian à travers les yeux des autres. Les autres le prenaient-ils pour un crétin ? Si ça se trouve, les gens se moquaient d'elle parce qu'elle sortait avec lui…

Elle eut honte de ses pensées perfides. Mais si on pouvait filtrer son cerveau et ne garder que le politiquement correct, ça se saurait, non ?

« On dirait que je le déteste, constata-t-elle. L'ai-je jamais vraiment aimé ? »

Ce soir fatidique où ils avaient fait l'amour, il lui avait semblé qu'en se réveillant elle n'était plus la même que lorsqu'elle s'était endormie. Elle ne pouvait se rappeler le fonctionnement de l'ancienne Tibby. C'était troublant. Comme si elle avait été hypnotisée, ensorcelée, ou qu'elle avait vécu un rêve qui s'était évanoui au matin.

– Bon, on va se dire au revoir, alors, dit-il.

Elle leva brusquement la tête. Il avait enfin

compris. Elle le lisait sur son visage. Elle le voyait dans ses yeux. Son regard était toujours blessé, mais plus interrogateur.

– Euh… oui, oui, bégaya-t-elle.

Il avait pris une longueur d'avance sur elle, tout à coup.

Elle ne s'était pas imaginé qu'il partirait en coup de vent en la plantant là, mais elle ne s'attendait pas non plus à devoir lui faire de vrais adieux en bonne et due forme, yeux dans les yeux.

– Au revoir, Tibby.

Il n'y avait dans son ton ni colère ni espoir. Que ressentait-il donc ?

– Salut.

Elle tendit un cou tout raide pour l'embrasser sur la joue. C'était idiot et, au beau milieu de son geste, elle le regrettait déjà.

Il tourna les talons et partit vers le métro, son vieux sac rouge sur l'épaule. Elle le suivit du regard mais il ne se retourna pas.

Il marchait d'un pas résolu. Finalement, c'était elle qui restait plantée là, toute seule et perplexe.

D'un seul coup, elle comprit ce qu'elle lui reprochait au fond, tout au fond, ce qui n'était pas simplement agaçant mais tout bonnement insupportable : il continuait à l'aimer aveuglément alors qu'elle le méritait si peu.

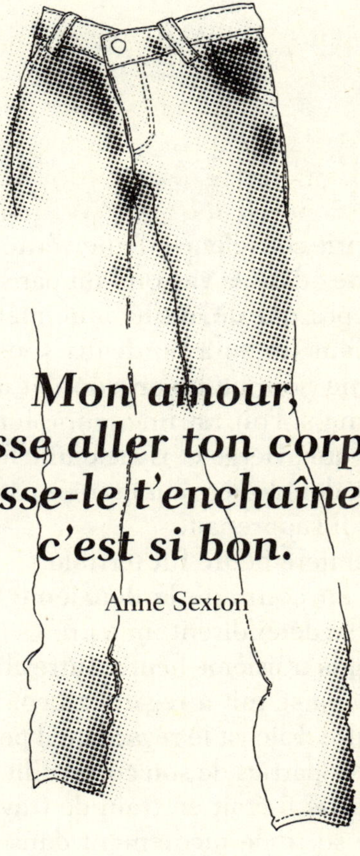

Mon amour,
laisse aller ton corps,
laisse-le t'enchaîner,
c'est si bon.

Anne Sexton

Lena prit conscience d'une vérité étrange et rassurante : dans la vie, on finit par s'habituer à tout (ou presque). On s'habitue même à poser dévêtue sur un sofa bordeaux sous le regard d'un jeune homme qu'on connaît à peine. Et cela même si l'on est une jeune femme d'origine grecque, vierge et issue d'une famille conservatrice dont le père aurait une crise cardiaque si jamais il l'apprenait.

La première heure fut terrible.

Mais, au cours de la deuxième heure, ses muscles se détendirent un à un.

Durant la troisième heure, autre chose se produisit. Lena se mit à regarder Leo. À le regarder peindre. Elle vit le regard qu'il posait sur les différentes parties de son corps. Elle repéra sur quelle partie il était en train de travailler, sentant une sorte de picotement dans sa hanche lorsqu'il la peignit, puis dans sa cuisse lorsque son tour fut venu.

Elle avait beau détester qu'on la regarde, là, ce n'était pas pareil. Ce n'était pas le même type de regard. Il la regardait, sans la regarder vraiment, elle. Il ne s'arrêtait sur l'image que le temps de la poser sur la toile. Son regard filait comme l'eau au travers d'une passoire.

Plus il était concentré, plus elle se détendait. En réalité, toute son attention était portée sur sa toile. Il peignait sa propre vision de Lena et non la vraie Lena. Libérée de ce poids, elle laissa son esprit vagabonder. N'était-ce pas vrai dans toutes les relations ? Qu'elles mettent ou non en jeu une représentation artistique ?

Elle aimait sentir le contact diffus du soleil sur sa peau. Elle commença même à apprécier le contact de ses yeux sur son corps, maintenant qu'elle se sentait plus libre, plus légère.

Il mit de la musique. Bach, dit-il. Un solo de violoncelle.

Durant la quatrième heure, il observa un moment son visage et elle croisa son regard. Surpris, ils détournèrent tous les deux les yeux. Et, exactement en même temps, se regardèrent à nouveau. Il s'arrêta de peindre. Il était perdu. Un instant déstabilisé, il finit par reprendre le fil de son travail.

Au bout de cinq heures, elle ne voulut plus faire de pause. Elle était comme ensorcelée. Langoureuse. Leo semblait lui aussi ensorcelé. Mais ils n'étaient pas sous le même charme.

Arrivée à la sixième heure, elle commença à envisager le contact de sa main sur sa peau. Elle rougit à nouveau, mais pour une raison différente, cette fois.

Il mit un autre disque de Bach. Un solo de violon que Lena trouva fabuleusement romantique.

Il peignait son visage.

– Lève les yeux, ordonna-t-il.

Elle leva les yeux.

– Euh, je veux dire, regarde-moi, corrigea-t-il.

Ah bon ? Il voulait qu'elle le regarde ? Elle le regarda.

Et durant une heure, il la regarda et elle soutint son regard. Comme s'il s'agissait d'un défi, l'enjeu semblait monter, monter, jusqu'à la limite du supportable. Mais ils ne détournèrent pas les yeux.

Lorsqu'il posa enfin son pinceau, il avait les joues aussi rouges qu'elle. Il était aussi essoufflé qu'elle. Cette fois, ils étaient sous le même charme.

Il s'approcha sans la quitter des yeux, mit doucement sa main sur sa poitrine et se pencha pour l'embrasser.

Avant, lorsque Bee était déprimée ou dépassée par les événements, elle restait dans son lit. Mais cette fois, c'était trop affreux pour tenir en place. C'était une douleur qui vous traquait, vous poussait dans vos retranchements. Dans son lit, elle aurait fait une cible trop facile.

Pieds nus, elle sortit de la tente réfectoire. Une fois dehors, elle cracha les Frosties qu'elle avait dans la bouche, craignant de vomir tout ce qu'elle avait dans l'estomac.

Heureusement qu'elle avait laissé le jean magique sur son lit. Elle n'aurait pas aimé qu'il la voie dans cet état.

Elle s'éloigna du camp en marchant en direction du soleil. Elle n'avait qu'à continuer tout droit. Si elle mettait cap à l'est, elle pourrait marcher éternellement. Jusqu'en Inde. Jusqu'en Chine.

Elle marcha, marcha, marcha jusqu'à en avoir mal aux pieds. Dans quel état seraient-ils arrivés en Chine !

Un peu plus tard, le soleil passa derrière elle et elle se rendit compte qu'elle s'en éloignait, maintenant. Comment faire ? Si elle voulait continuer à marcher dans sa direction, il fallait qu'elle fasse demi-tour et elle n'en avait aucune envie. Elle frissonna. Faisait-il froid en Chine ?

Elle avait l'impression de se retrouver dans la peau d'un reptile qui a besoin du soleil pour réchauffer son sang. Elle se sentait incapable de générer la moindre chaleur.

Elle savait que Peter avait une femme et

des enfants pratiquement depuis le début. Ce n'était pas une découverte. Cette femme et ces enfants n'étaient pas plus réels maintenant qu'auparavant. Mais elle les avait vus de ses yeux. Et c'est ce qui l'avait minée.

Loin des yeux, loin du cœur. Elle ne pouvait tout de même pas fonctionner ainsi. C'était bon pour les gens qui souffraient d'amnésie ou de lésions cérébrales. C'était bon pour les tritons et les grenouilles. Qu'est-ce qui ne tournait pas rond chez elle ? Pourquoi n'arrivait-elle pas à garder des choses aussi importantes à l'esprit ? Elle n'avait aucune excuse, rien qui justifiait cette incapacité.

Elle jouait un jeu d'un nouveau genre, cette fois. Ce n'était pas un défi de cour de récréation, un échauffement ou un match amical. C'était la vraie vie et ça comptait. Peter était adulte. Elle était adulte. Ils avaient tout à perdre ou à gagner.

Bien sûr, elle pouvait papillonner et fanfaronner sous le nez d'un homme marié. Elle pouvait même l'embrasser en se disant que c'était pour rire. Mais ce n'était pas drôle.

Tout en marchant, elle en frémit. Il était temps de grandir. Devant elle, elle aperçut la crête d'une colline. C'était un symbole : en la franchissant, elle grandirait, décida-t-elle.

Elle se redressa de toute sa taille (un mètre soixante-dix-sept précisément). Si elle ne prenait pas sa propre vie au sérieux, personne ne pourrait le faire à sa place. Elle était en train de construire la femme qu'elle serait pour le reste de sa vie. Le moindre de ses choix comptait. Et elle n'avait aucune envie d'être cette personne-là.

Carmen aimait passer du temps dans ce théâtre. Même la plus longue et la plus pénible des répétitions lui semblait préférable à une soirée dans sa chambre. Andrew Kerr pouvait lui ôter tous ses moyens d'un seul regard mais, même dans ses pires moments, il était plus sympathique que sa compagne de chambre.

Carmen l'invisible était devenue visible aux yeux de tous, hormis d'une seule personne. Elles partageaient une pièce minuscule et dormaient à moins de deux mètres l'une de l'autre et, cependant, depuis deux longues semaines, Julia avait fait comme si Carmen n'était pas là.

Est-ce pour cette raison que Carmen fut surprise lorsque, au bout de la troisième semaine, Julia se tourna vers elle et lui demanda :

– Comment ça se passe, les répétitions ?

À ce moment précis, Carmen était en train d'enlever ses chaussettes, à la fois épuisée et ravie, car elle venait d'essayer son costume pour la première fois.

– Plutôt bien. Enfin, j'espère.

– Et avec Ian O'Bannon, ça va ?

Elle posait la question comme si elles avaient eu l'habitude de bavarder gaiement chaque soir. Carmen avait envie de se pincer pour vérifier que c'était bien vrai.

– Il est... Je ne sais même pas ! Il me surprend un peu plus chaque jour.

– Waouh ! Tu as vraiment de la chance de travailler avec lui.

Carmen passa ces derniers mots au peigne fin, traquant le sarcasme ou l'ironie, mais n'en trouva point.

– Oui, j'ai de la chance, répéta-t-elle d'un ton hésitant.

– C'est vraiment... une occasion unique, affirma Julia.

À nouveau, Carmen pesa et soupesa la phrase, scrutant le visage de Julia. Ce visage jadis d'une beauté intimidante, et qui lui paraissait chafouin maintenant. Les qualités que Carmen admirait autrefois chez elle lui semblaient désormais excessives. Elle était trop mince, trop sûre d'elle, trop apprêtée.

– Oui, sans doute, répondit-elle.

Ce soir-là, Carmen s'endormit en se demandant ce qui lui avait valu ce soudain réchauffement d'ambiance, méfiante, mais tout de même heureuse qu'il se soit produit.

Ainsi lorsqu'elle se réveilla le lendemain matin, elle était toujours circonspecte, mais pleine d'espoir.

– Tu devrais mettre ton pantalon kaki, lui conseilla Julia alors qu'elle fouillait dans son tiroir. Il te va bien.

Elle se retourna.

– Tu trouves ?

– Oui, vraiment.

– Merci.

Carmen mit son pantalon kaki même si, personnellement, elle ne le trouvait pas terrible.

– Vous répétez quoi aujourd'hui ?

Carmen décida de prendre ce soudain regain de sympathie à son égard pour argent comptant et de s'en réjouir.

– Je crois que c'est la grande crise de Léonte. Perdita n'intervient pas avant la scène 4 de l'acte IV, mais Andrew tient à ce que je sois présente. Il répète toujours : « Regarde et nourris-t'en » en secouant son index sous mon nez. Ça le fait rire.

– Il est un peu bizarre, non ? fit Julia.

– Oui, confirma Carmen, prise d'une brusque envie de le défendre. Je n'ai pas de point de comparaison, c'est sûr, mais il me semble que c'est un bon metteur en scène.

Julia aurait facilement pu lancer une réplique cinglante, mais elle n'en fit rien.

– Il a une sacrée réputation.

– Ah bon ?

– Ouais.

– Ah.

Carmen avait son compte de bavardage courtois pour la semaine mais Julia poursuivit :

– Je pourrais te faire répéter ton texte, si tu veux t'entraîner.

Carmen la dévisagea avec attention.

– C'est gentil. Merci. Je te dirai.

– Je suis sérieuse. C'est quand tu veux, insista-t-elle. Ce n'est pas mon rôle dans *Peines d'amour perdues* qui me prend beaucoup de temps, tu t'en doutes bien.

Carmen ne voulait pas acquiescer.

– Mais c'est toi qui as le mot de la fin, remarqua-t-elle. C'est important.

– Dans la peau d'un hibou.

– Oui, mais quand même.

Julia ne cachait pas sa déception.

– R. K., notre metteur en scène, m'a demandé si je pourrais m'occuper des décors quand je ne suis pas en scène.

Carmen s'efforça de garder un visage impassible.

– Et qu'est-ce que tu as répondu ?

– Que les décors, ce n'était pas trop mon truc.

Carmabelle : Ça alors, Leo est black ?

LennyK162 : Ouais, enfin, métis, en tout cas.

Carmabelle : Tu veux vraiment que ton père ait une crise cardiaque.

LennyK162 : De toute façon, ce serait pareil avec un petit ami de n'importe quelle couleur.

Carmabelle : Il se sent plutôt blanc ou black ?
LennyK162 : Hein ?
Carmabelle : En tant que Latino-Américaine, j'ai le droit de poser ce genre de question.
LennyK162 : N'empêche que je ne comprends rien à ce que tu racontes.
Carmabelle : OK, alors est-ce qu'il écoute U2 ?

Ce soir-là, Bridget finit non pas en Chine, mais affalée sur son sol de terre battue avec un méchant coup de soleil sur les épaules.

Elle était contente de retrouver son sol. Elle avait craint un instant que ce plaisir soit lié à la présence de Peter, mais en fait non. C'était son petit plaisir personnel et personne ne pouvait le lui enlever.

Elle fut heureuse d'apprendre que Peter avait emmené sa famille dîner en ville. Elle avait l'intention de sauter le repas, mais elle ne voulait pas que ce soit à cause de lui.

Elle continuait à réfléchir sans arrêt, ce qui semblait l'un des effets secondaires gênants lié au fait de devenir adulte. Maintenant, elle se demandait si ses collègues de chantier ne la traitaient pas avec un peu trop d'égards…

Mais au moins, ses mains connaissaient toujours leur travail. Il ne lui restait plus qu'une cinquantaine de centimètres. Elle ne pouvait guère faire durer le plaisir plus longtemps.

Elle creusa, tamisa, tria. Tout à la fin, ses doigts rencontrèrent quelque chose de dur. Elle avait l'habitude, maintenant. Ce devait être un morceau de poterie, comme tous les autres qu'elle avait trouvés. Elle l'épousseta et le leva à la lumière, mais le soleil était trop bas pour lui être d'un quelconque secours. Elle le tâta avec précaution. Il était petit, mais pas poreux comme de l'argile. Ni lourd comme du métal.

Elle enregistra sa localisation et monta les escaliers pour aller chercher une torche. Alors qu'elle examinait le petit objet à sa lueur, son cœur se mit à battre à coups sourds.

Elle l'apporta au labo, contente qu'Anton travaille tard.

– Qu'est-ce que tu as trouvé ?

Elle le lui tendit.

– Je crois que c'est une dent.

Elle était secouée. Toute tremblante.

Il l'examina à la loupe.

– Tu as raison.

– Un dent de lait.

– Tout à fait.

– Tu sais à qui elle pouvait appartenir ? Je veux dire, c'était un garçon ou une fille ?

Il secoua la tête.

– On ne peut pas connaître le sexe d'après un squelette d'enfant. Jusqu'à la puberté les os des filles et des garçons sont parfaitement semblables.

Pourquoi Anton avait-il l'air aussi réjoui alors que cette découverte lui retournait l'estomac ?

– Je l'ai trouvée dans la maison, expliqua-t-elle. Dans la nouvelle pièce.

Sa respiration était saccadée.

– C'est le genre de chose qu'on s'attend à trouver dans un site funéraire, pas dans une maison.

Elle ne voulait surtout pas pleurer.

Anton la dévisagea attentivement.

– Bridget, cette dent n'était pas enterrée sur le site funéraire parce que le gamin n'est pas mort.

– Ah bon ?

– Enfin, cette dent n'a rien à voir avec sa mort.

– Non ?

– Non.

Anton sourit, tentant de la réconforter.

– Il a perdu sa dent. Elle est tombée naturellement. Peut-être que sa mère l'avait conservée ou alors elle s'est retrouvée là par hasard.

Bridget hochait encore la tête en retournant à son sol, pleurant presque de soulagement. Cette personne, quelle qu'elle soit, était morte depuis longtemps, très longtemps, mais pas avec une dent de lait. Cette petite dent ne représentait pas la mort. Elle représentait la vie, la croissance.

J'ai bu, j'ai vu l'araignée...

William Shakespeare

Il te manque ? demanda Carmen.

– Je ne crois pas. Je ne sais pas, répondit Tibby en coinçant le téléphone entre son épaule et son menton pour se tripoter l'ongle du gros orteil.

D'autres stagiaires jouaient à un jeu vidéo dans le hall et il y avait trop de bruit pour pouvoir discuter sérieusement.

– Tu ne sais pas ?

– Non, je ne sais pas trop. Je sais que j'avais besoin de faire une pause. Je n'ai pas envie de le voir, mais parfois je me demande s'il va m'appeler ou un truc comme ça.

– Mmm...

– J'espère qu'il va me téléphoner et, en même temps, j'espère que non. Tu comprends ?

– Mmm..., fit Carmen d'une voix haut perchée. Je crois.

Tibby voyait bien qu'elle n'y comprenait rien du tout et que, en plus, elle n'avait rien compris à tout ce qu'elle lui avait raconté à propos de Brian depuis le début de l'été mais, en bonne copine, elle continuait à acquiescer.

– Mais... tu aurais envie de lui parler de quelque chose en particulier ? s'enquit Carmen.

Son ton « patient » était parmi ses registres de voix les moins convaincants. Tibby était même surprise qu'elle réussisse en tant qu'actrice à son festival.

– Non, pas vraiment, fit-elle d'un ton las et vague.

Il y eut une explosion de hurlements dans le hall.

La plupart des conversations, surtout avec la Carmen de jadis, avaient un fil conducteur, un rythme. Pénétraient de plus en plus dans la sphère de l'intime ou au contraire s'en éloignaient. Permettaient d'aboutir à un accord sur un sujet ou de mettre au jour un conflit. Pouvaient être utiles ou inutiles. Mais cette conversation-là était absolument vide. Tibby savait que c'était sa faute, mais elle n'avait pas le courage de faire ce qu'il fallait pour y remédier. Elle était fatiguée. Il fallait qu'elle travaille à son scénario. Qu'elle prenne une douche. Tiens, qu'est-ce qu'elle allait manger, ce soir ?

– Il y a vraiment trop de bruit. Je te rappelle plus tard, OK ?

– OK.

Il n'y avait pas plus de satisfaction à raccrocher qu'à être au téléphone.

Tibby s'assit à son bureau et ouvrit sur son ordinateur le document censé contenir un scénario pour son cours d'écriture cinématographique. Le fichier pompeusement intitulé « scénario » ne contenait pas une ligne qui ressemble de près ou de loin à un scénario. Elle suivait ce cours depuis près de trois semaines et elle n'avait qu'une page de notes prises sans ordre ni méthode et sans aucun rapport entre elles. Elle ne se souvenait même pas en avoir écrit la moitié.

Elle laissa son ordinateur repasser en veille. Zappa sur sa télé. Elle aurait pu passer sa vie entière entre deux écrans. Tout ce dont elle avait besoin était contenu dans ces boîtes électroniques.

Elle guetta l'arrivée de sa présentatrice favorite, Maria Blanquette, celle qui avait un gros nez et qui riait fort. Un îlot d'authenticité dans un océan d'artificialité. Mais il était trop tard. C'était déjà la page météo.

Elle pensa de nouveau à Brian. Il lui téléphonerait sans doute au moment de préparer sa rentrée. Il aurait une bonne excuse pour l'appeler – un conseil à lui demander sur le logement ou les inscriptions, le resto U ou je ne sais quoi. Il devait s'attendre à ce qu'ils redeviennent amis – au moins – lorsqu'il irait à l'université de New York en septembre.

Qu'allait-elle faire ? Qu'allait-elle répondre ? Était-elle censée l'aider ? L'encourager ? Ou était-ce une erreur ? Risquait-il seulement d'avoir plus de mal à s'en remettre ?

Bridget était encore au bord des larmes lorsqu'elle appela Tibby du bureau désert ce soir-là, soulagée que la liaison satellite soit rétablie. Cet appel coûtait sans doute une fortune, mais elle s'en moquait. Elle n'avait mentionné l'existence de Peter à aucune de ses amies, mais maintenant elle en avait besoin.

– Je me sens tellement bête.

Elle laissa libre cours à ses larmes. Elle n'était que douleur, il fallait que ça sorte.

– Oh, Bee, fit Tibby d'une voix douce.

– Je savais qu'il était marié. Je savais qu'il avait des enfants. Et je n'ai rien fait pour empêcher ce qui est arrivé.

– Je sais.

– Quand je les ai vus ce matin, je me suis sentie tellement minable. Je me dégoûte. Mais pourquoi, pourquoi n'ai-je pas pensé à eux avant ?

– Mmm, fit Tibby pour montrer qu'elle l'écoutait sans la juger.

– Il a une vraie famille, tu sais. Qui compte sur lui. Qui compte pour lui. Ce sont les siens. Moi, je ne serai jamais tout ça pour lui.

Sur ces mots, Bridget éclata en sanglots. Et

s'aperçut qu'elle avait été plus honnête avec Tibby qu'elle n'en avait l'intention.

– Beezy, arrête. Toi aussi, tu as les tiens, des gens qui comptent sur toi et pour qui tu comptes, la rassura Tibby en y mettant tout son cœur.

Bridget pensa à son père et se sentit submergée par le désespoir. Elle pensa à Eric et se sentit indigne de son amour. Elle pensa à sa mère et regretta tout ce qu'elle ne lui avait pas laissé.

– Oui, les miens, c'est toi, Lena et Carmen, dit-elle à travers ses larmes. Je n'ai personne d'autre.

Le lundi matin, Lena arriva la première à l'atelier. Leo le deuxième. Il vint immédiatement vers elle. À nouveau, elle était intimidée.

– J'étais trop surexcité pour dormir, lui confia-t-il.

Effectivement, il avait l'air surexcité et éreinté. Mais était-ce à cause d'elle ou à cause du tableau ?

– Je l'ai apporté, dit-il.

Il leva un carton plat.

– Je te le montre ?

– Pas ici.

Déjà, d'autres étudiants pénétraient dans l'atelier.

– Je sais, mais après. On trouvera un coin tranquille.

– D'accord.

À vrai dire, ça l'angoissait un peu.

Elle essaya de se concentrer sur sa toile. D'entrer en transe. Cela lui prit un moment.

À la fin du cours, Leo se dépêcha de ranger ses affaires. Elle dut se presser pour le rattraper. Il dénicha une salle vide au deuxième étage et referma la porte derrière eux.

Il appuya le carton contre le mur, puis attira Lena contre lui et l'embrassa. Il enfouit son visage dans son cou.

– Nora a beau être un bon modèle, je ne veux plus peindre que toi.

Il l'embrassa encore et encore et la laissa essoufflée, ébouriffée, débraillée.

– Je n'avais jamais embrassé un modèle avant, dit-il. Je n'avais jamais peint une fille que j'avais embrassée.

– Tu pourrais essayer d'embrasser Nora, lui suggéra-t-elle.

Il fit la grimace.

– Ou Marvin.

Il fit une grimace pire encore.

– Bon, d'accord, je vais te montrer.

Il sortit la toile de son carton. Avec précaution parce qu'elle n'était pas encore tout à fait sèche.

Elle n'osait pas regarder. Elle procéda par étapes, en se disant qu'il s'agissait d'un quelconque modèle, peint par un quelconque étudiant. L'école en était pleine.

Mais non. C'était elle. Elle devait faire la part des choses entre le travail de Leo et le regard critique qu'elle portait sur elle-même. Elle avait du mal à ne pas avoir une vision déformée des choses.

Mais lorsqu'elle réussit à se détendre un peu, elle constata que la toile était belle, de façon objective. Ce n'était pas un travail académique comme tous ceux qu'on peignait dans cette école. Elle avait quelque chose de différent. De plus intime. Ce tableau avait pour cadre la chambre où Leo avait grandi. Et pour sujet… eh bien le sujet, c'était elle, et elle n'avait appartenu qu'à lui pendant tout le temps qu'il avait passé à la peindre.

Elle se rendit compte d'autre chose également. La plupart des travaux d'élèves étaient asexués. Pas cette toile.

– C'est… c'est assez sexy, non ?

Il sourit intérieurement. Et extérieurement aussi, d'ailleurs.

– Ouais.

– Oh, là, là ! J'espère que mes parents ne verront jamais ça.

– Mais non, t'inquiète.

Ils étaient toujours un peu mal à l'aise l'un en présence de l'autre. Il faut dire qu'ils en étaient à différents stades de leur relation en même temps : ils s'étaient vus nus, mais ils ne savaient pas grand-chose l'un de l'autre.

Et si, après avoir posé, la veille, elle n'avait pas remis son peignoir ? Et si elle l'avait laissé aller plus loin qu'un baiser ? Elle savait bien qu'il en avait envie. Et elle aussi y avait pensé. Mais toute cette tension sexuelle qui s'était accumulée entre eux, c'était trop pour elle.

– Tu t'es beaucoup mieux débrouillé que moi, sur ce coup-là, remarqua-t-elle.

Leo avait l'air de le regretter autant qu'elle.

– Tu t'es montrée plus douée que moi comme modèle, dit-il.

– Oui, mais tu t'es montré plus doué que moi comme peintre.

– Moins inhibé, c'est tout.

Elle sentait encore l'endroit où il avait posé sa main, sur sa poitrine.

– On est quittes, déclara-t-elle.

– On pourrait peut-être faire un nouvel essai.

– Je ne sais pas.

– Allez, s'il te plaît…

Il avait presque l'air désespéré.

– Parce que si tu ne me peins pas, je ne peux pas te demander de poser pour moi. Et j'ai vraiment vraiment envie de te peindre à nouveau.

Voulait-il juste la peindre ? Que se passerait-il si elle acceptait ?

– Tu n'as qu'à me le demander.

– Tu veux bien ? S'il te plaît ? Je te supplierai, s'il le faut.

– Pas besoin.

– Dimanche ?

Ce n'était pas si désagréable, finalement, de se faire désirer.

– Je vais y réfléchir.

– Dis oui.

– D'accord.

– On dîne ensemble demain soir ?

Il était content. Il remballa son tableau. Elle savait qu'il devait aller travailler.

– Chez toi ?

– On pourrait sortir, proposa-t-il en redescendant dans le hall. Je ne me sens pas de t'embrasser devant ma mère.

À l'heure du déjeuner, Julia était postée devant la sortie des artistes de la grande scène. Carmen fut un peu prise au dépourvu, mais contente que Julia soit venue l'attendre, et avec un grand sourire aux lèvres en plus.

Le prince Mamillius, aussi connu sous le nom de Jonathan, sortait en même temps que Carmen, aussi le présenta-t-elle à Julia.

– Tu viens au Bistro, Carmen ? lui proposa-t-il lorsqu'ils arrivèrent à un croisement.

Le Bistro était un endroit plus intime et plus chaleureux que la cantine, réservé aux acteurs professionnels. Les gens du Bistro n'allaient jamais à la cantine et vice versa, même si Ian, Andrew et surtout Jonathan essayaient régulièrement de convaincre Carmen de se joindre à eux.

– Non, répondit-elle.
– Allez, viens !
Elle était lasse de devoir batailler à chaque fois.
– Je n'ai pas le droit.
– Arrête ! Toi, la célèbre Carmen, tu parles !
– Jonathan !
– Ton amie peut venir aussi.
Carmen se tourna vers Julia que cette perspective enthousiasmait grandement, bien évidemment.
– Tu veux y aller ? lui demanda-t-elle.
En fait, Carmen n'en avait pas très envie.
– Ça pourrait être amusant, pour voir, insista Julia.
Carmen gratifia Jonathan d'un regard noir.
– C'est réservé aux acteurs professionnels, mais si le prince que voici tient tellement à manger avec nous, il n'a qu'à nous rapporter un pique-nique, et on s'installera sur la pelouse.
Jonathan secoua la tête.
– Je capitule ! Parfait, je vous retrouve sur la pelouse.
– Tu vas voir, toutes les filles vont être folles, promit Carmen.
Pour le plus grand bonheur de Julia, Jonathan les rejoignit sur la pelouse derrière le bâtiment où de nombreux stagiaires déjeunaient. Il avait pris trois sandwichs à la dinde qui, selon l'humble avis de Carmen, avaient exactement le même goût que ceux de la cantine.

Sa présence ne passa en effet pas inaperçue. Et la plupart des gens avaient l'air plus au courant des films dans lesquels il avait joué que Carmen. Julia bavardait gaiement avec lui, discutant de ses moindres apparitions à l'écran.

En l'observant, Carmen comprit quelque chose : le mystère s'éclaircissait enfin. Si elle lui adressait à nouveau la parole, c'était uniquement dans l'espoir que Carmen la présente à de vrais acteurs.

Elle aurait pu en être agacée, mais bizarrement ça ne l'atteignait même pas. Julia se servait d'elle, et alors ? C'était mieux que de lui faire la tête.

Dernièrement, elle s'était rendu compte à quel point il était pénible de vivre avec quelqu'un qui refusait de vous parler. Elle regrettait sincèrement toutes les fois où elle avait infligé ce supplice à sa mère.

Si le silence tendu des dernières semaines l'avait glacée, le soudain revirement de Julia l'avait tout de même gênée. Maintenant qu'elle en comprenait les raisons, ça allait beaucoup mieux.

Plus tard, elle croisa Jonathan dans les coulisses et le remercia :

– Les sandwichs étaient infâmes, mais je crois que mon amie a vraiment apprécié que tu déjeunes avec nous.

Il se mit à rire. Il avait pris l'habitude de

titiller Carmen lorsqu'il lui parlait, ce qu'il fit en tournicotant une de ses mèches sur son index.

– Pas de problème, petite sœur.

– Le seul problème c'est que, maintenant, elle veut savoir ce que tu fais pour le dîner ce soir.

Jonathan partit d'un grand éclat de rire.

– Mmm, je vois. Ta copine est du genre crampon, non ? On en croise des tas à L.A.

Bon, Bridget n'avait plus le choix. Il fallait qu'elle aille au fond des choses, maintenant. Qu'elle creuse au plus profond. Là où ça faisait le plus mal. Dans un sens, c'était rassurant de savoir qu'il y avait un fond, se dit-elle, couchée dans son lit ce soir-là. Elle était une proie facile, l'angoisse n'avait plus qu'à venir la torturer, elle se laissait faire.

Peter lui avait affirmé que les Grecs avaient des choses à lui apprendre et il avait raison. Les Grecs étaient experts en matière de grande saga du malheur. Ils s'y connaissaient en malédictions familiales qui se transmettent de génération en génération. Même les fautes qui paraissaient les plus pardonnables pouvaient générer guerres, trahisons et sacrifices d'enfants. Et pouvaient également dégénérer en guerres, trahisons et sacrifices d'enfants.

En fait, ça n'en finissait jamais. Dans les mythes, la destruction se perpétuait éternellement, propagée par la maladresse aveugle des faillibles humains.

C'était le chemin qu'elle avait pris. Sa famille était malheureuse. Aucune famille n'avait le droit d'être heureuse. D'une certaine façon, elle refusait que Peter – ou quiconque – puisse jouir de ce dont elle était privée. Elle refusait même que ses enfants puissent y accéder.

Elle s'interrogeait. Le fait que Peter ait une famille avait-il refroidi sa flamme ? Ou au contraire l'avait-il attisée ? Quelle horreur de réaliser que ses pulsions les plus destructrices avançaient masquées en élan romantique.

Ces pauvres Grecs, aveugles et maladroits, ne cessaient de commettre la même erreur. Ils ne retenaient jamais la leçon. Ils fonçaient droit devant. Ils refusaient de regarder en arrière. Exactement comme elle.

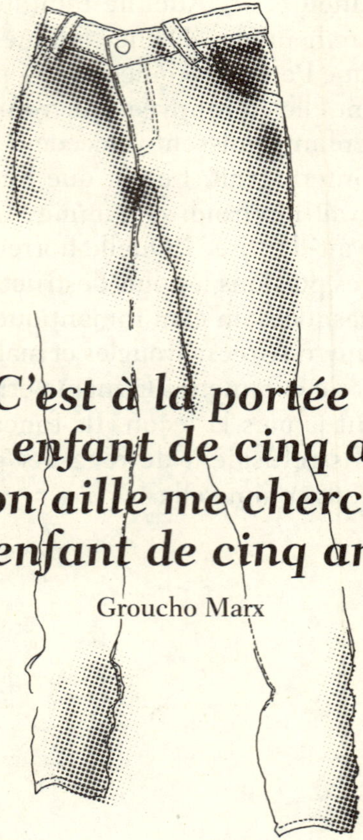

C'est à la portée d'un enfant de cinq ans. Qu'on aille me chercher un enfant de cinq ans !

Groucho Marx

Tibby diminua son nombre d'heures de travail. Ou plutôt Charlie lui demanda de diminuer son nombre d'heures, plus exactement. Il prétexta qu'en travaillant moins, elle se montrerait peut-être plus patiente avec les clients. Il embaucha une fille qui portait du gloss parfumé, des pantalons moulants et se fichait bien de savoir si les films étaient bons ou nuls. Charlie était trop gentil pour oser renvoyer carrément Tibby.

Ça ne la dérangeait pas trop. De toute façon, elle n'avait personne avec qui dîner au resto ou aller au ciné, elle n'avait donc plus tant besoin d'argent. Cela lui laissait plus de temps pour travailler sur son scénario. Ou tout du moins pour ouvrir le fichier intitulé « scénario » sur son ordinateur.

Fin juillet, elle rentra chez elle pour un long week-end. Katherine et Nicky jouaient dans un spectacle au centre de loisirs et elle voulait leur faire la surprise d'y assister.

Allait-elle y voir Brian ? C'est ce qu'elle se demandait tandis que le train quittait la gare en brinquebalant et c'est ce qu'elle se demandait toujours en attendant sa mère sur le quai à Bethesda.

Elle allait le voir. Elle en était sûre. C'était évident. Brian adorait sa famille. En fait, il y était plus attaché qu'elle ne l'était et, en retour, sa famille l'adulait. Ça risquait d'ailleurs d'être gênant, désormais...

Effectivement, le vendredi matin, Brian fit son apparition dans la cuisine alors que Tibby était en train de manger ses Lucky Charms[1].

– Coucou, Brian ! piaillait Katherine en gambadant autour de lui. C'est toi qui nous emmènes au centre aujourd'hui ?

Brian était-il surpris de voir Tibby ? Elle l'ignorait. Au début, elle s'était figuré qu'il allait venir dans l'idée de la croiser mais, à en croire son expression, il ne se doutait probablement pas qu'elle serait là.

– Salut, Tibby, fit-il.

– Salut.

Elle gardait les yeux rivés sur les petits chamallows qui flottaient dans son bol. Elle ne

1. Céréales contenant de petits morceaux de guimauve de toutes les couleurs (*N. d. T.*).

voulait pas être désagréable, mais elle ne voulait pas non plus lui donner de faux espoirs.

– Des fois, c'est Brian qui nous emmène au centre à la place de maman, le vendredi, expliqua gaiement Katherine, qui avait complètement abandonné ses propres céréales au profit de Brian.

Tibby entendit sa mère qui criait à Nicky d'arrêter de jouer sur l'ordinateur et de s'habiller.

– C'est chouette, répondit-elle avec raideur. Finis ton petit déjeuner, Katherine.

Il ne lui serait pas venu à l'idée de faire ça pour eux alors qu'elle était censée avoir le même ADN.

Mais Brian était fils unique. C'était le manque qui créait le désir et, question frère et sœur, Tibby était en overdose.

– Pourquoi vous vous embrassez plus ? demanda Katherine en les regardant tour à tour.

Un ange passa. Brian laissa Katherine lui écrabouiller les pieds, sans répondre à sa question. Tibby, rougissante, restait le nez dans son bol de céréales.

– Vous êtes fâchés ? insista sa petite sœur.

Elle était maintenant collée à Tibby, les deux mains sur l'un de ses genoux.

Tibby prit sa cuillère pour touiller. Les petits cœurs roses, les lunes jaunes et les diamants bleus donnaient au lait une couleur grisâtre.

– Pas fâchés..., dit-elle. Mais on fait des choses chacun de notre côté, cet été.

Cette réponse ne parut pas satisfaire sa sœur.

– Tu veux venir ? lui proposa poliment Brian.

Tibby bégaya :

– Où... où ça ?

– Ouais, tu nous emmènes au centre ! s'écria Katherine, séduite par le projet. Allez, tu viens ?

– Euh... Je pourrais, oui...

Quelques minutes plus tard, Tibby se retrouva à bord de la voiture de sa mère, avec son ex-petit ami qui conduisait son frère et sa sœur au centre de loisirs. Mais la situation empira lorsque les deux passagers bavards furent descendus du véhicule.

Ce fut Brian qui rompit le silence :

– Comment ça va ?

Il paraissait plus à l'aise qu'elle. Bien sûr, ce n'était pas lui le méchant.

– Plutôt bien. Et toi ?

– Un peu mieux, je crois. J'essaie de faire aller.

Il avait décidé d'être sincère, contrairement à elle. C'était bien pour cela qu'elle ne voulait pas discuter avec lui.

Elle ne trouvait rien à dire. Ils étaient bloqués au plus long feu rouge du monde. Elle avait toujours détesté ce carrefour. Pourquoi Brian était-il passé par là ?

– Et les études, et tout ? finit-elle par demander.

– Comment ça ? répliqua-t-il.

Ça y est, ils avaient redémarré.

– Tes problèmes de bourse, tout ça.

– Je ne vais sûrement pas en avoir besoin.

– Ah bon ? Mais je croyais…

Soudain, elle s'intéressait réellement à la conversation.

– À l'université du Maryland, c'est…

– Non, je parlais de l'université de New York, corrigea-t-elle.

Il ne répondit pas tout de suite.

Elle regrettait d'avoir posé la question, de s'être impliquée dans cet échange.

– Je n'ai plus l'intention d'aller à l'université de New York, lui annonça-t-il en pesant ses mots alors qu'ils arrivaient devant chez elle. J'ai retiré mon dossier il y a quinze jours.

Elle ouvrit la portière avant même que la voiture soit à l'arrêt.

– Ah oui, évidemment.

Elle avait oublié qu'il s'agissait de celle de sa mère et que Brian allait la garer dans l'allée.

– Je comprends. Bien sûr, ajouta-t-elle.

Bouleversée, elle lui fit signe machinalement tout en reculant pour rentrer chez elle.

Il la fixait mais elle n'aurait su dire comment car elle n'osait pas croiser son regard.

– Faut que j'y aille, marmonna-t-elle en s'engouffrant dans la maison. À plus !

Elle monta dans sa chambre et s'assit toute

raide sur son lit. Elle regarda par la fenêtre sans rien voir.

Bien sûr qu'il n'irait pas à l'université de New York ! Il avait décidé de s'y inscrire à cause d'elle et elle l'avait largué !

Brian avait, semblait-il, accepté le fait qu'ils avaient rompu. C'était clair.

Mais de son côté, où en était-elle ?

Lorsque Carmen rentra dans la chambre après la répétition ce soir-là, elle fut surprise de constater que Julia avait déposé une pile de livres sur son lit.

– Celui-ci parle du théâtre élisabéthain en général, expliqua-t-elle avec enthousiasme en désignant le premier. Le gros, en dessous, concerne plus précisément la langue et la prononciation, ça te sera très utile. Et puis il y a aussi une analyse du *Conte d'hiver*.

Carmen hocha la tête en examinant les différents volumes.

– Waouh ! merci. C'est génial.

– J'ai pensé que ça pourrait te servir.

– Ah oui, oui. C'est sûr, affirma Carmen, un peu perplexe.

Pourquoi n'avait-elle pas eu l'idée de se rendre à la bibliothèque ? Elle qui avait toujours parié sur le travail, la ténacité, l'assiduité plus que sur ses dons naturels.

Elle était épuisée mais, au lieu de dormir

tout de suite, elle laissa allumé un moment et s'embrouilla l'esprit en étudiant les différents types de vers.

Le lendemain soir, Julia lui conseilla de s'immerger au cœur du texte, afin d'être en mesure de voir au-delà. Carmen lut alors le passage qu'elle lui conseillait sur « l'ambiguïté du personnage de Léonte, à la fois héros et anti-héros » tandis que Julia s'affairait à écrire quelque chose à son bureau. Aux alentours de minuit, alors que Carmen s'apprêtait à éteindre, elle lui tendit une liasse de feuilles.

– Tiens, je t'ai préparé ça.

Il s'agissait de photocopies de son texte, couvertes de signes cabalistiques et de gribouillis.

– J'ai noté la scansion, lui expliqua-t-elle. Pour te donner le rythme des vers.

– Ah oui…

– Ouais, il me semble que ça pourra t'être utile.

– Ah, d'accord…

Julia lui montra la première ligne et se mit à la lire en exagérant la scansion.

– Je comprends.

– C'est vrai ?

– Je crois.

– Tu essaies ?

Carmen n'avait aucune envie d'essayer. Elle n'avait absolument rien compris, ça l'énervait et elle avait sommeil.

– Essaie juste sur un vers ou deux, insista Julia.

Carmen essaya.

– Non, comme ça, répliqua Julia en lui faisant une démonstration.

Et la séance se prolongea, laissant Carmen encore plus éreintée, avec une migraine en prime.

Le dimanche, Tibby appela Mme Graffman, la mère de son amie Bailey. Elle devait rentrer à New York le soir même et tenait à la voir avant de repartir.

– On pourrait aller prendre un café, lui proposa-t-elle au téléphone.

– D'accord. On n'a qu'à se retrouver dans ce café qui fait l'angle de Highland.

– Parfait, répondit Tibby, soulagée.

Elle préférait éviter de se rendre chez eux.

Elle avait essayé de rendre visite à Mme Graffman, ou tout du moins de l'appeler, chaque fois qu'elle était rentrée à Bethesda en cours d'année. D'habitude, c'était un plaisir mais, aujourd'hui, elle le vivait plutôt comme une obligation.

Elles s'embrassèrent à l'entrée du café puis allèrent prendre leurs consommations au comptoir avant de s'asseoir à une petite table près de la vitre.

– Comment ça va ? lui demanda Mme Graffman.

Elle avait l'air détendue, avec son pantalon large et les tennis un peu boueuses qu'elle devait porter pour jardiner. Elle paraissait en meilleure forme qu'il y a un an et demi, en tout cas.

Tibby répondit machinalement, sans s'interroger ni sur la question ni sur la réponse.

– Plutôt pas mal. Et vous ?

– Bah, tu sais…

Tibby hocha la tête. Le « tu sais » signifiait que Bailey lui manquait et qu'on ne pouvait guère profiter pleinement de la vie lorsqu'on avait perdu sa fille unique.

– Mais le boulot, ça va. J'ai changé d'employeur, je t'avais dit ?

– Je crois que ça venait de se faire, la dernière fois.

– J'ai refait la salle du bas. Mon mari s'entraîne pour le marathon des marines.

– Waouh ! Génial.

– On essaie de se donner des buts, tu vois.

– Mmm, acquiesça Tibby.

Mme Graffman paraissait triste mais, à son grand soulagement, pas d'une tristesse aiguë qu'il aurait fallu consoler.

– Et toi, ma grande ?

– Eh bien, cet été, je fais un stage d'écriture de scénario. On est censés avoir un scénario complet pour la mi-août.

– Super.

Brusquement, Tibby se rendit compte qu'elle allait obligatoirement lui demander de quoi cela parlait.

– De quoi ça parle ? demanda-t-elle avec enthousiasme, exactement comme prévu.

Tibby prit une gorgée de café et se brûla la langue.

– Je travaille sur différents thèmes. J'amasse des images, vous voyez ?

Elle avait entendu dire ça, une fois, et ça lui avait paru cool. Mais, dans sa bouche, cela sonnait complètement faux.

– Très intéressant.

« Ce qui est une autre manière de dire que je n'ai pas encore commencé », aurait dû compléter Tibby.

– Et notre ami Brian, qu'est-ce qu'il devient ? enchaîna Mme Graffman en souriant.

Encore une des nombreuses groupies de la génération de ses parents dont Brian avait conquis le cœur.

– Il va… il va bien. Enfin, je crois. Je ne l'ai pas beaucoup vu dernièrement.

Pour éviter d'avoir à répondre à la question qu'elle voyait se dessiner dans les yeux de Mme Graffman, Tibby continua à parler :

– On mène une vie de dingues : moi, j'ai mon boulot, mes études ; lui, il a deux jobs et, en plus, on n'habite pas dans la même ville, alors… vous comprenez.

– J'imagine, dit Mme Graffman. Mais l'an prochain, vous serez ensemble.

– Eh bien…

Tibby aurait aimé pouvoir en rester là. Elle avait envie de se retrouver dans sa petite chambre du campus, à des heures de là, pour pouvoir regarder sa petite télé.

– Je ne sais pas. C'est compliqué.

« Vous voyez, je l'ai largué. Et maintenant, bizarrement, du coup, nous ne sommes plus ensemble et nous n'avons plus de projets communs. Étrange, hein ? Qui l'eût cru ? »

Mme Graffman était trop fine pour insister et creuser des sujets que Tibby ne voulait pas aborder. Ce qui ne leur laissait pas grand-chose comme sujet de conversation.

– Vous venez à la grande fête de mes parents en août, hein ? demanda Tibby en rassemblant ses affaires.

– Oui, on vient de recevoir l'invitation. Vingt ans. Waouh !

Tibby hocha platement la tête. Elle ne se sentait absolument pas concernée par l'anniversaire de mariage de ses parents. Encore un sujet tabou.

Tibby comprit alors pourquoi elle préférait les échanges plus basiques, à sens unique, comme avec sa télévision.

Lena avait fini par oublier d'oublier Kostos. C'est ainsi qu'elle s'en rendit compte. Lorsqu'il faut penser à oublier, c'est qu'on y pense encore. Ce n'est que lorsqu'on oublie d'oublier qu'on a réellement oublié.

En l'occurrence, ce n'est pas sa mémoire qui rappela l'existence de Kostos à Lena (ce qui aurait signifié qu'elle ne l'avait pas oublié), mais quelques coups frappés à sa porte par un lourd jeudi après-midi de la fin juillet.

Ce fut très simple. Lorsqu'elle vit Kostos, elle se remémora son existence.

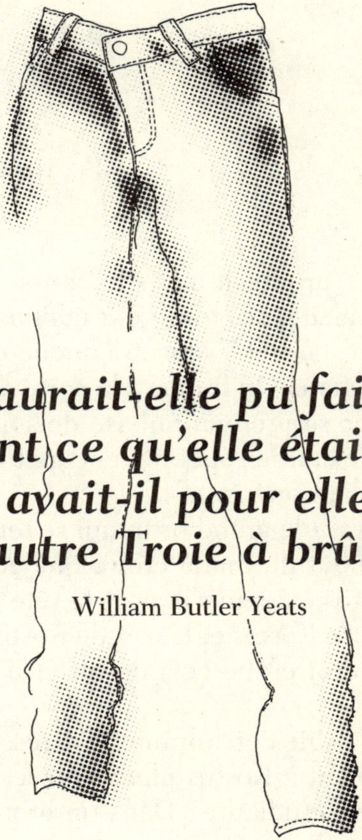

Qu'aurait-elle pu faire,
étant ce qu'elle était ?
Y avait-il pour elle
une autre Troie à brûler ?

William Butler Yeats

Traduction de Jacqueline Genet, Éditions Verdier.

Cela se produisit après le cours. Lena avait envoyé balader ses tongs et s'était assoupie sur son lit en short et T-shirt, sa queue-de-cheval à moitié défaite. On frappa à la porte alors qu'elle était dans sa première phase de sommeil profond. Elle était en sueur et encore tout engourdie en allant ouvrir.

En voyant le grand brun qui se tenait devant elle, elle eut du mal à croire que cela pouvait être Kostos. Même s'il avait la tête de Kostos, les pieds de Kostos et la voix de Kostos, elle persistait à croire que cela devait être quelqu'un d'autre.

Que faisait cet homme qui ressemblait si étrangement à Kostos planté sur le seuil de sa chambre d'étudiante ? Dans un brouillard, elle pensa à appeler Carmen pour lui dire qu'il y avait à Rhode Island un garçon qui ressemblait comme deux gouttes d'eau à Kostos.

Puis elle se souvint que Carmen lui avait prédit qu'un jour Kostos referait surface et elle se rendit compte qu'elle avait fini par l'oublier.

Cette pensée la secoua et la paniqua. Comme si elle s'était soudain réveillée au beau milieu d'un examen. Alors, cela voulait dire qu'il s'agissait bien de lui ?

Mais c'était impossible : Kostos vivait sur une île grecque à des milliers de kilomètres de là. Il vivait dans le passé. Il vivait une tout autre vie que la sienne, tenu par les liens sacrés du mariage. Il vivait dans son souvenir et son imagination. C'était là qu'il passait tout son temps. Il existait là-bas, mais pas ici.

Il ne pouvait pas être ici, devant elle. Ici, il y avait la moitié d'un sandwich à la dinde, résidu d'un casse-croûte rapide à l'atelier, ce vieux jogging qu'elle avait transformé en short, et le dessin au fusain qu'elle avait accroché à son mur il y a deux semaines. Kostos n'appartenait pas à ce monde. Ses yeux et ses oreilles avaient beau lui prouver le contraire, elle en était persuadée.

Elle faillit même le lui dire.

– C'est moi, annonça-t-il en la voyant perplexe, soudain ébranlé dans sa conviction qu'elle allait le reconnaître.

Bien sûr, elle l'avait reconnu. Ce n'était pas la question. Mais elle n'était pas convaincue pour autant. Et alors, qu'est-ce que ça pouvait bien lui faire que ce soit moi ? Tout le monde était moi. Elle était moi. Elle voyait bien que c'était lui.

Ce n'est pas parce que Kostos surgissait à sa porte en disant : « C'est moi » qu'il avait une quelconque place dans son existence à elle. Elle faillit le lui dire.

Elle avait la désagréable impression de se creuser les méninges pour trouver la réponse à une question qu'elle ne cessait d'oublier. Il y avait pourtant bien une question, n'est-ce pas ? Elle faillit la lui poser.

– J'aurais dû appeler avant, murmura-t-il.

Elle avait la sensation que son cœur ne battait pas comme il aurait dû, trop ou pas assez. Elle réfléchit. Peut-être qu'il allait cesser de battre. Que serait-elle censée faire ?

Elle imagina son torse qui s'ouvrait comme une porte de placard et son cœur qui pendait au bout d'un ressort détendu.

Ou alors elle dormait. Elle aurait pu lui poser la question, mais c'était bien la dernière personne à pouvoir lui répondre, n'ayant lui-même aucune place dans cette réalité.

– Je crois que je vais m'asseoir, dit-elle d'une petite voix.

Comme les filles qui portaient des corsets trop serrés dans les vieux films, elle était obligée de s'asseoir pour accuser le coup.

Il restait sur le seuil, attendant la permission

d'entrer. Il paraissait épuisé, tout chiffonné. Effectivement, il avait l'air d'avoir fait tout le trajet jusqu'à Rhode Island.

– Tu pourrais peut-être repasser plus tard, lui suggéra-t-elle.

On aurait dit qu'il subissait une véritable torture. Il ne savait pas quoi faire d'elle.

– Je peux revenir ce soir ? Vers huit heures ?

Elle se demanda alors s'il voulait dire huit heures dans son espace-temps à elle ou dans son espace-temps à lui ? Elle était perdue.

– Parfait, répondit-elle poliment.

Se pouvait-il qu'ils vivent vraiment dans le même espace-temps ?

S'il revenait à huit heures, décida-t-elle en écoutant la porte se refermer avant de s'écrouler sur son oreiller, cela prouverait qu'il était bien là, dans ce monde, ici et maintenant.

Ce même jeudi de canicule de la fin juillet, l'agent de sécurité appela Tibby dans sa chambre pour la prévenir qu'elle avait de la visite.

Elle songea immédiatement à Brian, même si elle n'avait pas eu de ses nouvelles depuis qu'elle était rentrée de Bethesda. Son cœur s'emballa.

– Qui est-ce ? s'enquit-elle.

– Attendez.

Elle entendit des voix étouffées.

– C'est Effie.

– Qui ?

– Effie. Effie ? Elle dit être une de vos amies.

Le cœur de Tibby changea de rythme.

– J'arrive, dit-elle.

Elle se mouilla les cheveux, enfila un débardeur et un short effiloché. Elle craignait que quelque chose ne soit arrivé à Lena. Elle fila prendre l'ascenseur pour descendre dans le hall.

… Et se retrouva pratiquement nez à nez avec Effie lorsque les portes coulissantes s'ouvrirent. Effie recula précipitamment, titubant alors que Tibby en sortait, jaillissant comme un diable de sa boîte.

– Tout va bien ? s'inquiéta-t-elle.

Effie haussa les sourcils.

– Oui. Enfin, je crois.

– Où est Lena ?

– À Providence.

Effie prit l'air un peu blessé qu'elle adoptait chaque fois qu'elle était confrontée au fait que les amies de Lena ne la considéraient pas comme l'une des leurs.

– Ah bon. Ouf !

Tibby se rendait bien compte qu'il aurait été un peu rude de répliquer : « Alors qu'est-ce que tu fais là ? » Elle attendit donc patiemment qu'Effie lui explique ce qu'elle était venue faire ici.

– Tu es occupée, là ? lui demanda-t-elle.

– Non. Pas vraiment.

– Tu ne dois pas sortir faire un truc ou quoi ?

– Non.

Tibby bouillait de curiosité, flairant le scoop imminent, après avoir passé tant de temps toute seule.

– On pourrait prendre un café ? Il y a un endroit sympa dans le coin ?

Effie paraissait sur les nerfs, remarqua Tibby. À cran, même. De ses quatre membres, aucun ne tenait en place. Elle portait une petite robe portefeuille rose qui dévoilait un décolleté impressionnant.

– Il y a des millions de cafés dans le quartier.

Tibby s'efforçait de se montrer patiente et aimable. C'était plutôt mignon qu'Effie soit venue jusque-là pour la voir. Avait-elle besoin d'un conseil ? Peut-être rêvait-elle de faire une carrière de star dans le cinéma ? Ou bien avait-elle entendu dire que la fac de New York était un repaire de mecs canon ? Ce qui était absolument faux, bien entendu.

– On pourrait aller prendre un café glacé sur Waverly ?

– Super, répondit Effie en essuyant quelques gouttes de sueur qui perlaient au-dessus de sa lèvre supérieure.

– Tu passes quelques jours à New York ? demanda Tibby en chemin, essayant de rassembler des indices.

– Non, je suis venue pour la journée.

Enfin, munies d'un café glacé à deux dollars pour Tibby et d'un frappuccino framboise à cinq dollars pour Effie, elles s'installèrent à une table au frais dans la pénombre du fond du café. À la gauche d'Effie, un haut-parleur diffusait un air d'opéra italien.

Sa boisson était tellement épaisse qu'elle devait tirer fort sur sa paille pour parvenir à l'aspirer. Tibby attendait en l'observant.

– Donc, Brian et toi, vous avez rompu, dit finalement Effie.

– Oui.

– J'ai eu du mal à le croire lorsque je l'ai appris.

Tibby haussa les épaules. Était-ce le préambule ? Où voulait-elle en venir ?

– Tu crois que vous allez vous remettre ensemble ? demanda-t-elle.

Elle n'avait pas l'air interrogateur. En fait, elle tripotait l'emballage de sa paille.

– Je ne pense pas.

– Ah bon ?

Tibby essayait de ne pas s'énerver. Quel était le but de cette conversation ? Faire un petit brin de causette ? Parce qu'elle n'avait pas du tout envie de causer.

– Oui.

– Ah. Tu crois que tu as encore des sentiments pour lui ?

Tibby la dévisagea avec attention.

– Si je crois que j'ai encore des sentiments pour lui ?

Effie ouvrit les mains comme pour montrer qu'elles étaient vides.

– Ouais…

– Ce n'est pas facile à savoir.

Effie haussa légèrement les épaules. Sirota son frappuccino.

– Enfin, je veux dire, ça te ferait de la peine si tu apprenais qu'il sort avec quelqu'un d'autre ?

Alors qu'elle se repassait la phrase, Tibby eut l'impression que son cerveau se contorsionnait comme un asticot sur l'hameçon. Sa vision devint floue et elle dut cligner des yeux pour faire la mise au point. Elle s'efforçait de garder son calme et un visage serein.

Qu'est-ce qu'elle racontait ? Avait-elle vu Brian en compagnie d'une autre fille ? Se trimballait-il dans tout Bethesda au bras d'une autre ? Qu'avait vu Effie ? Que se passait-il ?

Tibby but son café. Inspira. Écouta le ténor qui braillait juste au-dessus de la tête d'Effie. Elle ne voulait pas perdre la face devant elle. Effie, quel que soit son tour de poitrine, appartenait toujours à la catégorie des petites sœurs.

Elle mourait d'envie de lui demander ce qu'elle savait, mais ç'aurait été avouer que ça la touchait. Que cette simple idée lui retournait l'estomac, la rendait folle, lui mettait les nerfs en pelote. Non, impossible.

– Ça te ferait de la peine, conclut Effie.

S'il ne lui restait qu'une chose, c'était son orgueil. Tibby répondit :

– Non, je serais sans doute un peu surprise. Mais bon, c'est moi qui ai rompu, hein ? Je savais parfaitement ce que je faisais. Il était temps qu'on se sépare, je n'ai aucun doute là-dessus, je suis persuadée que c'était la meilleure chose à faire.

Soudain, Tibby se rendit compte qu'il lui était beaucoup plus facile de parler que de réfléchir.

– C'est vrai ?

– Oui, oui. C'était fini, vraiment fini. Pour moi, en tout cas. Brian est libre de faire ce qu'il veut. Il peut sortir avec qui il veut. Il a tout à fait le droit de sortir avec quelqu'un d'autre si ça lui fait plaisir.

Tibby avait l'impression que sa tête oscillait légèrement au bout de son cou. Comme ces petits chiens ridicules sur la plage arrière des voitures.

Effie hocha la tête et aspira une lampée de son prétendu café.

– Et ça t'ennuierait si c'était quelqu'un que tu connais ?

Jamais Tibby n'aurait imaginé que le diable pouvait prendre les traits d'Effie Kaligaris en robe rose, sirotant un breuvage assorti. Quelqu'un qu'elle connaissait ? Qui ça ? Avec qui sortait-il ? Alors comme ça, Brian s'était mis avec quelqu'un qu'elle connaissait ? Mais qui ? Comment pouvait-il lui faire ça ? Tibby se retournait les méninges, cherchant de qui il pouvait bien s'agir.

Mais elle ne pouvait poser la question au risque de trahir son désarroi. En même temps, elle était obligée de la poser pour mettre fin à la torture.

– Ça t'ennuierait, hein, décida Effie.

Une fois de plus, Tibby se ressaisit. Elle aurait bien le temps de craquer plus tard. Elle n'aurait qu'à appeler Lena pour en avoir le cœur net. Elle pourrait même appeler sa mère s'il le fallait.

– Non. Pourquoi ? Ça devrait ? répondit-elle en pianotant sur la table, dans une piètre tentative pour feindre la nonchalance. Qu'est-ce que ça changerait que ce soit quelqu'un que je connais ?

Brusquement, tous les chanteurs de ce satané opéra se mirent à hurler à pleins poumons.

– Brian n'est plus mon petit ami et je ne suis plus sa petite amie.

Tibby criait presque.

– Il peut sortir avec qui il veut, ça le regarde. Et pareil pour moi.

Effie acquiesça lentement.

– C'est logique.

Tibby était assez fière de sa réponse. C'était exactement ce qu'il fallait dire, même si elle n'en pensait pas un mot. Elle s'efforça de reprendre sa respiration. Si seulement les ténors voulaient bien baisser d'un ton.

– C'est tout à fait logique.

Effie aspira une gorgée de sa boisson.

– Donc…

Elle reposa son verre et se redressa sur sa chaise. Puis elle regarda Tibby bien en face.

– Ça ne te dérangerait pas si…

Elle décroisa ses jambes sous la table. Tibby ressentit également le besoin de poser ses deux pieds à plat sur le sol. Dieu sait pourquoi, elle retenait son souffle.

– Ça ne te dérangerait pas si je sortais avec Brian ?

Ce genre de choses n'aurait pas dû lui arriver, pas à elle, pensait Lena en regardant le mur de briques opposé, suivant des yeux les rainures au ciment émietté. C'était le genre de choses qui aurait dû arriver à d'autres personnes, comme Effie. Effie qui, par exemple, était plus douée pour la vie.

La lumière commença à baisser et les briques à foncer. Les seules concessions qu'elle fit pour ce rendez-vous virtuel de huit heures furent de remettre du déodorant et de se brosser les cheveux.

Ce dernier geste la replongea dans le passé : elle s'était aussi brossé les cheveux pour lui le jour de l'enterrement de son *bapi*. Il y avait deux ans de cela.

Les souvenirs liés à cette période étaient extrêmement pénibles : le décès de son grand-père, le chagrin de sa grand-mère, la dureté de son père. Et la trahison de Kostos, bien sûr. Tout cela s'était conjugué en un tourbillon de vents maléfiques, formant une tempête assez violente pour concentrer toutes les caractéristiques de ce moment, même les plus anodines : le dessin des nuages dans le ciel, le bourdonnement d'un avion, l'odeur de la terre sèche et le sentiment de s'être brossé les cheveux tout exprès pour quelqu'un qu'on aime.

La tempête avait même aspiré le temps – les heures, les jours, les semaines… – si bien que la période précédant l'événement paraissait entachée d'un douloureux sentiment d'inexorabilité et celle qui suivait était comme assombrie par la tristesse de continuer à désirer ce que jamais elle ne pourrait avoir.

Le simple geste de se brosser les cheveux pour lui appelait le pressentiment que Kostos allait l'abandonner.

Elle se souvint de certaines phrases qu'il avait prononcées. Elles étaient restées en elle, tout ce temps, comme le murmure d'une radio au plus profond de sa conscience.

« Ne sois jamais triste parce que tu penses que je ne t'aime pas », lui avait-il dit.

« Ne crois pas que tu aies fait quoi que ce soit de mal. »

« Si je t'ai brisé le cœur, sache que le mien est réduit en miettes. »

« Je t'aime, Lena. Je t'aime à tout jamais. »

Le plus affreux dans tout cela, ce n'était pas qu'il ne l'aimait plus. Ça, elle aurait pu finir par le digérer. Non, le plus affreux, c'est qu'il l'aimait encore. Il l'aimait à distance. (Parfois, elle éprouvait ce même genre de sentiment pour elle-même.) Il l'aimait d'un amour qui défiait le temps, que rien ne pouvait souiller. Et elle entretenait cet amour avec mille précautions.

Elle était « aimable », dans le sens où elle pouvait susciter l'amour, elle en était digne. Elle s'accrochait à cela. C'était ce qui comptait, non ? Même s'il en avait épousé une autre. Même s'il avait réduit à néant tous ses espoirs.

Elle était « aimable ». C'était déjà ça. Dans ses rêves, elle l'entendait répéter qu'il l'aimait toujours, qu'il ne pouvait l'oublier ne serait-ce qu'une seconde. Elle était inoubliable. C'était le plus important. Plus important même que d'être heureuse.

Et où tout cela l'avait-il menée ? Seule sur son urne grecque. Aimable mais jamais aimée.

Elle ne prenait pas de risque. Capable d'audace, mais sans jamais dépasser ses propres limites.

Elle se retrouvait toujours face au même mur.

Tibby se serait crue dans cette fameuse scène de *Chitty Chitty Bang Bang*[1] où le camion du vendeur de bonbons se révèle être une cage dans laquelle il capture les enfants.

Assise en face d'Effie, avec son gobelet glacé qui dégoulinait sur la table, Tibby vit soudain les quatre murs du café se changer en barreaux. Elle était prise au piège. Elle était tombée à pieds joints dedans, toute fière d'être capable de mentir avec autant de détachement.

Que pouvait-elle dire ? Que pouvait-elle faire ? Effie avait joué de main de maître. Brusquement, Tibby comprenait où elle voulait en venir depuis le début, toutes les questions qu'elle lui avait posées. Effie n'était pas originaire du pays de Socrate pour rien.

Quant à elle, elle était incapable de réfléchir. Aucun espoir de contrer l'adversaire. Sa tête oscillait comme celle d'un berger allemand en plastique sur la plage arrière d'une voiture.

– Donc, ça te dérangerait, conclut Effie, mais sous son calme apparent, on sentait la satisfaction poindre.

Elle était prête à repartir, arrachant sa victoire pour fuir avec elle.

– Non, pas de problème, marmonna Tibby.

Que pouvait-elle dire d'autre, hein ?

1. Comédie musicale (*N. d. T.*).

Effie se leva. Elle avait obtenu ce qu'elle voulait.

– Oh, mon Dieu, quel soulagement, Tibby ! Tu ne peux pas savoir comme ça m'a tracassée. Je ne pouvais rien faire tant que je ne savais pas si ça t'ennuyait.

Elles étaient déjà sur le trottoir. Tibby suivait, complètement assommée.

Brian et Effie ? Effie et Brian ? Effie avec son Brian ? Il en avait envie ? Il avait envie de sortir avec Effie ? Soudain, elle pensa à son décolleté.

– Je suis vraiment contente que ça ne te pose pas de problème. Parce que, tu sais, il ne reste que Brian et moi à Bethesda, cet été… Et je… enfin bref. Mais je n'aurais jamais osé tenter quoi que ce soit avant de m'assurer que c'était OK pour toi.

– C'est OK, réussit à articuler Tibby pour clore l'affaire en beauté.

Puis elle rentra se terrer dans sa chambre où elle put enfin craquer.

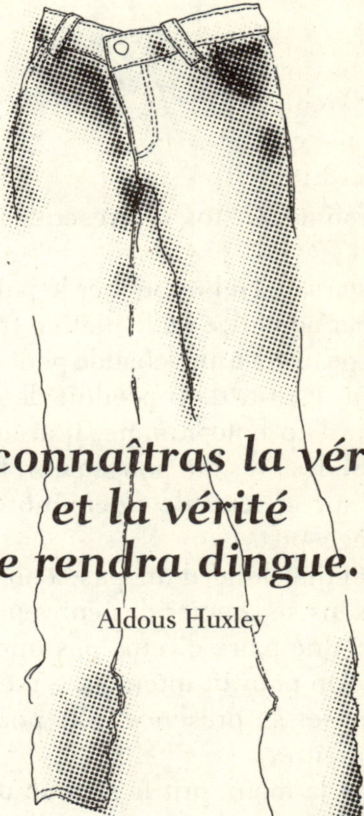

Tu connaîtras la vérité
et la vérité
te rendra dingue.

Aldous Huxley

Le présumé Kostos se présenta bien à huit heures.

Lena se risqua à lui toucher le poignet avant de finir par admettre qu'il était en trois dimensions. Sa peau était trop chaude pour qu'il puisse s'agir d'un esprit, d'un produit de son imagination ou d'un hologramme. Il avait des yeux, des lèvres, des bras qui bougeaient. Il était bien présent, sur le seuil de sa chambre. Il fallait qu'elle l'accepte.

Elle recula donc d'un pas, l'observant en silence, sans se soucier des convenances. Elle n'était qu'une paire d'yeux, pas une personne avec qui l'on pouvait interagir. S'il était décidé à lui imposer sa présence, elle pouvait peut-être disparaître.

Il tendit la main, prit la sienne, de tout son cœur mais sans grand espoir. Elle se tenait à distance, signifiant clairement qu'elle ne tenait pas à être embrassée.

C'était bien Kostos, elle était Lena et, après

tout ce temps, cette souffrance, ils se retrouvaient face à face sur le seuil d'une chambre d'étudiante du campus de Providence, dans l'État de Rhode Island. Elle assistait à la scène en spectatrice, sans y participer vraiment. Elle enregistrait tout avec attention pour pouvoir se la rejouer plus tard et ruminer comme il convenait.

Il est des gens qui vivent le moment présent, alors qu'elle vivait en décalé, de plusieurs heures ou même de plusieurs années. Elle le savait et elle aurait voulu se donner une claque, juste pour sentir ce qui se passait dans l'instant et, pour une fois, être en prise avec la vie.

– Je ne reste pas si tu n'en as pas envie, Lena.

Timidement, il fit un pas dans la pièce.

– Mais j'aimerais te dire certaines choses.

Elle hocha la tête, lèvres serrées et pincées comme un bec d'oiseau. L'entendre prononcer son prénom lui écorchait les oreilles.

Il fallait qu'ils aillent faire un tour, décida-t-elle. Ce serait plus simple, ils n'auraient pas à se regarder en face.

– On pourrait aller faire un tour, proposa-t-elle.

L'un derrière l'autre, ils sortirent dans le couloir et descendirent les trois volées de marches. Elle le conduisit hors du bâtiment, jusqu'au bord du fleuve. L'atmosphère était plus respirable, il faisait chaud, mais moins lourd.

Elle se dit que ce serait bien de marcher sur

la rive, pour voir les feux qu'ils allumaient sur l'eau, durant les nuits d'été. C'était l'une des rares attractions touristiques de Providence, mais elle était tellement perturbée qu'elle n'arrivait pas à se rappeler à quelle heure ils les allumaient ni où ils se trouvaient exactement.

– Je ne savais pas dans quel état d'esprit je te trouverais, commença-t-il.

Elle ne savait pas non plus dans quel état d'esprit elle se trouvait. Elle n'en avait aucune idée. Elle attendait qu'on le lui dise.

Elle prit la mauvaise direction. Ils croisèrent une station-service, une épicerie de nuit, et se retrouvèrent à marcher dans le noir le long d'une route très passante. Elle n'était pas douée pour jouer les guides.

Elle pensa à Santorin, cette île dont Kostos lui avait fait découvrir les beautés. Comme une claque, cette pensée lui fit presque monter les larmes aux yeux.

– Je ne suis plus marié, lui annonça-t-il entre deux voitures bruyantes.

Il la regarda et elle acquiesça pour montrer qu'elle avait bien entendu.

– Le divorce a été prononcé en juin.

Elle n'était pas vraiment surprise par la nouvelle. Quand elle s'était rendu compte qu'il était effectivement là, sur le seuil de sa chambre, en chair et en os, elle en avait presque instinctivement déduit qu'il avait divorcé.

L'air solennel, il attendit qu'une file de véhicules soit passée. Il était patient. Ils étaient tous les deux patients, peut-être trop. C'était un de leurs points communs.

Elle reprit la direction du campus et trouva un banc pour qu'ils puissent s'asseoir, au bord d'un carré de pelouse mal éclairé, entre deux bâtiments administratifs. Ce n'était pas une oliveraie mais, au moins, ils pourraient discuter.

– Je n'ai pas de bébé, reprit-il en pesant ses mots.

Il avait sans doute préparé son discours.

– Que lui est-il arrivé ?

Quelle audace de poser la question, mais cela semblait bien normal, non ?

Il la regarda dans les yeux. Il n'était plus habité par cette colère, cette méfiance qu'elle lui avait vues deux ans plus tôt. Il était plus facile de parler d'un bébé qui n'existait pas.

– Eh bien…

Son soupir indiquait que l'affaire n'était pas simple.

– Mariana prétend qu'elle a fait une fausse couche. Mais les dates ne collent pas. Sa sœur m'a confié qu'elle n'avait jamais été enceinte mais que, comme elle voulait qu'on se marie, elle avait pensé que cela arriverait tôt ou tard.

– Sauf que ce n'est pas arrivé, conclut Lena.

Elle voyait dans ses yeux qu'il hésitait, craignant d'en dire trop ou pas assez.

– Au début, j'étais en colère. Je voulais savoir la vérité. J'ai refusé de… de jouer mon rôle de mari avec elle.

Lena se demandait ce qu'il voulait dire. Un Américain n'aurait sûrement pas employé ce genre d'expression.

– Au bout de six mois, nous nous sommes séparés, tout en restant mariés. Je ne voulais pas déshonorer mes grands-parents en divorçant. Dans les vieilles familles de l'île, ça ne se fait pas. C'est un truc réservé aux nouveaux arrivants ou aux touristes.

Comme toujours, il avait cherché à plaire, c'était dans son caractère. Il ne voulait pas décevoir. Un deuxième point commun entre eux. À Oia, c'était le fils modèle. Il voulait qu'on l'aime, même si le prix à payer était son bonheur. Son bonheur et le sien, visiblement.

D'où venait ce besoin compulsif d'être aimé ? Il les animait tous les deux, les motivait, les emprisonnait. Ils étaient prêts à sacrifier leur grand amour pour qu'on les aime.

Mais tout de même, ils ne le vivaient pas tout à fait pareil. Kostos tenait surtout à préserver son image dans le regard des autres. Sans doute parce qu'il avait perdu ses parents si jeune. Il n'y a que des parents pour aimer leur enfant d'un amour inconditionnel. L'amour des autres, il faut le mériter.

Et elle ? Pourquoi doutait-elle à ce point de l'amour qu'on lui portait ?

Elle n'avait même pas besoin de réfléchir. Aussi loin que remonte sa mémoire, elle avait toujours perçu l'abîme qui séparait l'impression qu'elle donnait de ce qu'elle ressentait réellement. Elle savait quel amour elle mettait en doute. Pas celui de ses parents, ni celui de ses amis. Son amour-propre.

– Et alors qu'as-tu fait ? demanda-t-elle platement.

– C'était l'avis de mes grands-parents qui m'importait le plus. Ils sont âgés et assez vieux jeu, tu sais. Je n'osais pas passer à l'acte. Je redoutais d'aborder le sujet avec eux.

Il avait déjà réfléchi à tout ça, elle le savait. Il avait répété son discours. Elle acquiesça.

– Lorsque j'en ai finalement parlé à ma grand-mère, j'ai cru qu'elle n'allait pas s'en remettre.

– Et elle s'en est très bien remise, devina Lena.

Kostos hocha la tête.

– Elle m'a dit qu'elle priait tous les soirs pour me donner le courage de le faire.

Lena se représenta leurs deux grands-mères, Mamita et Rena, deux femmes pleines de surprises. Mamita était-elle au courant de cette histoire ?

– Mamita ne m'a rien dit, remarqua-t-elle.

– C'est moi qui le lui ai demandé. Je préférais t'en parler moi-même.

Lena le dévisagea, il paraissait si calme que c'en était presque vexant.

– Je serais furieuse si j'étais à ta place, avoua-t-elle.

– À quoi ça m'avancerait, maintenant ?

Elle avait beau ne pas être à sa place, elle était furieuse quand même. Elle était furieuse après lui de s'être cru le droit de préjuger de sa réaction, sans connaître son sentiment.

– Eh bien, moi, j'aimerais savoir ce qui s'est réellement passé, répliqua-t-elle avec véhémence.

Kostos eut l'air peiné, mais il se contenta de hausser les épaules.

– Ce n'était pas la peine de s'énerver. Qu'est-ce que ça aurait changé ? À quoi ça aurait servi d'accabler qui que ce soit ?

Qu'est-ce que ça aurait changé ? Kostos avait tout à fait le droit de penser que ça n'aurait rien changé. Et, techniquement, ça ne la regardait pas, en effet. Pourtant, elle était persuadée, quand elle regardait les deux années qui venaient de s'écouler, que c'était important.

C'était là le danger de tomber amoureuse de quelqu'un qui venait d'une autre planète, sans doute. On devenait alors la victime potentielle de filles complètement dingues qui inventaient des bébés et de traditions ridicules dont on n'avait absolument rien à faire.

Ce n'était pas comme ça qu'elle imaginait sa vie. Elle avait déjà assez de contraintes qui l'étouffaient. Elle pensa avec amertume à son père. Elle avait déjà son quota de conservatisme et de traditions.

Puis, soudain, elle pensa à Leo. À son loft. À son sofa bordeaux et au plaisir de s'allonger dessus.

L'espace d'un instant, elle en eut le souffle coupé. C'était presque intolérable que Leo et Kostos cohabitent en pensée dans le même cerveau. Elle avait l'impression d'être écartelée, déchirée, comme si elle vivait dans deux univers parallèles, comme si deux personnes habitaient son corps.

Elle avait oublié Leo. Et tous les possibles qu'il lui avait ouverts. Paf, nouveau coup de pied aux fesses…

Finalement, elle était tout à fait capable d'oubli. Elle était peut-être même plus douée qu'elle ne le croyait.

Encore une claque, aïe, ça faisait mal ! Mais n'était-ce pas ce qu'elle voulait ?

Non. Pas du tout. « Ça suffit, avait-elle envie de crier. Laissez-moi tranquille. » Elle ne voulait plus de coups de pied. Elle ne voulait plus de Kostos. Elle ne voulait rien de tout cela.

– Carmen, qu'est-ce que tu fabriques, bon sang ?

Carmen s'efforça de ne pas être déstabilisée par le regard noir que lui jeta Andrew.

– Je dis ma réplique.

– Qu'est-ce qui te prend ? On dirait une machine. Pire même. Je préférerais encore écouter un robot !

Carmen ne se laissa pas démonter. Elle avait déjà vu Andrew monter sur ses grands chevaux, mais c'était la première fois qu'il s'en prenait directement à elle.

– Recommence, ordonna-t-il.

Elle reprit le passage.

– Bip ! bip ! railla-t-il. Robot.

Elle inspira à fond. Elle n'allait pas pleurer. Il était fatigué. Elle était fatiguée. La journée avait été longue.

– Je vais faire une petite pause, je crois, annonça-t-elle d'une voix ferme.

– Oui, c'est ça, répliqua-t-il.

« Tu es un horrible personnage et je te hais », lui confia-t-elle en pensée, même si elle savait parfaitement que ni l'un ni l'autre n'était vrai.

Elle tituba jusqu'à la porte des coulisses et la poussa. Il faisait chaud, poisseux, ce qui n'arrangea rien.

Elle s'assit, la tête dans les mains. Andrew avait été odieux, mais il n'avait pas tort. Dans sa bouche, le texte avait perdu son naturel. Elle pensait trop à chaque mot. Pis, elle pensait rythme, articulation, scansion.

Quelques minutes plus tard, en relevant la tête, elle aperçut Julia.

– C'est toi, Carmen ?

– Salut, fit-elle en se redressant.

– Qu'est-ce qui t'arrive ? Ça va ?

– La répétition ne se passe pas très bien.

– Oh non, qu'est-ce qui ne va pas ?

– J'ai l'impression que toutes ces histoires de métrique et de rythme m'ont embrouillé l'esprit, avoua-t-elle.

– Ah bon ?

Julia avait vraiment l'air inquiète. Elle s'assit sur la marche à côté d'elle.

– Mince alors !

Carmen ferma les yeux.

– Je n'ai aucune envie de retourner là-dedans.

– Tu sais où est le problème ?

– Non.

– C'est normal. Lorsque tu commences à étudier la structure interne du texte, ça te perturbe toujours, au début. Classique. Mais il faut que tu persévères et tu vas y arriver. Quand tu maîtriseras le truc, ça deviendra naturel.

– Tu crois ?

– J'en suis presque sûre.

Une fois libérée de cette pénible répétition, Carmen retourna dans sa chambre, où Julia l'attendait.

– Tiens, j'ai essayé d'annoter le texte d'une autre façon. Ça devrait être plus facile.

Carmen baissa les yeux vers les répliques si familières de Perdita, mais elles lui parurent étrangères. Maintenant qu'elle les considérait sous cet angle, elle n'arrivait plus à retrouver sa première impression. Elle avait perdu la simplicité des débuts. Elle ne pouvait plus revenir en arrière. Peut-être Julia avait-elle raison. Peut-être ne pouvait-elle qu'aller de l'avant.

Elle apprécia que Julia passe la soirée à lui faire répéter patiemment tout son texte.

Lena était en colère. Elle n'arrivait pas à dormir.

Elle avait commencé par être résignée, puis abasourdie et triste, maintenant elle était furieuse. Elle passait par tous les stades du deuil, mais en accéléré et dans le désordre.

Il y a bien longtemps, au beau milieu de la nuit, elle s'était présentée à Kostos, pleine d'ardeur, sa vulnérabilité drapée dans sa chemise de nuit blanche si légère. Ce soir, elle frappa à la porte de sa chambre de motel armée contre le vent et la pluie sous la carapace de son blouson noir soigneusement zippé.

Il avait enfilé un pantalon avant de lui ouvrir la porte. Elle aperçut derrière lui une pile de bagages familiers, un tas de vêtements familiers, des chaussures familières. Et l'odeur familière qui s'en dégageait lui fit un pincement au cœur. Pourquoi avait-il apporté tant de choses ?

– Tu n'aurais pas dû venir, lui signifia-t-elle, en remarquant ce faisant que c'était tout de même elle qui venait frapper à sa porte à deux heures du matin.

Surprise, tristesse, incompréhension se succédèrent sur son visage endormi. Il avait encore la marque de l'oreiller sur la joue.

– Enfin bref, qu'est-ce que tu essaies de faire ? Que pensais-tu obtenir ?

– Je…

Il s'interrompit. Se frotta les yeux. On aurait dit qu'il venait de se faire mordre par son chien fidèle.

– J'aimerais seulement comprendre ! s'exclama-t-elle.

C'était un mensonge. Elle ne voulait pas seulement comprendre. Elle voulait lui sauter à la gorge et lui faire payer.

Peut-être n'était-ce pas son genre. Peut-être était-il au-dessus de ça. Il ne voulait pas prendre de revanche sur les gens qui lui avaient gâché la vie, ça ne l'intéressait pas. Elle, au contraire, ne pouvait pas laisser passer ça.

– Je voulais te dire ce qui était arrivé. Je pensais que tu avais le droit de savoir.

– Pourquoi ? En quoi ça me concerne ? répliqua-t-elle. Tu étais marié. Tu as divorcé. Ça remonte à des années. Qu'est-ce que ça peut bien me faire ?

Nouveau mensonge. Bien pire que le premier.

Même en le disant, elle n'était pas sûre d'avoir envie qu'il la croie.

Vu l'expression qui se peignit sur son visage, il la croyait.

– Je…

Il s'interrompit encore. Baissa les yeux. Fixa le ciel nocturne derrière elle. Regarda les quelques voitures garées sur le parking. Fit ce qu'il pouvait pour se donner une contenance.

Elle serrait son blouson tellement fort contre sa poitrine qu'elle redoutait de se briser une côte.

– Je suis désolé.

Il avait vraiment l'air désolé. Désolé pour un tas de raisons. Elle aurait aimé qu'il développe, mais il n'en fit rien.

Elle avait envie de le secouer, de lui crier : « Mais pourquoi tu es désolé ? Désolé d'être venu ? D'avoir cru que ça me concernait ? De m'avoir brisé le cœur ? D'avoir choisi d'autres personnes et pas moi ? De voir à quel point j'ai envie de te faire mal, là, maintenant ? De savoir que ça me touche et que je t'en veux atrocement ? De constater que je ne suis pas celle que tu croyais ? »

Elle serrait tellement les dents qu'elle en avait mal aux oreilles.

– J'étais censée te sauter au cou ? demanda-t-elle d'un ton moqueur.

Il avait l'air pris de court. Lui qui pensait

qu'elle cherchait toujours à être aimée, à être aimable.

– Non, Lena. Je ne m'attendais pas à ça. Je croyais juste…

– De toute façon, j'ai un petit ami, dit-elle en guise de conclusion, fourbe et cruelle. Tu ne pouvais pas plus mal tomber. Enfin, ce n'est pas grave.

Il y avait quelque chose d'affreusement libérateur à débiter tant de mensonges. C'était la première fois qu'elle en faisait l'expérience.

Il serra les lèvres. Son corps se raidit. Ce n'était pas facile d'arriver à le faire douter d'elle.

Elle aurait voulu qu'il s'énerve, qu'il se montre aussi odieux et méprisable qu'elle. En était-il seulement capable ?

Elle voulait que les flammes de l'enfer se déchaînent. Elle avait préservé leur amour avec tant de précautions pendant toutes ces années qu'elle voulait maintenant le réduire en cendres. Elle voulait qu'il soit réduit en miettes, brisé, consumé, passé, terminé.

Mais Kostos en était incapable. Il se repliait en lui-même. Son visage se refermait. Il se mura dans le silence tandis qu'elle bouillonnait.

– Pardon pour tout, finit-il par dire.

Elle avait envie de le frapper, mais elle se contenta de tourner les talons. Elle s'éloigna, guettant le cliquetis de la porte qui se refermait.

Sur le trajet du retour, elle se mit à courir.

Elle lâcha son blouson, le laissa battre lourdement au vent. Elle courut aussi vite que possible, le souffle court, le cœur battant.

Elle réalisa plus tard, frissonnant en sous-vêtements sous ses draps, qu'elle ne s'était jamais mise autant en colère contre quiconque.

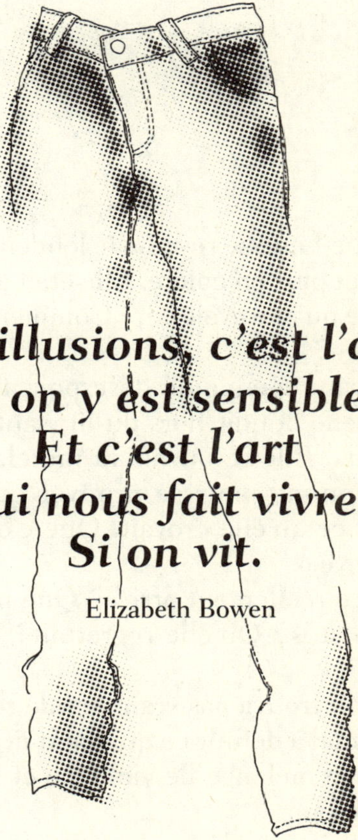

Les illusions, c'est l'art,
Si on y est sensible.
Et c'est l'art
qui nous fait vivre,
Si on vit.

Elizabeth Bowen

Lorsque Lena se réveilla le lendemain matin, elle n'était plus en colère. Elle était abasourdie. Qu'est-ce qu'elle avait fait ? Comment avait-elle pu faire ça ?

Mue par l'énergie du désespoir, l'énergie de la peur, elle bondit hors du lit, sauta dans ses vêtements. Elle retourna au motel, le lieu du crime, comme pour se prouver qu'elle avait bien fait ce qu'elle croyait. Que c'était réellement arrivé.

Était-ce réellement arrivé ? Que pouvait-elle dire à Kostos ? Qu'elle regrettait ? Elle sonda son cœur.

Mais n'y trouva pas vraiment de regrets. Elle avait du mal à définir ce qui habitait son cœur : un étrange mélange de violence et de terreur. Que faire ?

Plus elle approchait, plus elle craignait de se retrouver face aux vestiges du chaos dont elle était l'auteur.

Alors qu'elle s'apprêtait à frapper, elle remarqua que la porte était ouverte. Pourtant, cette nuit, il y avait des tas de valises, des piles de vêtements dans cette chambre. Mais un chariot de nettoyage était garé devant la porte, et la pièce était vide, propre et nette.

Tiboudou : Oh, Lenny ! Carmen m'a raconté ce qui s'était passé. Ça va ?

Lennyk162 : Oui, ça va. Je suis juste un peu assommée.

Tiboudou : Tu veux que je vienne te consoler ?

Lennyk162 : C'est gentil, Tibou, mais je n'en ai pas besoin. Je ne suis même pas triste. Juste soulagée que ce soit fini. C'est fini depuis longtemps, en fait.

L'amour, c'est dans la tête. Ni plus, ni moins.

Si on le perd de vue, si par hasard il nous sort de la tête, la personne qu'on aimait nous devient étrangère. Tibby pensait à tous ces films mettant en scène des amnésiques qui ne reconnaissent même pas leur mari ou leur femme. Le siège de l'amour est la mémoire. Il peut donc tomber dans l'oubli.

Mais il peut aussi nous revenir en mémoire.

Au début de l'été, Tibby avait oublié qu'elle aimait Brian. Parce qu'ils avaient fait l'amour, parce que le préservatif s'était rompu, parce que ses pires craintes étaient, semble-t-il, devenues réalité. Elle ne pouvait pas vraiment se l'expliquer. Mais elle savait que, cette nuit-là, elle avait associé Brian avec les pires aspects de l'entrée dans le monde adulte. Tout cet aspect négatif, indissociablement lié à lui, avait mis en péril leur fragile amour.

Tibby se rappelait distinctement qu'elle avait eu l'étrange sensation cette nuit-là de voir l'amour qu'elle avait pour lui disparaître. Comme un charme qui se rompt, un rêve qui s'achève, laissant la réalité reprendre le dessus. Elle avait brusquement retrouvé ses esprits et s'était rendu compte qu'elle n'aimait pas Brian, que ses plus grandes qualités constituaient ses pires défauts et, plus grave encore, que l'amour sans condition qu'il lui portait lui semblait ridicule et intolérable. Elle s'était réveillée, émergeant brutalement du rêve de l'amour.

Et pourtant.

Une fois de plus, tout avait changé. Son rêve était revenu et elle ne savait plus si elle était éveillée ou endormie, ce qui était réalité ou illusion.

Elle téléphona à Lena, même si celle-ci avait déjà son compte de soucis.

– Tu sais ce qui se trame ? lui demanda-t-elle, ravalant toute fierté.

– Comment ça ? s'étonna Lena.

– Entre Effie et Brian !

Elle garda le silence. Une seconde à peine,

mais Tibby en déduisit aussitôt qu'elle savait quelque chose.

– Eh bien…

Lena soupira.

– Dis-moi ce que tu sais, explosa pratiquement Tibby.

– Je ne sais pas…

Lena parlait lentement, calmement.

– Enfin, je savais qu'Effie avait un faible pour Brian. Mais ça fait longtemps que ça dure. Tout le monde le savait.

Tibby faillit en avaler sa langue.

– Ah bon ?

– Oh, Tibou ! Elle avait juste un petit faible pour lui. Un truc d'ado, tu sais. Brian est super mignon.

Tibby en avait le souffle coupé.

– Ah bon ?

– Tibby ! Allez, tu vois bien ce que je veux dire. Je ne te torture pas, je te présente les faits.

Elle s'assit sur sa main et dit d'une voix étranglée :

– D'accord.

– Tu as envie d'en parler ?

Non, certainement pas. Elle n'avait aucune envie d'en parler. Mais elle ne pouvait penser à rien d'autre, alors.

– Il faut que je sache.

– Je ne crois pas qu'il y ait grand-chose à savoir, fit Lena pour la réconforter. Effie craque pour

Brian. Brian est malheureux que vous soyez séparés. Je crois qu'ils ont discuté au téléphone deux ou trois fois.

– Ah bon ?

Tibby avait la main engourdie et l'oreille brûlante.

– Tibby, je ne veux pas me mêler de ça, mais je veux être franche avec toi.

– Est-ce qu'ils… sont sortis ensemble ou un truc comme ça ?

– Je ne crois pas.

– Tu ne crois pas ?

Lena soupira à nouveau.

– Avec Effie, je serais au courant, fais-moi confiance.

– Tu crois qu'elle lui plaît ?

– Pas particulièrement, mais il se sent vraiment seul, ça, je le sais.

– Parce qu'il croit que je l'ai largué ? demanda Tibby d'un air absent.

– Parce que tu l'as largué.

– Mmm…

– Hé, Tibou ?

– Quoi ?

– Je ne voudrais pas t'énerver, mais je crois que tu aurais dû dire la vérité à Effie.

– Et mince… Merci.

Après avoir raccroché, Tibby s'assit à son bureau, tentant de démêler ses pensées.

Effie était amoureuse de Brian. Brian était

canon. Tu parles, tout le monde le savait. Tout le monde l'aimait. En fait, réalisa Tibby, il était beaucoup beaucoup trop bien pour elle.

C'était affreux.

Oui, Tibby avait un instant oublié qu'elle aimait Brian, mais sa mémoire venait de recevoir un électrochoc. Ses souvenirs lui revenaient, et ça faisait mal.

Évidemment que Brian était canon ! Elle le savait, quand même !

Mais ce n'était pas le plus important.

Le plus important, c'est qu'il était rassurant, gentil, optimiste, qu'il sifflotait des morceaux de Beethoven et se fichait de ce que les autres pensaient. Et il l'aimait ! Il savait l'aimer mieux que quiconque. Enfin, avant.

Maintenant, tout son amour pour Brian lui revenait. Et elle ne voyait pas comment elle avait pu un instant l'oublier. Mais lorsqu'elle les imaginait main dans la main, Effie et lui, elle aurait aimé pouvoir l'oublier à nouveau.

À nouveau, le charme était rompu, le rêve s'achevait, mais dans l'autre sens. Elle venait d'émerger du rêve où elle ne l'aimait plus. Enfin, c'est ce qui lui semblait. C'était à devenir fou. Comment savoir où était la réalité ? Où elle serait demain ? Tout était tellement embrouillé qu'elle avait complètement perdu le fil.

Quel genre de personne changeait radicalement d'avis ainsi, du jour au lendemain ? Comment avoir confiance en ce qu'elle ressentait ?

Durant les jours qui suivirent, elle regretta de ne pas pouvoir faire plus d'heures chez Videoworld. Son planning réduit lui laissait une éternité pour fixer son « scénario » sur l'écran en ressassant tout un tas de questions. Et plus elle s'interrogeait, moins elle comprenait.

Elle essaya de s'atteler à son scénario. Elle avait dans l'idée d'écrire une histoire d'amour, mais elle n'avait pas d'intrigue. La seule idée qui lui occupait l'esprit était celle de l'inconstance de l'amour, et ça ne faisait pas un scénario.

Peter passa voir Bridget au labo quelques jours avant qu'elle ne reparte chez elle. Elle avait des étiquettes dans la poche et d'autres collées un peu partout sur ses vêtements. Plus trois surligneurs de couleurs différentes dans la main gauche et un dans la droite.

Elle avait esquivé les heures de travail qu'elle devait faire au labo pendant presque tout le chantier, sachant que, grâce à son travail de fouilles, elle avait acquis l'estime de David, le directeur, et qu'on ne lui dirait rien. Elle préférait être dehors, au soleil. Les mains dans la terre. Elle n'aimait pas la paperasse. Elle avait donc gardé le côté le moins enthousiasmant pour la fin. Elle pensa à Socrate avec la ciguë. Tout se payait un jour.

En voyant Peter, elle retira l'étiquette qu'elle pinçait entre ses lèvres pour lui dire bonjour.

– Tu vas bien ? lui demanda-t-il.

Ils avaient beaucoup changé depuis leur baiser sur la colline. Ils s'étaient tous les deux assagis.

Elle haussa les épaules.

– Ça va.

Il balaya les environs du regard pour s'assurer qu'ils étaient seuls.

– Je ne voulais pas que tu partes sans m'avoir dit au revoir.

Elle hocha la tête.

– Je regrette ce qui s'est passé.

– Sûrement pas autant que moi.

Elle serra les dents. Ils n'allaient pas se battre pour ça, quand même.

– Non, ça ne peut pas être pire.

Bon sang, ils étaient exactement pareils ! Toujours dans l'excès.

– Ça m'a permis de comprendre que ce n'était pas bon pour moi de partir si longtemps loin de ma famille. Je finis par oublier à quel point ils comptent pour moi, tu comprends ?

Elle comprenait. Elle comprenait tout à fait. Il était affamé et avide de tout. Il vivait dans l'instant présent tout comme elle.

– Tu as sans doute raison, lui dit-elle, en se

disant qu'il fallait qu'il aille plus loin dans sa réflexion.

Il lui sourit.

– Ça aurait pu être pire.

Elle haussa un sourcil.

– Tu crois ?

– On aurait pu dévaler la colline.

« Oui, mais on aurait pu mettre ça sur le compte de la gravité », répliqua-t-elle dans sa tête.

– Quand je repense à cette soirée, je me dis qu'on a évité le désastre.

Elle le regarda sans rien répondre. Non, ils n'avaient rien évité du tout. Ils avaient foncé droit dans le mur.

Elle eut une pensée pour Eric et, pour la première fois depuis longtemps, elle réussit à se le représenter. La ligne de ses lèvres lorsqu'il se concentrait. Les plis de son front quand il était inquiet. Ses dents qui se chevauchaient légèrement lorsqu'il souriait. Il lui revint par petits flashs et, soudain, elle ressentit un vide douloureux : il lui manquait.

Elle avait tout fait pour ne pas éprouver ce manque, réalisa-t-elle alors. Malgré ses e-mails tendres et complices, elle était restée sur ses gardes, elle ne voulait pas laisser libre cours à son amour. Elle avait depuis longtemps instauré des règles strictes pour ne pas souffrir de l'absence des autres, craignant de passer sa vie à subir ce manque si elle n'y prêtait attention.

L'heure était venue de revoir ces règles. En voulant s'éviter de souffrir, on évitait tout sentiment.

Eric l'aimait. Elle avait davantage confiance en lui qu'en elle-même. Elle trouvait particulièrement avisé d'aimer quelqu'un d'aussi différent d'elle. Elle était idiote de l'avoir laissé quitter ses pensées ne serait-ce qu'une journée. C'était là qu'elle risquait de tout perdre.

En disant au revoir à Peter, elle eut soudain pitié de lui. Il recommencerait. Sur un autre chantier, avec une autre fille un peu perdue. Il regardait déjà en avant, chassant le passé – un passé dont elle faisait désormais partie.

Elle se promit de ne pas suivre le même chemin.

Tibby appela sa mère. Elle en était réduite à cela, hélas.

– Tu as entendu parler de cette histoire ? lui demanda-t-elle.

Elle n'avait aucun amour-propre. Pas une once. Sinon elle ne se serait jamais abaissée à cela.

– Mais non, ma puce.

– Tu les as vus ensemble ?

– Non.

– Si ! Tu sais quelque chose, je le sens.

– Tibby.

– Maman, si tu sais quelque chose, il faut que tu me le dises.

Sa mère soupira, comme tous les gens qu'elle avait questionnés.

– Ton père les a vus chez Starbucks.

– C'est vrai ?

– Oui.

– Ensemble ?

– Il semble bien, oui.

– Mais Brian déteste Starbucks !

– Peut-être pas Effie.

C'était la pire chose à dire. Tibby bouda un moment.

– Tibby, ma chérie, tu as l'air complètement bouleversée. Pourquoi tu ne demandes pas à Effie de laisser tomber ? Pourquoi tu ne dis pas à Brian ce que tu ressens ?

Elle n'en attendait pas moins de sa mère. Les pires conseils qu'elle ait jamais entendus de sa vie.

– Il faut que je raccroche, fit-elle d'un ton maussade.

– Tibou, s'il te plaît.

– Je te rappelle plus tard.

– Tu sais ce que ton père m'a confié ?

– Non, quoi ?

– Que Brian n'avait pas l'air heureux.

Tibby se détendit d'un coup. C'était la première chose sensée qui sortait de la bouche de sa mère depuis le début de cette conversation.

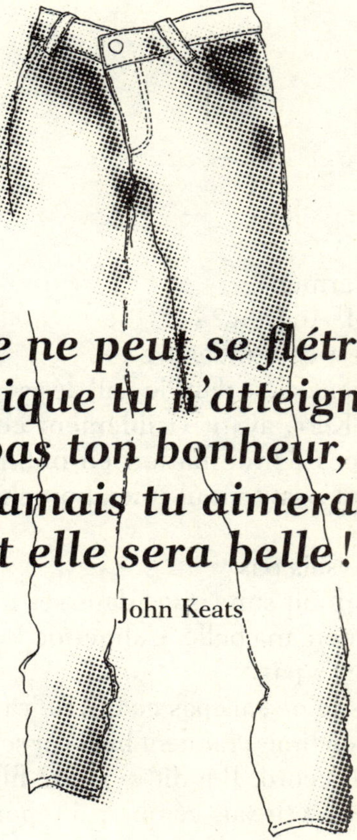

Elle ne peut se flétrir,
quoique tu n'atteignes
pas ton bonheur,
À jamais tu aimeras,
et elle sera belle !

John Keats

Traduction de Paul Gallimard, Éditions Gallimard, 1996

Dis, Carmen ?

– Quoi, Andrew ?

– Qu'est-ce qui t'arrive ?

Ils étaient seuls dans le hall désert du théâtre. Andrew Kerr, ayant visiblement compris que les séances d'humiliation en public ne fonctionnaient pas, tentait une approche plus intimiste.

– Je ne sais pas.

Elle enfouit son visage dans ses mains.

– Carmen, ma belle. Calme-toi. Raconte-moi ce qui ne va pas.

– Mais je ne sais pas ce qui ne va pas.

– Tu t'en tirais vraiment bien sur scène. Même Ian est d'accord. Il a dit : « Cette fille, c'est un miracle ! » Et tu sais ce que j'ai répondu ?

Carmen secoua la tête.

– J'ai répondu : « Oui, tâchons de ne pas la gâcher. »

– Merci beaucoup, Andrew.

– Carmen, je sais de quoi tu es capable. Je crois en toi. Je veux juste comprendre pourquoi tu n'y arrives plus.

– Je crois que je pense trop.

Andrew acquiesça avec sagesse.

– Ah, c'est mauvais, ça. Ne pense pas trop. Ne pense pas du tout.

– J'essaie.

– C'est bien.

Dix minutes plus tard, elle était de nouveau sur scène, des fleurs dans les cheveux, à s'escrimer sur la fameuse « hôtesse de ce jour ».

– Carmen ! tonna Andrew. Arrête tout de suite de penser !

« C'est OK pour dimanche ? »

C'était le premier message que Leo avait laissé sur son répondeur.

« Tu es là ? Tu vas bien ? Tu veux qu'on dîne ensemble ? Qu'est-ce qui t'arrive ? »

C'était le message de samedi.

« S'il te plaît, Lena, rappelle-moi », suppliait-il le dimanche matin.

Elle le rappela donc. Lorsqu'il lui demanda comment elle allait, elle ne sut trop quoi répondre.

– Tu peux poser pour moi, aujourd'hui ? s'enquit-il, plein d'espoir.

Si elle pouvait poser ? L'idée la faisait encore

frémir, au fond, tout au fond, mais c'était un écho lointain plus qu'une réelle sensation.

– D'accord, répondit-elle.

De toute façon, elle n'avait pas le courage de chercher une raison de refuser.

– Je serai là dans une demi-heure.

Elle prit une douche. Sa peau fraîche et propre contrastait avec son étrange humeur. Elle n'essaya même pas de mettre de l'ordre dans ses pensées et ses peurs. Elle se contenta de marcher tout droit jusqu'à chez lui et de sonner au 7B.

Il lui ouvrit et l'attira dans le loft, la serra dans ses bras, l'embrassa comme s'il avait toute une vie de manque et de privations à rattraper. Ne pas répondre aux messages était un puissant aphrodisiaque, constata-t-elle avec un peu d'amertume, même pour un honnête garçon.

Elle sentit son corps se fondre dans le sien, ses lèvres répondre instinctivement. Peut-être était-elle en manque elle aussi.

Leo était un peu moins à l'aise lorsqu'il l'entraîna dans sa chambre. Il referma la porte derrière lui, ce qu'il n'avait pas fait la fois dernière. Comme s'il ne souhaitait pas que le reste de l'appartement soit témoin de la scène.

Le peignoir était prêt. Son lit soigneusement drapé. Le petit sofa bordeaux poussé contre le mur.

– Je me disais…

Il se balançait d'un pied sur l'autre.

– Tu peux à nouveau t'installer sur le sofa, si tu veux… Ou alors…

– Ou alors ?

– Eh bien, je me disais que peut-être…

Elle désigna le lit. Elle devinait que c'était ce qu'il voulait.

– Oui. Parce que… Enfin… J'ai une idée de toile.

Il ne tenait pas en place. Il sautillait d'un pied sur l'autre.

Elle voyait à quel point il en avait envie. Envie d'elle ou envie de peindre cette toile, elle n'aurait su le dire.

– Ça ne t'embête pas ? Si ça te gêne, je comprendrai, fit-il, mais ses yeux suppliants l'enjoignaient de s'allonger sur le lit.

– Ça ne me dérange pas.

Et bizarrement, c'était vrai. Il avait tout arrangé, c'était mignon. Elle imaginait le tableau qu'il avait composé. Elle était contente pour lui.

Il s'éclipsa poliment tandis qu'elle se déshabillait. Elle s'allongea sur le côté, sans même passer le peignoir. Elle détacha ses cheveux et les laissa se déployer sur le drap.

Leo frappa timidement. Il rentra avec l'air d'un homme qui ne veut pas trop espérer. Mais il changea d'expression en la voyant. La fougue qui l'animait le rajeunissait.

– C'est exactement ce que j'avais imaginé, exactement ! s'exclama-t-il, impressionné. Comment tu as su ?

– C'est ainsi que j'aurais voulu peindre la scène, répondit-elle avec sincérité.

Elle se demandait où étaient passées ses multiples et épaisses couches de gêne, de pudeur et d'embarras. C'était bizarre. Qu'étaient devenus ses muscles tendus, ses joues empourprées, son incapacité à enchaîner deux pensées ?

Peut-être avait-elle sombré en pleine dépression. Peut-être que, suite à cette terrible scène avec Kostos, elle avait perdu toute volonté. Peut-être s'était-elle tant cramponnée à ses espoirs que, maintenant qu'ils s'étaient évanouis, tout lui était égal.

Mais elle n'était pas vraiment triste. Elle l'aurait su tout de même, si elle avait été triste. Elle connaissait bien cet état.

Elle se sentait vieille, en fait. Lasse. Comme si des années avaient passé et qu'elle regardait maintenant la jeune femme qui faisait sa coquette la semaine précédente avec beaucoup de recul. Elle avait l'impression de ne plus avoir les mêmes choses à cacher. Ou alors elle n'en avait simplement plus l'énergie.

Peut-être qu'elle ne ressentait plus rien. Elle regarda Leo qui la dévisageait, son pinceau à la main. Non, mais elle ne ressentait plus les mêmes choses.

En fait, c'était un soulagement de savoir que sa « période Kostos » était finie et bien finie.

– Magnifique, murmura-t-il.

Parlait-il d'elle ou de la toile, elle n'aurait su le dire. Ce n'était pas grave. Elle avait l'impression d'avoir survécu à une catastrophe, ce qui lui donnait un certain détachement.

Elle le regardait peindre. Elle écoutait la musique. Du Bach, encore, mais cette fois avec chœur et orchestre. Elle aurait presque pu s'endormir. Son esprit vagabondait confusément, elle pensait à la mer, au ciel, à la vue de la fenêtre de la cuisine, chez sa grand-mère, à Oia.

Elle finit sans doute par s'assoupir car, lorsqu'elle rouvrit les yeux, la lumière avait changé. Leo avait reposé son pinceau et la contemplait.

– Désolée. Je me suis endormie ?

– Je crois, répondit-il.

Il avait les yeux brillants, d'un éclat propre à l'art. Il captait ses impressions pour les rendre sur la toile sans même avoir à les retenir.

– Ça va comme tu veux ? lui demanda-t-elle.

– Je… Je ne sais pas. Je ne voudrais pas…

Ça signifiait que tout allait bien.

– Je ferais bien une petite pause, dit-elle.

Elle avait des fourmis dans tout le bras, jusque dans les doigts. Elle se redressa et s'assit au bord du lit sans même lui laisser le temps de reposer son pinceau et sa palette.

Il se dirigea vers la porte et s'arrêta soudain.

– Tu veux que je sorte ?

– Non, tu n'es pas obligé.

Leo la regarda s'étirer et bâiller au bord de son lit, aussi perturbé qu'elle par son nouveau comportement. Il retourna à sa toile, incrédule.

– Quelle heure est-il ? s'enquit-elle en remuant son bras engourdi.

Il avait un réveil sur son bureau.

– Bientôt quatre heures.

Elle écarquilla les yeux.

– Ça alors. Je me suis endormie pour de bon.

Il hocha la tête.

– Tu as un sommeil très calme.

Une chape de silence était tombée sur la vie de Tibby. Lena prétendait ne rien savoir. Sa mère prétendait ne rien savoir. Carmen prétendait ne rien savoir. Bee prétendait ne rien savoir, mais elle était en Turquie. C'était la seule qu'elle voulait bien croire.

Dans un accès de désespoir, Tibby téléphona à Katherine. C'était plus fort qu'elle.

– Tu as vu Brian récemment ? lui demanda-t-elle d'un ton détaché en maudissant chaque syllabe qui sortait de sa bouche.

Et maudissant du même coup sa bouche et le corps méprisable qui la portait.

– Oui, répondit sa sœur.

Elle devait être en train de regarder les dessins animés.

– Il vous a emmenés au centre vendredi ?

– Mmm.

Maintenant, elle mangeait quelque chose.

– Tu as vu Effie ?

Oh, la honte !

– Hein ?

– Tu as vu Effie avec Brian ?

– Effie ?

– Oui, Effie.

– Non.

Une vague de soulagement la submergea. Lena et les autres disaient peut-être la vérité, après tout. Il ne se passait peut-être rien du tout.

– Mais elle est passée chercher Brian avec sa voiture, précisa Katherine tandis que, dans le fond, retentissait le générique de *Dora l'exploratrice*.

– Ah bon ?

– Deux fois.

Hein ? Comment ça ?

– Tu es sûre ?

– Ouais. Et tu sais quoi ?

– Quoi ?

Tibby s'était pratiquement enfoncé le téléphone dans l'oreille.

– Je trouve qu'elle a des gros nénés.

Durant la dernière heure de pose, Leo semblait de plus en plus agité.

– Ta mère rentre quand ? demanda Lena en remuant les lèvres sans bouger la tête.

– Pas avant demain. Elle passe le week-end à Cape Cod avec des amis.

– Oh, fit Lena.

Alors ce n'était pas ça qui le rendait nerveux.

Lorsque la musique s'arrêta, il posa son pinceau et rangea sa palette. Il s'approcha d'elle, mais elle distinguait à peine son visage dans la lumière du soir.

– C'est fini ?

Il ne répondit pas, mais frôla doucement sa cuisse du bout des doigts. Il posa sa main sur sa hanche. Attendit de voir si elle allait protester ou s'écarter, se couvrir du peignoir comme l'autre fois. Elle envisagea toutes ces possibilités, mais n'en fit rien. Elle aimait la chaleur de sa main sur sa peau. Elle avait envie de savoir ce qui allait suivre.

Il s'assit sur le lit, se pencha vers elle, l'embrassa. Elle retint sa respiration en sentant sa main sur son sein. Mais elle continua de l'embrasser tandis qu'il explorait son corps, découvrant des détails que ses yeux ne pouvaient lui montrer.

Il s'allongea à côté d'elle et déboutonna sa chemise. Elle se sentait maladroite, mais elle n'en avait pas honte.

Elle s'étonnait des sons rauques qui

s'échappaient de sa gorge, de l'odeur de son cou, de son torse. Elle se plaqua contre sa peau chaude. Elle n'avait encore jamais connu cette forme d'intimité. Elle avait l'esprit en paix. Son corps ému était intrigué. Elle était curieuse de voir ce qui allait se passer.

Ce n'était pas comme avec Kostos : le désir féroce, presque douloureux, la souffrance du manque. C'était autre chose. Un plaisir plus simple. Peut-être n'était-ce pas la peine d'aller si loin dans les extrêmes.

Deux ans auparavant, elle s'était arrêtée alors qu'elle mourait d'envie de continuer. Pourquoi ne pas laisser les choses se faire ? Qu'attendait-elle en réalité ?

Elle avait assez rêvé, assez fantasmé. Elle avait lu, écouté, imaginé. Elle savait de quoi il retournait.

– J'ai ce qu'il faut, murmura-t-il.

Elle comprit qu'il parlait d'un préservatif et qu'il lui demandait si elle était prête, si c'était ce qu'elle voulait.

Elle resta silencieuse, juste un instant, puis chuchota :

– D'accord.

À : lennyk162@gomail.net ; tiboudou@sbgnetworks.com
De : beezy3@gomail.net
Objet : Me revoilà !

Je serai de retour samedi. Peut-être même à temps pour la fête des Rollins. J'ai tellement hâte de vous voir.

Leo voulait qu'elle reste dormir mais Lena avait envie de se réveiller dans son propre lit. Il était triste de la raccompagner, elle le savait. Il l'escorta jusqu'à sa chambre et l'embrassa jusqu'à ce qu'elle lui claque gentiment la porte au nez.

– On déjeune ensemble demain, avant le cours ? lui proposa-t-il avant de partir. J'apporte les sandwichs.

Elle resta longtemps assise sur son lit sans allumer la lumière. Elle interrogea les différentes parties de son corps, pour voir ce qu'elles ressentaient. On raconte souvent que, la première fois, ça fait mal ou ce n'est pas très agréable. Pas pour elle. Elle avait passé tant d'heures allongée sur ce lit, somnolente, émue par l'odeur de ses draps imprégnés de phéromones mâles. Elle était prête quand c'était arrivé. Son plaisir était encore hésitant et timide, mais elle avait été comblée par la jouissance plus intense de Leo.

Elle était sa muse, lui avait-il dit. Ce mélange d'art et d'érotisme était une révélation pour lui. Elle en était heureuse. D'autant qu'il était sa muse, à elle aussi.

Se doute-t-il seulement de tout le reste ?

Lena s'interrogea. Puis elle s'interrompit et reconsidéra la question. Qu'entendait-elle par là ? Quel reste ? Les larmes ? Les drames ? Les scènes tragiques qui la laissaient sens dessus dessous ? Avait-il besoin de le savoir ? Peut-être valait-il mieux qu'il l'ignore.

Leo ne la retournait pas sens dessus dessous, et c'était tant mieux. Elle enfila un vieux pyjama. Elle se sentait plutôt sens dessous dessus.

Mais lorsqu'elle se réveilla à l'aube, elle était en larmes. Son visage, ses cheveux étaient trempés. Depuis combien de temps pleurait-elle ?

Elle s'assit, incapable de s'arrêter de pleurer, comme si c'était indépendant de sa volonté. Mais elle savait ce qui se passait. Dans ses rêves, elle s'était autorisée à éprouver une tristesse qu'elle refoulait toute la journée.

Elle avait attendu Kostos tellement longtemps. Elle avait toujours cru que sa première fois serait avec lui.

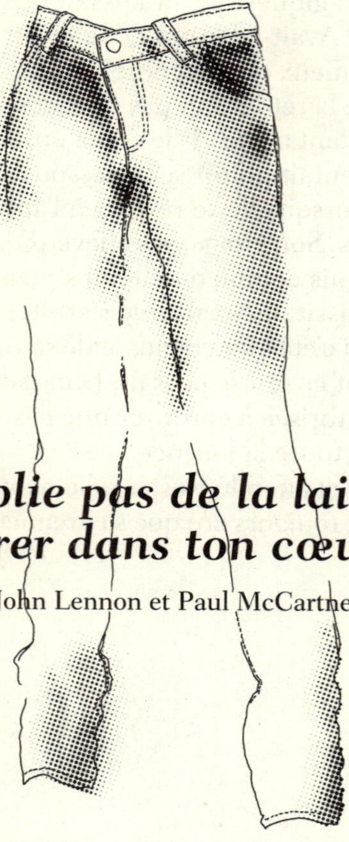

N'oublie pas de la laisser
entrer dans ton cœur.

John Lennon et Paul McCartney

Paroles extraites de *Hey Jude*, chanson des Beatles.

Tibby commença à se torturer plusieurs jours avant l'anniversaire de mariage de ses parents. Bizarrement, elle éprouvait un certain réconfort à l'idée qu'elle l'avait bien cherché.

Brian et Effie se comportaient maintenant comme un vrai couple. Plus personne ne prenait la peine de le nier.

– Ils se retrouvent tout seuls à Bethesda, argumentait Bee.

– Peut-être qu'ils sont juste amis, suggérait Carmen.

– Brian se sent seul. Tu lui manques, soutenait Lena.

Tibby n'en croyait pas un mot.

Si Effie exerçait sur Brian ne serait-ce que la moitié de la brillante tactique dont elle avait usé avec Tibby, tout espoir était perdu. La prochaine fois, elle aurait sans doute une bague de fiançailles au doigt. La question ne serait même plus de savoir si elle plaisait ou non à Brian.

La brave petite Effie, la naïve petite sœur qui

ne savait lire l'heure que sur une horloge digitale. Ah… Dans l'esprit de Tibby, elle était devenue le diable en personne.

Son subconscient produisit un nouveau cauchemar tout exprès pour la circonstance. Elle faisait ce rêve nuit après nuit : Effie se livrant à diverses activités osées, vêtue du jean magique. Une fois seulement, au cours de tous ces rêves, Tibby se vit donner une chance de le porter. Et cette fois-là, elle se débrouilla pour finir coincée avec tout le corps dans une seule jambe de pantalon.

– Tu veux que je désinvite Brian ? lui demanda sa mère, quelques jours avant la fête.

– Laisse-moi le temps d'y réfléchir.

Tibby rappela sa mère une heure plus tard.

– Non, ça ne se fait pas. C'est normal qu'il vienne. De toute façon, il faudra bien que je le revoie un jour.

– Je ne peux pas ne pas inviter Effie, dit sa mère, au bout de plusieurs minutes de silence.

C'était pile la remarque qu'elle attendait.

– Ah bon ?

– Chérie, tout le monde vient ! Ils font un peu partie de la famille ! Je ne pourrais pas ne pas inviter Ari et George. Et Lena ? La question ne se pose même pas. Et je ne peux pas inviter tout le monde sauf Effie.

– Et pourquoi pas ? répliqua-t-elle d'un ton aigre.

– Tibby…

– Et moi, ça t'ennuierait de me désinviter ?

Tibby passait de plus en plus de temps devant la télé. Elle avait laissé tomber et l'ordinateur et son « scénario ». Elle suivait toutes les séries policières. Toutes les émissions de conseils de beauté. Les feuilletons à l'eau de rose. Les émissions de cuisine. Même les trucs sur les insectes et les documentaires historiques. Elle liquida presque toutes ses économies dans l'achat sur eBay d'un magnétoscope numérique à disque dur, et dépensa ce qui restait pour s'acheter une PlayStation. Tout ce qu'il lui fallait était là, dans ce petit poste de télé. Elle aurait bien regardé Maria Blanquette, mais celle-ci n'était plus jamais à l'antenne.

Il y avait parfois des moments de calme, au milieu de la nuit ou au petit matin, où son cerveau, récuré par des heures et des heures de télé, lui laissait entrevoir les desseins plus vastes de la vie. Alors, Tibby songeait avec tristesse que pendant qu'elle fixait l'écran, Brian, ex-*Dragon Master*, était avec une fille et qu'il vivait la vraie vie.

À : tiboudou@sbgnetworks.com ; carmabelle@hsp.xx.com ; beezy3@gomail.net
De : lennyK162@gomail.net
Objet : Ça

Je n'en reviens pas de vous bombarder ça par mail, mais pour le dire à quelqu'un, il fallait que je le dise à toutes.

Ça y est. Je l'ai fait. Ou on l'a fait, devrais-je dire. Leo et moi.

Bee, je crois bien que c'est toi (non ?) qui as parié une douzaine de beignets que ça ne m'arriverait pas avant mes vingt-cinq ans. Hum, hum.

Franchement, je n'étais pas plus pressée que ça. Je me serais enfourné les beignets. Mais je crois que j'ai fini par comprendre que j'attendais quelque chose qui n'existait même pas.

Je garde les détails pour quand on se verra. (Carmen ??)

Argh ! J'imagine la tête de mon père s'il tombait sur ce message.

Bisous-bisous-bisous et re-bisous !

Votre Lena qui vous aime
(la petite amie de Leo)

Au départ, Bee devait prendre un vol Izmir-New York avec escale à Istanbul, suivi d'un petit transfert pour Boston. Elle avait prévu de finir l'été par dix jours de remise en forme à Providence, pour se préparer au camp d'entraînement de foot qui précédait la saison.

Mais arrivée à l'aéroport d'Istanbul, elle échangea son billet pour Boston contre un vol pour Washington.

Et ce fut un vrai bonheur, après ces longues heures de transit, de voir Tibby et Lena qui l'attendaient devant la zone de retrait des bagages. Elle se jeta sur elles, et faillit les renverser dans sa joie de les retrouver.

– Ce que je suis contente de vous voir !

– Tu nous as manqué, dit Lena tandis que Bee continuait à les étouffer.

– Vous aussi, vous m'avez manqué, avoua-t-elle.

Elles avaient tellement de choses à se raconter qu'elles n'essayèrent même pas. Elles allèrent se bourrer de crêpes au bacon en ville, chez Angie, et tant pis si ce n'était pas l'heure du petit déjeuner. Elles profitaient simplement du bonheur d'être ensemble. Bee se fit la réflexion qu'elles avaient un atout extraordinaire : la certitude qu'il viendrait toujours un moment où elles pourraient tout partager, tout se dire. Elles attendraient le retour de Carmen pour se livrer à cœur ouvert.

Bridget réalisa qu'elle avait de la chance. Pour les choses importantes.

– J'ai quelques trucs à régler à la maison, dit-elle quand Tibby la déposa devant chez elle, avec la voiture de sa mère. On se retrouve plus tard à la fête de tes parents, OK ?

– Génial. Ça donne Len, toi, moi… Brian et Effie, dit Tibby d'un ton sinistre.

– Oh non, souffla Bee. Sans blague ?

– Sans blague.

Elle regarda Lena, qui haussa les épaules.

– Vous avez déjà vu Effie se comporter comme j'aimerais ?

– Bon, je viendrai en tenue de combat, annonça Bee.

Ce n'est qu'après les avoir regardées s'éloigner en agitant le bras qu'elle s'aperçut qu'elle n'avait pas ses clés. N'ayant pas envie de sonner, elle déposa ses sacs devant l'entrée et fit le tour de la maison. Elle n'avait pas oublié le truc pour bricoler la serrure de la porte de la cuisine. Elle la tritura patiemment jusqu'à la faire céder et entra d'un pas décidé.

Son père ne devait pas encore être rentré du travail, et Perry était sûrement devant son ordinateur. Elle récupéra ses bagages dans l'entrée et les monta tambour battant dans sa chambre. Là, elle ouvrit son sac marin et entreprit d'entasser ses vieilles affaires dans ses vieux tiroirs vides, en évitant de réfléchir.

Elle ouvrit une fenêtre, finit de tout ranger et redescendit à la cuisine où elle ouvrit aussi la fenêtre. Elle fit rapidement le tour du jardin envahi de mauvaises herbes, s'arrêtant pour couper quelques hortensias dans les massifs du voisin. Elle disposa les fleurs bleues dans un vase sur la table de la cuisine.

Elle inspecta le réfrigérateur, qui ne renfermait pas grand-chose. Une canette de bière.

Un demi-litre le lait. Quelques barquettes de plats cuisinés. Un pied de céleri ramolli dans le bac à légumes.

L'armoire vitrée contenait diverses boîtes de conserve qui étaient là depuis Dieu sait quand. Puis elle se souvint des céréales. Ouvrant la porte du placard, elle y découvrit un alignement impressionnant de paquets. Son père et son frère étaient de gros consommateurs de céréales.

Armée d'un bol et d'une cuillère, elle se servit une poignée de corn flakes et un peu de lait. Coup de chance, il n'était pas périmé. Elle s'installa à la petite table de cuisine. Elle n'avait pas faim, et ce n'était pas non plus particulièrement bon, mais elle mangea.

Elle laissa le bol et la cuillère dans l'évier, et son sac à main pendu au dossier de la chaise.

Pour le meilleur ou pour le pire, c'était chez elle, et elle tenait à se rappeler comment on y vivait.

La magie s'était dissipée. Le charme s'était totalement rompu. Elle était redevenue la Carmen au sweat-shirt, même s'il faisait trop chaud pour en porter réellement un.

Elle resta au lit, avec l'envie de dormir jusqu'à la fin des répétitions. Son vieil instinct d'autodestruction avait refait surface et elle s'y abandonnait.

Julia se montrait compatissante. Elle lui apporta du thé et des biscuits, puis des paquets de chips. Elle la laissa emprunter son iPod et lui promit qu'elle ne lui parlerait plus jamais de scansion si Carmen avait l'impression que ça la perturbait.

– Merci, fit-elle, au bord des larmes.

Elle aurait pu passer la journée au lit, si on n'avait pas été à quatre jours de la première. Et Carmen savait que, si elle ratait la répétition de cet après-midi, Andrew la tuerait, après l'avoir mutilée, estropiée et démembrée.

Elle se traîna lamentablement jusqu'au théâtre. Elle redevenait lentement invisible. Jonathan ne prenait même plus la peine de la draguer.

Manque de chance, elle restait visible pour Judy, qui attendait côté cour pour lui sauter dessus.

– Viens par ici, Carmen, dit-elle en gagnant les coulisses d'un pas vif.

Carmen se sentit suffoquer, sans que cela ait le moindre rapport avec les 35 °C ni le taux de 100 % d'humidité ambiante.

– J'ai horreur d'admettre que je me suis trompée.

– Moi aussi, acquiesça Carmen d'un ton lugubre.

– J'essaie de comprendre ce qui cloche chez toi.

– Va savoir par où commencer.

Judy la regarda bien en face.

– Tu ne fais rien pour réagir.

– Je sais.

– Et il est trop tard pour prendre quelqu'un d'autre.

Carmen sentit le sang lui battre les tempes.

– Oui, j'y ai pensé aussi.

Elle avait renoncé à se croire maligne. Elle n'avait rien à dire.

– Tu sais, Carmen, dans la grande majorité des cas, c'est l'étude et le travail qui font un bon acteur. Mais il arrive aussi qu'on tombe sur des gens doués d'un instinct très sûr et, avec eux, ça peut être payant de ne pas s'en mêler et d'attendre que ça se mette en place tout seul. Tu me suis, là ?

Elle hocha la tête, même si elle ne saisissait pas tout.

– Alors tu rentres chez toi, tu identifies ton problème, tu reviens demain pour la répétition générale et tu fais ce que tu as à faire.

Carmen regarda Judy sans conviction.

– Une dernière chose.

– Oui.

– Fais-toi confiance. N'écoute pas les autres.

Elle faillit lever les yeux au ciel ; au point où elle en était, le conseil lui paraissait risible.

Judy haussa les épaules.

– C'est tout ce que j'ai à te dire.

– Regarde ce que j'ai acheté, dit Bee à son père quand celui-ci rentra du travail.

Il ne se montra nullement surpris par sa présence, ni par l'étalage de pâtes, de fruits et de légumes en provenance de la nouvelle épicerie bio, qui encombraient le plan de travail.

– Je ne reste que deux jours, j'ai pensé qu'on pouvait préparer le dîner ensemble.

Bridget se souvenait d'un temps où son père aimait cuisiner. Il mettait les Beatles à fond, et les paroles des chansons flottaient jusque dans les pages de ses cahiers pendant qu'elle faisait ses devoirs.

Elle posa une main amicale sur son épaule.

– Qu'est-ce que tu en dis ? Je me trompe, ou tu sais préparer le pesto ?

Il hocha la tête. Il paraissait tendu, assommé, voire un peu effrayé.

– Super. Je vais chercher Perry. Il s'occupera de la salade de fruits.

C'était une idée absurde, mais Bee avait de l'ambition, ce soir-là.

Depuis l'étage, elle tracta Perry qui clignait des paupières comme une taupe tirée de son trou.

– Tu pourras reprendre ton jeu après le dîner, lui promit-elle.

Elle l'installa à côté d'elle devant le plan de travail, avec un éplucheur, un monticule de fruits et un saladier bleu.

– Tu épluches et tu coupes en dés, expliqua-t-elle.

Pris de court, il s'exécuta.

Elle commença à hacher l'ail pour le pesto.

– Comme ça ? demanda-t-elle à son père.

Il leva le nez de l'évier, où il lavait les feuilles de basilic.

– Un peu plus fin.

Elle brancha la radio, une espèce d'antiquité qu'ils n'avaient pas écoutée depuis une éternité, et la régla sur une station qui passait de vieux tubes. Elle se mit à râper le fromage en rythme.

– Penne ou linguine ? demanda-t-elle à Perry en faisant danser les paquets de pâtes devant lui. C'est toi qui décides.

– Euh…

Son frère regarda les paquets l'un après l'autre, avec l'air de prendre sa mission au sérieux.

– Penne ?

– Parfait, déclara-t-elle.

Ils continuèrent en silence, hormis une chanson idiote des Carpenter en fond sonore à la radio.

– Tu as acheté des pignons ? demanda son père.

Ouf, elle y avait pensé.

– Tiens, dit-elle en pêchant le paquet derrière le pain.

– Il y a des gens qui mettent des noix, reprit son père. Mais je préfère les pignons.

– Moi aussi, affirma Bridget.

Ce qui était vrai.

Perry approuva.

Elle avait mis le couvert, allumé une bougie et aidé son frère à transférer sa salade débordante dans un récipient plus grand, quand elle entendit les premières notes de *Hey Jude* à la radio. Elle fut soudain envahie par une drôle de joie mêlée de tristesse. Tournant le dos à son père et à son frère, elle ferma les yeux, submergée par le souvenir de leur vie d'autrefois dans cette maison, dans cette cuisine.

À sa droite, par-dessus le bruit de l'eau qui coulait dans l'évier, elle entendit son père reprendre deux mots de la chanson. Deux petits mots, mais elle en éprouva une joie difficile à contenir.

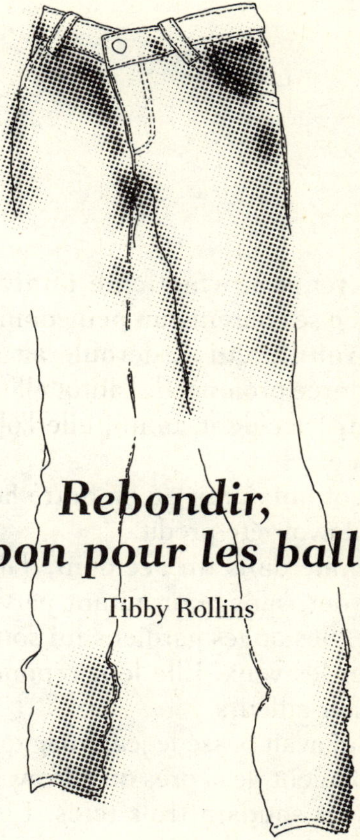

Rebondir, c'est bon pour les ballons !

Tibby Rollins

Tibby vécut le vingtième anniversaire de mariage de ses parents un peu comme un accident de voiture qui se déroulerait au ralenti, sur une durée prolongée. Tantôt elle se trouvait prise dans l'accident, tantôt elle l'observait en spectatrice.

Accident qui aurait eu en outre la particularité de lui avoir été prédit.

Et comme dans un accident, Tibby n'osait pas regarder, sans pour autant parvenir à s'en détacher. Ses anges gardiens lui soufflaient de détourner les yeux. Elle leur répondait d'aller se faire voir ailleurs.

Lena lui avait passé le jean magique. Lena et Bee la collaient de si près qu'elle avait l'impression d'avoir soudain trois têtes. Elle finit par leur demander de la laisser respirer.

Elle bavarda avec plusieurs amis de la famille, pour qui elle entretint la fiction qu'elle écrivait un vrai scénario et qu'elle suivait des études de cinéma, au lieu de faire semblant en regardant la télé.

La première fois qu'elle vit Brian, il était occupé à manger de l'houmous. La fois d'après, il dévorait des beignets de crevettes. La troisième fois, il grignotait des feuilles de vigne. Comment faisait-il pour manger autant ? La quatrième fois, il était avec Effie. Il fallait que ça arrive. Tibby vit Effie, dans un accès d'audace douteuse, poser la main dans le dos de Brian. Devant tout le monde. Elle en eut un haut-le-cœur. Comme par magie, Lena et Bee refirent surface, l'une à droite, l'autre à gauche.

Effie était vraiment superbe. Elle avait les joues roses, les jambes bronzées, et ses seins avaient l'air prêts à conquérir le monde. Elle n'avait même pas forcé sur la tenue ni sur le maquillage.

Effie était heureuse. Le secret était là.

Et sur ce terrain, Tibby était à faire peur. Une Boo Radley[1] hantant la joyeuse fête de ses parents telle une âme en peine.

Elle passa quelque temps dans sa chambre. À un moment, elle sortit dans la cour, où Bee apprenait des passes de foot à Nicky et Katherine.

---

1. Fantôme hantant ; personnage muet et simple d'esprit qui effraye ses voisins dans un roman de Harper Lee, *Ne tirez pas sur l'oiseau moqueur* (*N. d. T.*).

Tibby proposa un concours de crachat de graines de melon, dans un effort pour faire le pitre, qui ne trompa personne.

– Ça va finir un jour ? demanda-t-elle à Bee avant même l'arrivée du gâteau.

Enfin, dans un brouillard de remerciements, de souhaits chaleureux et de voisins pompettes, elle vit son supplice toucher à sa fin, et se retrouva en train de dire au revoir à Effie et à Brian, dans l'ordre indiqué. Visiblement, eux non plus n'avaient pas prévu cela. Tout le monde semblait gêné par la façon dont le hasard avait fait les choses.

Tibby fit bonne contenance. Voilà, Effie était là, si près qu'elle pouvait respirer son odeur. Tibby remua les lèvres, articulant quelques banalités dans le registre approprié. « Merci. Super. Ouais. Blablabla. »

Effie s'éloigna.

Au tour de Brian, maintenant. Tibby lui servit mécaniquement les mêmes stupidités. Brian, lui, se contentait de la regarder, sans rien dire de stupide ni de mécanique. Tibby avait beau avoir le moral à zéro, son cerveau tournait toujours. Il continuait à percevoir les choses et à penser.

Oui, Effie était resplendissante. Effie était une déesse. Mais en regardant les choses telles qu'elles étaient, Tibby devait admettre que Brian n'avait pas l'air si heureux que ça, si beau soit-il. Plutôt un second Boo Radley avec l'estomac plein.

Tibby s'interrompit au beau milieu de l'ineptie qu'elle était en train de débiter. Ça suffisait comme ça. Brian lui prit la main et la conserva, en continuant à la fixer dans les yeux. Elle ne détourna pas les siens. C'était le premier acte un peu courageux qu'elle accomplissait depuis trois mois.

Les choses ont un rythme naturel qu'on connaît sans le savoir. Le rythme naturel voulait que Brian lui lâchât la main, ce qu'il ne fit pas. Il resta planté là, et elle aussi. Il lui pressa la main, avant d'être bousculé par un assistant juridique du bureau de son père. Ce geste avait été si fugace qu'elle n'aurait su dire s'il l'avait fait exprès, ni même si ça s'était vraiment passé.

Une vague de tristesse l'envahit lentement tandis qu'elle le regardait partir, avec l'impression d'observer de très loin un univers familier. Elle monta dans sa chambre sans dire au revoir aux autres.

Tibby se glissa dans son lit et ses yeux se posèrent près de la fenêtre, là où se trouvait autrefois la cage de Mimi, là où Mimi avait vécu sa vie simple et douce de cochon d'Inde, dans les boulettes et les copeaux de sciure. Elle aurait voulu revenir au temps où Mimi vivait encore. Où Bailey vivait encore.

Elle revit sa première rencontre avec Brian.

C'était Bailey, bien sûr, qui avait eu l'idée de les présenter. Elle était stupéfiante pour ça. C'était comme si, avant sa mort, elle avait mis à la disposition de Tibby toutes les choses, toutes les personnes dont elle avait besoin pour être heureuse. Et Tibby les avait perdues ou oubliées, pour la plupart.

C'était si dur de suivre la bonne voie, même quand on l'avait identifiée.

Au moins, Tibby aurait voulu remonter le temps jusqu'à la nuit où l'amour qu'elle portait à Brian lui était sorti de la tête. Elle ne regrettait pas d'avoir fait l'amour. Avant, oui, mais plus maintenant. Ils s'aimaient. Ils étaient assez grands pour savoir ce qu'ils faisaient. Elle avait voulu être totalement avec lui, et ça incluait cela aussi.

En y réfléchissant, elle se rendit compte que, si elle avait pu, elle n'aurait pas effacé non plus l'épisode du préservatif qui s'était rompu, ni les heures d'angoisse qui avaient suivi. Si elle avait pu faire un vœu, elle ne se serait montrée ni trop gourmande ni irréaliste. On ne peut ni remonter le temps ni ramener les morts à la vie. Si elle avait eu un vœu à faire, elle se serait efforcée de rester modeste.

À l'âge de quatre ou cinq ans, elle se rappelait avoir demandé à Carmen si elle croyait que le vœu que Tibby avait fait en soufflant ses bougies allait se réaliser.

– Ben ouais, si c'est un vœu qui peut arriver pour de vrai, avait répondu Carmen, philosophe.

Aujourd'hui, Tibby aurait fait le vœu de pouvoir garder foi en l'amour même dans les moments de doute les plus sombres. Parce que c'était là qu'elle avait échoué. Pas une seule et unique fois, mais encore et encore.

Ce soir-là, Carmen tenta de comprendre où était le problème. Elle arpenta le campus puis alla s'asseoir sur la colline où elle avait rencontré Judy. Elle appela Tibby, avant de fondre en larmes en se souvenant de la fête des vingt ans de mariage des Rollins, parce qu'elle n'était pas là-bas avec eux.

« Pourquoi est-on toujours séparées ? » se demanda-t-elle. On ne pouvait pas toujours se contenter d'une voix au téléphone.

« Pourquoi me suis-je tenue à l'écart tout ce temps ? »

« Parce qu'on a le jean. Parce qu'avec le jean, on peut se le permettre. Ce n'est plus un problème. »

Cette réponse vint aussitôt.

Elle regagna sa chambre et se fourra au lit, sans prendre la peine de se mettre en pyjama, de se brosser les dents ni d'éteindre la lumière.

Elle était toujours allongée, les yeux grands ouverts, quand Julia rentra dans la chambre.

– Regarde ce que je t'apporte, lança-t-elle gaiement, visiblement dans sa phase Mère Teresa.

– Quoi ? fit Carmen d'une petite voix.

– Des scones aux raisins, ceux que tu adores. Tu savais qu'ils les préparaient le soir ? J'en ai pris trois, ils sont tout chauds !

Elle étira le « O » en le modulant comme dans une chanson.

Carmen se redressa dans son lit. Elle considérait les scones comme la nourriture la plus réconfortante de tout le système solaire.

Mais en voyant Julia, elle eut un déclic. Julia avait l'air heureuse. Pas le genre de gaieté qu'on affiche pour remonter le moral d'une copine, non, profondément heureuse. Alors que Carmen, elle, se sentait – et avait clairement l'air – profondément malheureuse.

Tout de suite après, Carmen eut un nouveau déclic. Elle se souvint que, quelques semaines plus tôt, c'était Julia qui avait l'air malheureuse. Période qui correspondait à celle où elle-même se sentait et avait clairement l'air heureuse.

Était-ce une coïncidence ? Sans doute pas.

Julia était heureuse quand Carmen était malheureuse. En fait, c'était sa tristesse même qui semblait susciter son épanouissement. À l'inverse, le bonheur de Carmen la démoralisait.

Voilà qui n'était pas dans l'ordre des choses. Gravement pas, même. Quel genre d'ami peut se réjouir de votre malheur ?

La réponse était claire. Aucun.

Elle s'allongea, le cerveau en éveil.

Elle songea à sa pitoyable résolution de se montrer digne de l'amitié de Julia. Elle qui s'était imaginé que si elle perdait du poids et qu'elle se secouait un peu, Julia l'en aimerait davantage ! N'importe quoi ! Si Julia l'aimait bien, c'était précisément pour ses défauts ! Chaque échec de Carmen servait à la rassurer. Ses rares exemples de réussite n'avaient suscité chez elle que du mépris, voire des actes de sabotage.

Julia sembla percevoir un changement d'atmosphère mais insista néanmoins :

– Beurre ? Confiture ? Beurre et confiture ?

Même là, au fin fond du doute, de la confusion et du désespoir, Carmen craignait encore de la décevoir. Pour elle, l'amitié était une valeur qui comptait.

– Non merci, dit-elle. Je suis fatiguée.

– Tu es sûre ? Ils sont tout chauds. Ce ne sera plus le cas demain matin.

Avec Julia, refuser n'était pas simple.

– Non merci, répéta Carmen.

Julia pinça les lèvres.

– Pas de problème. Je les laisse sur ton bureau.

– Merci, murmura Carmen d'une voix morne.

Elle fit l'effort de se lever pour se brosser les dents et mettre le T-shirt qui lui servait de pyjama, et se glissa de nouveau sous ses draps.

– Ça t'ennuie si j'éteins ?

Julia s'empara aussitôt d'un livre qui traînait par terre.

– Je vais lire un peu.

Carmen essaya de dormir. Impossible. Elle était tellement mal qu'elle ne parvenait pas à trouver un subterfuge pour se réconforter.

Soudain, elle eut une idée.

Sous un froncement de sourcils suspicieux de Julia, Carmen ramassa son texte au bout de son lit et se faufila dans le couloir. Assise par terre sous l'ampoule, elle entreprit de se réapproprier le personnage de Perdita, la fille perdue qu'elle avait perdue.

Au réveil, Tibby prit son temps, laissant lentement revenir à elle la réalité du monde qui l'entourait. Brusquement, elle se rendit compte que sa respiration avait un écho. C'était assez curieux de respirer en deux temps.

Puis elle comprit que cette deuxième respiration n'était pas la sienne. Ouvrant les yeux, elle vit le visage de Lena, allongée à ses pieds en travers du lit. Le petit visage patient de Lena, ciselé avec plus de précision, plus de finesse que les autres. En règle générale, les gens vous tapotent l'épaule pour vous réveiller. Mais ça ne gênait nullement Lena d'attendre tranquillement pendant que son amie dormait.

– Salut, fit Tibby.

Elle se demanda comment elle pouvait aimer autant l'une des sœurs Kaligaris tout en détestant foncièrement l'autre.

Lena sourit. Ça avait l'air de lui convenir parfaitement de rester ainsi allongée au soleil.

– Tu repars quand ? lui demanda Tibby en se redressant, la tête appuyée sur son coude.

– Je reste encore quelques jours. Et toi ?

– Je crois qu'on reprend le train demain soir, Bee et moi.

Le silence s'installa, mais un silence amical.

– Je pense que tu devrais te remettre avec Brian, dit enfin Lena.

Tibby eut l'impression de voir les mots flotter comme des plumes échappées de sa couette.

– Je ne peux pas.

– Pourquoi ?

– Ce ne serait pas juste, répondit-elle, espérant au fond que Lena la contredirait.

– Ce ne serait pas juste pour qui ?

– Ben, pour Effie, j'imagine.

Lena scruta le visage de Tibby, pensive. On aurait dit qu'elle voulait exprimer ses pensées avec ses yeux autant qu'avec sa bouche.

– À ta place, je ne me ferais pas trop de souci pour Effie.

– Je n'ai pas le choix ! Elle m'a demandé la permission et je la lui ai donnée !

Le visage de Lena s'assombrit.

– Oui, je sais. Et Effie est ma sœur. Je ne

veux pas prendre ton parti contre elle. J'ai eu largement le temps d'y réfléchir…

– Je sais, Lenny, dit Tibby d'un ton d'excuse.

– Je n'ai rien dit avant parce que je ne voulais pas faire de peine à Effie.

Tibby hocha la tête. Elle avait porté sa colère contre Effie comme une seconde peau, à la fois protectrice et irritante. Et voilà qu'elle se sentait muer, s'en libérant non par plaques, mais d'un bloc. Elle gisait là, telle une peau de serpent abandonnée, toute légère et desséchée, à côté d'elle. Cette colère qui l'avait totalement enveloppée n'était pas la sienne.

– Effie est quelqu'un de fort, tu sais. Elle sait rebondir.

« Pas moi », s'avoua Tibby intérieurement.

– Elle aime Brian, mais à sa manière. C'est comme si elle tournait en rond à deux cents à l'heure alors qu'il ne bouge pratiquement pas. Elle ne le voit que quand elle passe en courant devant lui, et ça lui suffit pour croire qu'ils sont ensemble.

Tibby ne put s'empêcher de rire.

– Brian se montre conciliant, mais Effie n'est pas le genre de personne qui lui convient.

Tibby était impressionnée. Lena avait parfaitement résumé la situation.

Lena changea de position pour s'asseoir en tailleur pile en face d'elle, ses yeux dans les siens.

– Je suis sûre d'une chose.

Tibby se redressa à son tour. Elle savait que Lena ne prenait pas les choses importantes à la légère.

– Il y a des gens qui n'arrêtent pas de tomber amoureux.

Son visage avait pris une expression mélancolique, dont Tibby comprenait parfaitement la cause. Elle hocha la tête.

– Et d'autres ont l'air de ne pouvoir le faire qu'une seule fois.

Tibby sentit ses yeux se remplir de larmes, en même temps qu'elle voyait s'embuer ceux de Lena. Elle savait qu'elle parlait d'elle et de Brian. Mais aussi d'elle-même.

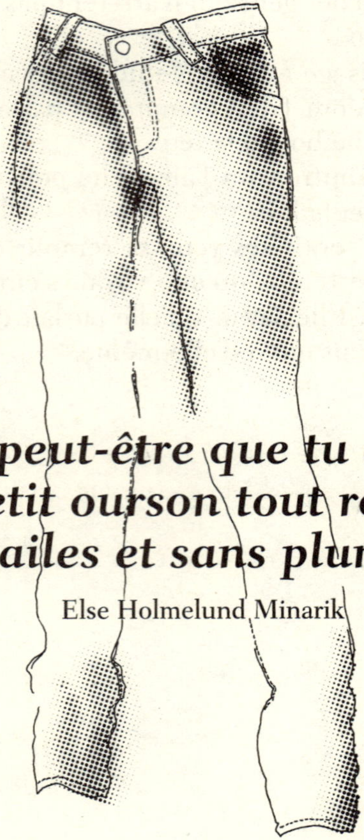

Et peut-être que tu es un petit ourson tout rond, sans ailes et sans plumes.

Else Holmelund Minarik

À force de cajoleries, Bridget décida Perry à faire un tour à vélo avec elle. Elle prit soin de lui présenter son idée comme un simple coup de tête, elle qui avait fait des pieds et des mains pour emprunter le vélo et le casque du beau-père de Carmen.

– Qu'est-ce que tu en dis ? On descend jusqu'au parc de Rock Creek et on revient.

Il n'avait pas l'air convaincu.

– Allez !

Elle enfourcha son vieux vélo sans lui laisser le temps de réfléchir et fut soulagée de le voir suivre, bien qu'avec réticence. Perry n'avait jamais été sportif mais il adorait faire du vélo, autrefois.

C'était une magnifique journée d'été indien, pas aussi étouffante qu'on aurait pu le craindre. La circulation était miraculeusement fluide, comme si les voitures s'étaient délibérément tenues à l'écart, conscientes de ce que la situation avait de délicat.

Le temps qu'ils arrivent au parc, Perry était carrément en tête, en roue libre.

Fidèle à sa promesse, elle s'arrêta juste après avoir franchi la grille.

– Tu veux qu'on fasse demi-tour ?

Il haussa les épaules.

– On peut continuer, fit-il, au grand plaisir de sa sœur.

Ils pédalèrent encore une bonne heure avant de s'arrêter pour acheter des glaces à la carriole d'un glacier. Perry, qui avait pris de l'argent, insista pour payer. Puis ils s'installèrent dans l'herbe au bord de la crique pour manger.

Elle avait tellement de choses à lui dire… Elle aurait voulu le faire parler de leur mère et de ses souvenirs. Mais elle savait qu'elle devait procéder pas à pas. Il suffisait d'un rien pour l'effrayer.

Avant qu'ils ne reprennent leurs vélos, elle passa un bras autour de ses épaules. Depuis combien de temps n'avait-il pas été en contact physique avec qui que ce soit ? Il se raidit un peu, gêné. Ce n'était sans doute pas ce qu'il voulait, mais elle eut le sentiment que c'était ce dont il avait besoin.

Sur le chemin du retour, ils s'arrêtèrent à l'animalerie de Wisconsin Avenue. Perry, qui adorait les animaux depuis toujours, n'avait jamais pu avoir autre chose que des tritons, parce que leur mère était allergique aux poils.

Ils prirent dans leurs mains un hamster puis un cochon d'Inde obèse. Perry manipula un bébé souris avec mille précautions. Vint ensuite le tour des lapins. Perry éclata de rire quand le sien tenta de s'enfuir en dévalant le long de sa chemise.

Ils venaient juste de rentrer à la maison quand le portable de Bridget sonna. Le cœur battant, elle reconnut le numéro d'Eric. Son téléphone ne lui permettait pourtant pas d'appeler du Mexique, si ?

– Allô ?

– Bee ?

– Eric ?

– C'est moi, dit-il tendrement. Où es-tu ?

Ça faisait si longtemps qu'elle n'avait pas entendu sa voix qu'elle eut envie de pleurer.

– Je suis à Bethesda. Et toi ?

– À New York.

Elle laissa échapper un hurlement de joie.

– Tu es à New York ?

Ce n'était pas la porte à côté, mais c'était nettement plus près que Bahia.

– Tout va bien ?

– Impeccable. J'ai super envie de te voir, répondit-il, toujours aussi tendrement.

– Et moi donc !

Quoi qu'il ait pu se passer durant l'été, ce qu'elle éprouvait maintenant ne lui laissait plus aucun doute sur le fait qu'elle l'aimait.

– Quelle heure est-il ? demanda-t-il.

Elle consulta l'horloge de la cuisine.

– Presque midi.

– Je serai là demain pour le dîner.

– Ici ?

– Là. Tu ferais mieux de me redonner ton adresse.

Nouveau hurlement de joie.

– Tu vas venir ?

– J'ai une autre solution pour te voir ?

– Je ne sais pas ! brailla-t-elle, prise de vertige.

– Vivement demain ! dit-il.

Ce matin-là, Carmen s'habilla sous l'œil scrutateur de Julia. Elle se força à mettre du rouge à lèvres, même si elle n'en avait pas envie. Il y a parfois moyen de se berner soi-même.

Elle laissa tous les livres qu'elle avait pris l'habitude de trimballer partout. Elle laissa même son texte, illisible tant il était annoté.

En revanche, elle ramassa le sachet de scones avant de franchir la porte. Cela, au moins, parut faire plaisir à Julia.

Carmen garda les scones jusqu'à la porte d'entrée, où elle les balança à la poubelle.

Elle resta à l'écart pendant la répétition. Andrew la surveillait du coin de l'œil, mais il la laissa tranquille. Judy la laissa tranquille. Pourtant, Carmen ne se sentait pas invisible. Elle avait plutôt l'impression qu'ils avaient confiance en sa capacité à se trouver. Soit ça, soit ils avaient renoncé. Mais elle n'y croyait pas sérieusement.

Assise dans le noir au dernier rang, elle écouta Léonte s'emporter sur la vacuité des choses. Elle repensa à l'idée qui lui était venue sur la colline, le soir de sa rencontre avec Judy. Quand il n'y a rien, tout est possible. Quand on ne vit nulle part, on vit partout.

Si seulement elle avait eu le jean magique ! Mais elle allait devoir s'en passer et ne compter que sur elle-même. « Fais comme les tortues, se dit-elle. Trouve un moyen pour transporter ta maison avec toi. »

Hermione, la mère de Perdita, sortit des coulisses dans un bruissement de tissu, maquillée et costumée. Ça, c'était un fantasme, non ? Voir sa mère transformée en statue. William Shakespeare en connaissait un rayon sur les vœux qui se réalisent.

La statue-mère reste gentiment là où on l'a mise. On sait toujours où la trouver. Elle ne bouge pas, ne change pas, ne vieillit même pas.

Carmen songea à sa propre mère, qui était tout sauf une statue. Elle ne tenait pas deux minutes en place. Et pourtant, même avec une nouvelle maison, un nouveau mari et un bébé – nageant en plein bonheur –, Carmen savait toujours où la trouver.

Puis elle pensa à ceux qui vous en veulent d'être heureux, ce qui réveilla toute une batterie de sentiments cuisants. Elle ne voulait pas penser à Julia. Elle craignait de se mettre à bouillir et de se laisser emporter par une colère titanesque, ce qui ne risquait pas de l'aider. Elle n'était pas en état d'encaisser ça. Elle n'en avait pas la force. Dans l'immédiat, elle n'avait pas les ressources nécessaires pour se lancer dans ce genre de revendication.

Elle préféra penser aux petites baskets de Ryan. Elle effleura son pendentif en forme de jean. Et, bizarrement, elle pensa à Mimi, l'ancien cochon d'Inde de Tibby.

À la pause déjeuner, Julia l'attendait devant le théâtre avec un sourire, deux grands gobelets de thé glacé ruisselants de gouttelettes, des sandwichs et deux paquets de chips. Elle lui fit signe, et Carmen fut aussitôt assaillie par ses vieux démons, si dépassés et décalés soient-ils : son éternel élan de gratitude, son besoin d'être aimée, son manque d'assurance. Elle continuait à s'accrocher aux valeurs de l'amitié, même si l'amie en question était nuisible.

Mais elle ne céda pas.

– Non merci. Pas aujourd'hui, dit-elle enfin, avant se s'éloigner d'un pas résolu.

Bridget se désespérait bruyamment dans la chambre de Lena. Une fois dissipée l'euphorie de retrouver Eric, elle s'était rendu compte qu'elle avait un problème.

– J'ai dit à Perry qu'on dînerait tous ensemble comme la dernière fois. Ça avait l'air de lui faire plaisir. Je ne peux pas annuler.

– Alors, mangez tous ensemble.

– Ensemble ?

– Ben ouais. Pourquoi pas ?

Ce n'était pas les objections qui manquaient. Mais étaient-elles suffisantes ?

– Bon, et qu'est-ce que je fais avec Eric ?

– Qu'est-ce que tu fais avec Eric ? répéta Lena avec un sourire en coin. Il n'y a que toi qui puisses répondre.

Bridget fit mine de l'assommer.

– Très drôle. Où est-ce que je le mets, je veux dire ?

– Chez toi.

– Chez moi ?

Lena haussa les épaules.

– Je n'ai pas d'autre idée.

Bee n'invitait personne chez elle. Plus depuis le collège. Pas même ses amies. C'est tout juste si elle y venait elle-même. Alors un petit ami… C'était presque inconcevable. Devait-elle demander la permission à son père ? Comment allait-il le prendre ?

Pis, qu'est-ce qu'Eric allait penser d'eux ? Comment allait-il la juger s'il voyait sa maison ? S'il rencontrait son père et son frère ? Elle avait toujours essayé de lui cacher la vérité.

– Lenny, tu sais comment c'est, chez moi.

– Je crois qu'Eric peut encaisser le choc.

– Tu crois vraiment ?

– Si c'est quelqu'un de bien, oui.

En revenant de chez Lena, Bridget eut une montée d'adrénaline. Une fois chez elle, elle se révéla incapable de tenir en place. Elle commença par dépoussiérer et passer l'aspirateur. Elle lessiva les murs, dans l'espoir de leur redonner un peu de leur blancheur initiale. Elle ouvrit toutes les fenêtres. Descendit un ventilateur du grenier. Passa la serpillière. Découvrant des caisses dans le garage, elle décida d'y faire disparaître les bibelots les plus moches – assiettes, photos, papiers, petit mobilier – et planqua le tout au sous-sol. Elle secoua les tapis et tenta de les replacer de manière à cacher la moquette, hideuse à faire peur. Elle récura le carrelage de la salle de bains à quatre pattes. Elle vola des fleurs dans le jardin du voisin.

Quand son père rentra à la maison, il regarda autour de lui comme s'il s'était trompé d'adresse.

– Salut, p'pa, dit-elle. Mon ami, mon petit ami, en fait, vient passer la nuit. Ça ne te dérange pas ?

L'information plongea son père dans une confusion quasi inextricable. Elle dut s'y reprendre à quatre fois avant qu'il ne manifeste quelque signe de compréhension.

– Où est-ce qu'il va dormir ? demanda-t-il enfin, avec son habituel air absent.

– Dans le bureau. Sur le canapé.

– Dans mon bureau ?

– Oui. Sauf si tu tiens à ce qu'il dorme dans ta chambre.

C'était une plaisanterie, mais il ne le prit pas comme tel.

– Sûrement pas, dit-il d'un ton solennel.

– Bon, dans le bureau, alors ? Ça te va ?

Il acquiesça et elle retourna à son ménage, de plus en plus hystérique à mesure que les heures passaient.

À cinq heures, elle réunit son frère et son père dans la cuisine.

– Pas de casque en dehors de vos chambres, décréta-t-elle.

Tous deux hochèrent la tête d'un air apeuré.

– Essayez de participer un peu. Si Eric vous parle, ce serait mieux de répondre.

Nouveaux hochements de tête. Sa remarque ne semblait même pas les avoir vexés.

– On mange à sept heures et demie, d'accord ? Papa, on ressortira les restes de pâtes au pesto, et je ferai une salade.

Encore des hochements.

– C'est tout. Et, euh... soyez vous-mêmes, tout simplement, conclut-elle, conseil stérile s'il en était.

À sept heures, toute sa belle énergie était retombée. Elle errait dans le couloir, accablée, triste et découragée. Elle regrettait d'avoir invité Eric. Elle regrettait d'avoir acculé son père et son frère à une résistance hostile. Elle aurait voulu avoir une autre vie, n'importe laquelle, pourvu qu'elle soit différente. On ne peut pas toujours faire cohabiter son passé et son avenir.

Mais en passant devant la chambre de Perry, elle vit qu'il l'avait un peu rangée. En redescendant, elle aperçut son père dans son bureau, occupé à recouvrir soigneusement le canapé de draps et d'une couverture.

Elle avait cru qu'ils n'avaient rien à lui offrir, et c'était faux. Elle avait cru que les efforts qu'elle faisait pour eux ne servaient à rien, et c'était sans doute faux aussi. Elle n'aurait pas cru qu'il était en leur pouvoir de lui faire du mal ou du bien mais, à cet instant, elle sut qu'elle s'était trompée.

Ils n'avaient pas beaucoup à offrir, tous les trois. Mais, s'ils parvenaient à rassembler le peu qu'ils avaient, ils avaient peut-être une chance de vivre mieux.

Tibby appela Brian le dimanche en fin d'après-midi.

– On peut se retrouver à la table de pique-nique ? lui proposa-t-elle.

C'était leur endroit, le théâtre de leur premier baiser. Elle se trouvait à l'ombre d'un hêtre géant dans un tout petit jardin public en triangle, à égale distance de leurs deux maisons.

– D'accord.
– Maintenant ?

Elle arriva la première et se tourna vers chez lui pour le voir arriver. Enfin il apparut, sur fond de soleil légèrement déclinant. Elle sentit la joie inonder sa poitrine. Quelque chose dans l'expression qu'elle lisait sur son visage la poussa à se lever pour lui faire signe en agitant les bras. Vaillamment, elle les referma sur lui. Il ne protesta pas.

Elle recula d'un pas pour qu'il puisse s'asseoir au bout de la table de pique-nique. Ce qu'il fit, à son soulagement.

Cette table était parfaite ; quand il s'asseyait au bout et qu'elle se calait debout entre ses jambes, ils étaient exactement au même niveau pour se regarder dans les yeux et pour s'embrasser. Ils l'avaient souvent fait. Cette fois-ci, elle n'essaya pas de l'embrasser. Mais elle approcha son visage du sien jusqu'à ce que sa bouche soit tout près de son oreille.

– Je suis désolée, murmura-t-elle.

Il s'écarta et la regarda attentivement.

– J'ai eu peur. J'ai paniqué. J'ai perdu de vue tout ce qui était important.

Parfois, c'était comme s'il avait le pouvoir d'extraire tout ce qu'elle avait dans la tête rien qu'avec ses yeux. Et que les mots qu'elle prononçait n'étaient que des obstacles à ce processus.

– Je sais ça, Tibby. J'avais compris. Mais pourquoi refusais-tu de me parler ?

Elle battit des paupières, libérant des larmes inattendues.

– Parce que je ne peux pas te mentir aussi bien que je me mens à moi-même.

Il hocha la tête. Apparemment, même cela, il le comprenait.

– Je te promets que je ne le ferai plus, dit-elle.

Il la sonda du regard, mettant à l'épreuve la sincérité de ses paroles. Mais elle n'avait rien à craindre. Elle savait qu'elle disait vrai.

Elle prit doucement ses mains dans les siennes, chassant en bloc ses réflexes chroniques de peur et de fierté. Ils n'avaient pas leur place ici.

– Tu m'as manqué, dit-elle. Je voudrais pouvoir revenir en arrière.

Il haussa les épaules.

– On ne peut pas.

– Non ?

Dans son supplice, il lui sembla voir ce simple mot basculer au ralenti dans un gouffre sans fond. S'était-elle trompée en croyant qu'il lui pardonnerait ?

– Mais on peut avancer, rectifia-t-il.

– Ensemble ?

Elle ne fit rien pour masquer l'espoir éhonté qui devait se lire sur son visage.

– J'espère.

– C'est vrai ?

Il hocha la tête.

– Mais je n'irai pas à la fac de New York.

Elle grimaça.

– C'est ma faute. J'ai tout gâché.

Elle était prête à endosser la responsabilité avec autant de bonne volonté qu'elle aurait avalé un cornet de glace, du moment qu'il voulait bien la reprendre.

– Ce n'est pas grave. Ce n'est peut-être pas un mal, au fond.

– Je compenserai. Promis. Je rentrerai en bus tous les week-ends.

– Tu n'es pas obligée, Tibby.

– Mais j'en ai envie. Je le ferai.

– On a le temps de voir.

– D'accord, dit-elle, désarçonnée par sa réserve et son attitude posée.

Elle comprenait qu'il avait raison en disant qu'ils ne pouvaient pas revenir en arrière. Pour le meilleur ou pour le pire, les choses avaient changé. L'innocence n'est pas quelque chose qu'on peut retrouver.

– On pourrait faire le trajet chacun notre tour, proposa-t-il.

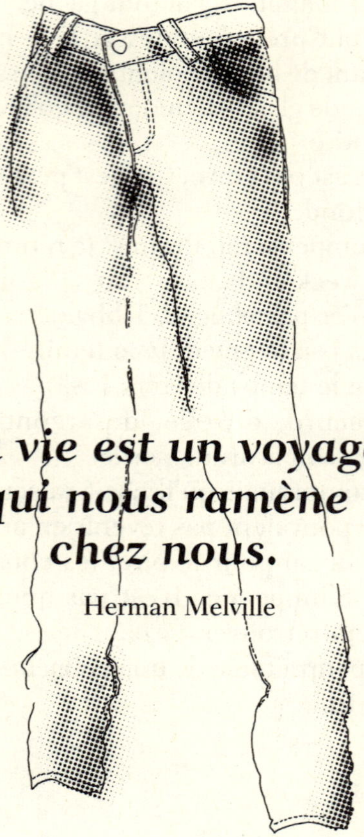

La vie est un voyage qui nous ramène chez nous.

Herman Melville

Eric s'était sans doute imaginé un dîner en tête à tête au restaurant, où ils pourraient rire et s'embrasser tout leur soûl, avec frôlements de pieds romantiques sous la table. À la place, il eut droit à des pâtes au pesto tièdes, à une salade préparée dans un état second et à de longs silences gênés de la part des deux membres de la famille de Bridget, peu habitués à une vie sociale.

S'il avait compté dormir dans un lit dans une coquette maison de banlieue, il hérita d'un divan au tissu rêche dans une maison qui tombait en ruine, principalement occupée par des fantômes.

Il endura le tout vaillamment, ce dont il fut récompensé quand elle descendit sur la pointe des pieds pour le prendre par la main et l'entraîner dans sa chambre. Elle referma doucement la porte derrière eux. Elle savait que son père et son frère s'étaient empressés de se réfugier sous leurs casques et, pour une fois, elle s'en réjouit.

Elle le fit asseoir sur son lit et il grogna de plaisir tandis qu'elle s'installait sur ses genoux en remontant sa chemise de nuit, l'enlaçant de ses jambes bronzées. Elle l'embrassa longtemps, profondément, l'enveloppant dans un doux enchevêtrement de bras, de jambes, de doigts et de cheveux.

– Pourquoi es-tu revenu plus tôt ?

– Pour ça, murmura-t-il.

– Non, sérieusement.

– Tu me manquais.

– C'est vrai ?

– Beaucoup.

Elle resserra son étreinte.

– Je pensais à toi tout le temps, partout. Sur la plage. Sur le terrain de foot. Dans l'eau. Couché dans mon lit. Là, je pensais très fort à toi.

Son expression était si dénuée de honte qu'elle la fit rire.

– Sérieusement, Bee. Chaque fois que je voyais une fille, j'aurais voulu que ce soit toi.

Elle le regarda avec étonnement. Il valait tellement mieux qu'elle pour ça ! Elle se sentit tout à coup triste pour elle-même, et heureuse pour lui. Ou plutôt le contraire : elle était heureuse pour elle, d'avoir trouvé quelqu'un d'aussi merveilleux, et triste pour lui, d'être tombé sur quelqu'un d'aussi pitoyable qu'elle.

– Et moi, je t'ai manqué ?

Elle le regarda, pensive. Elle ne voulait pas lui mentir. Elle avait des choses compliquées à lui dire, et elle ne savait pas encore comment s'y prendre.

– Quand tu m'as dit que tu partais pour le Mexique, je n'ai pas trop su comment l'interpréter, dit-elle lentement. Je me demandais si ça voulait dire que tu préférais… qu'on suive chacun notre route pendant quelque temps.

Elle avait l'impression, en parlant, de voir la gravité gagner un à un chacun de ses traits.

– Tu as vraiment cru ça ?

– Je ne savais pas trop quoi penser.

– C'est toujours ce que tu crois ?

Elle répondit sans hésiter :

– Non.

Il prit son visage entre ses mains.

– Je n'ai jamais envisagé qu'on suive chacun notre route. Je n'ai jamais voulu ça. Ce que je me disais, c'est : qu'est-ce qu'un été quand on a toute la vie ?

Elle sentit sa gorge se serrer. Il n'avait jamais douté de l'amour qu'il lui portait. Pourquoi en allait-il autrement pour elle ?

– Alors, ça veut dire que je ne t'ai pas manqué ? demanda-t-il.

– Ce n'est qu'à la fin que j'ai réalisé à quel point.

– Et au début, et au milieu ?

Elle réfléchit en se frottant la joue.

– Je crois que je ne saisissais pas bien ce que c'est que souffrir de l'absence de quelqu'un. Mais il se pourrait bien que j'aie compris, cette fois.

Il la laissa lui ôter son T-shirt, et l'embrasser. Il se montra coopératif quand elle tira sur son caleçon, et l'aida activement à se débarrasser de sa chemise de nuit. Puisqu'il était prêt à lui faire confiance, elle était décidée à s'en montrer digne.

C'était peut-être bizarre de vouloir faire l'amour avec son petit ami dans sa vieille chambre de petite fille, après un tel été. Mais c'était ce qu'elle voulait, sans l'ombre d'un doute.

Ça correspondait peut-être à son besoin de relier l'ancien et le nouveau. À son désir de mettre un souvenir heureux, un acte d'amour, dans cette maison qui en avait vu si peu.

Carmen n'ôtait plus les fleurs de Perdita de ses cheveux. Elle se taisait, n'ouvrant la bouche que sur scène. Le reste du temps, elle flottait dans une sorte de rêve. Pendant trois jours, elle ne jeta pas un seul coup d'œil sur son texte.

Le moment le plus dur, c'était les quelques heures de la nuit qu'elle passait dans sa chambre. Il n'était pas facile de demeurer insensible aux tentatives de séduction de Julia. Et peut-être encore plus à sa rage muette.

« Elle ne veut pas que je sois heureuse », se répétait-elle pour tenir à distance les ondes nocives de Julia.

Elle quittait rarement son costume, savourant le contact de ces textures nouvelles sur sa peau. Elle écoutait parler Léonte. Et Polixène, et Autolycus, et Paulina. Son cerveau baignait dans une langue somptueuse et elle en oubliait presque totalement de penser.

Elle disait son texte sans regarder Andrew et il ne faisait pas de commentaires. Elle savait qu'ils avaient tous les deux confiance : elle y arriverait.

Le lendemain matin, Eric annonça à Bridget qu'il devait partir. Il devait, ou il voulait. Mais il lui promit de la retrouver à Providence quelques jours plus tard. Elle en fut soulagée. Cela lui permettrait de s'entraîner à ressentir la sensation de manque.

Elle avait diverses choses à régler avant son propre départ. La dernière consistait à ressortir tous les bibelots qu'elle avait remisés dans des boîtes au sous-sol, dans sa grande crise de ménage de la veille.

Il lui semblait que Perry et son père étaient plutôt contents de certains des changements qu'elle avait apportés, mais elle ne voulait pas en abuser. Si Perry ne pouvait pas se séparer de son calendrier du *Seigneur des Anneaux* 2003, parfait.

Elle descendit au sous-sol et remonta les boîtes une à une. En allant récupérer la dernière, elle eut enfin l'idée d'allumer la lumière, pour être sûre de ne rien oublier.

Son regard tomba sur des étagères où s'empilaient des cartons impeccablement alignés. Elle ne se souvenait ni des étagères ni des cartons. Depuis combien de temps n'était-elle pas venue fouiller en bas ? Elle s'approcha, poussée par la curiosité.

Chaque carton portait une étiquette indiquant un nom et une année ou, pour certains, une période de plusieurs années. Elles étaient rédigées en majuscules, mais Bridget reconnut l'écriture de son père.

Le cœur battant, elle prit la boîte libellée « Bridget 1993 ». C'était quoi, la grande section de maternelle ? Son année de CP ? Dedans, soigneusement rangés et classés, elle trouva des dessins, des modelages en argile, des essais d'écriture et de décalquage. Il y avait aussi des photos, dont certaines avaient été annotées au verso par sa mère. Il y avait une carte de Greta. Un collier qu'elle se rappelait avoir fabriqué. Une photo d'elle avec Tibby, Lena et Carmen. Un dessin au crayon de couleur où elle avait représenté Perry avec une tête minuscule, un triton dans les mains.

Dans un carton marqué « Marly 1985-1990 », elle tomba sur des photos de mariage de ses parents, les carnets de sa mère, des clichés développés par sa mère, un album de bébé qu'elle avait commencé pour les jumeaux. Bridget n'avait jamais su que sa mère faisait de la photo.

Un troisième, « Bridget 1994 », contenait encore d'autres photos de rentrée des classes et son premier trophée de foot. Il y avait aussi une toute petite boîte, comme celles dans lesquelles on vend les bijoux. Elle la secoua, et sut tout de suite ce qu'elle renfermait. Elle se remémora le rituel des dents de lait sous l'oreiller, l'attente, et la découverte de la pièce au réveil.

Elle la rangea sans l'ouvrir, remit en place tous les cartons sur leurs étagères et s'assit par terre dans la poussière.

Elle songea à la peine que s'était donnée son père pour garder tout cela, au soin qu'il avait mis à préserver chacun de ces objets.

Hors de vue, mais bien là. Sa mère aussi était là. Ils avaient eu une vie simple, mais une vraie vie.

Elle serra ses bras autour de ses genoux et laissa les larmes couler.

Lena prolongea son séjour à Bethesda de quelques jours, soupçonnant que son soutien y serait sans doute requis. Effie partait pour dix jours en Europe la semaine suivante mais, dans l'intervalle, elle risquait d'avoir besoin de distractions de fille. Lena se préparait mentalement à un programme non-stop de manucures, pédicures et masques de beauté. L'avantage, avec Effie, c'est qu'il y avait dans sa vie peu de crises dont une manucure ne puisse venir à bout.

Lena décida d'appeler Leo pour lui dire où elle était, et pourquoi. Mais elle changea d'avis en entendant sa voix au téléphone. Il était content d'avoir de ses nouvelles, et lui parla avec enthousiasme d'une toile qu'il venait de commencer, mais il ne lui demanda pas où elle était, ni quand ils se verraient. Leur relation n'était pas de ce type-là. Elle le savait et cela ne la gênait pas.

Vraiment pas ? L'honnêteté obligeait Lena à creuser la question. Non, vraiment pas, trancha-t-elle, les yeux toujours sur le téléphone, en promenant la main sur son couvre-lit. Elle le retrouverait avec plaisir. Il l'attirait, elle l'admirait, mais elle n'était pas triste à l'idée d'en rester là. L'interlude dans son lit avait été une découverte très excitante pour elle mais déjà, sur le coup, cela s'apparentait plus à une fin qu'à un début.

L'après-midi, elle alla dire au revoir à Tibby et à Bee. Elle venait de rentrer chez elle quand elle entendit la sonnette et la voix de Brian au rez-de-chaussée. Elle comprit qu'ils étaient sortis faire un tour, avec Effie.

Elle ferma la porte de sa chambre, s'assit sur son lit et guetta patiemment l'explosion. Elle n'eut pas à attendre plus de trois quarts d'heure. D'abord, la porte d'entrée claqua. Ensuite, des pas martelèrent l'escalier, puis la porte de la chambre d'Effie claqua à son tour.

Mais Lena savait que ce n'était pas fini. Quelques minutes plus tard, la porte de sa sœur claqua à nouveau et la sienne s'ouvrit à la volée.

– Je ne peux pas croire qu'elle ait fait ça !

Effie avait le visage marbré et le tour des yeux barbouillé de mascara. Elle avait dû être prise de court ; en temps normal, elle avait un instinct infaillible pour savoir quand mettre du mascara waterproof.

Lena jaugea ce qu'elle était censée savoir et choisit de se taire. Avec sa sœur, c'était généralement la meilleure tactique.

– Pourquoi elle m'a dit que c'était fini, hein ? Je lui ai tendu la perche ! Pourquoi elle m'a menti ? s'indignait Effie avec de grands gestes.

Lena glissa les mains sous ses fesses.

– Brian est complètement idiot de retourner avec elle après ce qu'elle lui a fait ! Elle se fiche bien de lui. Elle ne l'aime pas.

Lena ouvrit la bouche, oubliant sa résolution.

– Comment peux-tu le savoir, Ef ?

Elle regretta aussitôt son erreur.

– Quoi ?

Sa sœur s'approcha en la toisant.

– Tu crois qu'elle l'aime ?

S'efforçant de garder un ton neutre, elle demanda sans hausser la voix :

– Ça ne te paraît pas concevable ?

– Absolument pas ! Tu as vu comment elle l'a traité ?

Elle agitait frénétiquement les mains.

– On ne traite pas les gens comme ça quand on les aime !

Lena sentit le rouge lui monter aux joues. Oh, que si !

– Lena ? Lena !

Elle releva la tête.

– Tu es de son côté, c'est ça ? Je le savais ! Tu choisis son camp, malgré ce qu'elle a fait !

– Mais non, Effie…

– Si ! Avoue-le ! Tibby m'a menti, elle a traité Brian comme un moins que rien, elle m'a trahie alors que j'ai fait le trajet jusqu'à New York pour lui demander sa permission, et toi, tu choisis son camp contre ta propre sœur !

– Non, Effie…

Les choses prenaient mauvaise tournure. Râpée, la thérapie des manucures…

– Mais si !

Effie pleurait pour de bon maintenant, et Lena se sentit faiblir. Ce n'était pas du cinéma, mais de vraies larmes de chagrin, incontrôlables.

Et Lena savait qu'elles venaient d'aborder une question plus fondamentale, plus grave même qu'une rupture avec le garçon qu'elle croyait aimer.

– Tu fais toujours ça ! Toujours ! Tu l'as toujours fait ! Tu t'en rends compte, au moins ?

Lena sentit sa gorge se serrer.

– Effie…

– C'est vrai ! Avoue-le, Lena. Je suis ta seule sœur, mais c'est toujours elles que tu choisis.

– Effie.

Lena se leva dans l'intention de la consoler, de la prendre dans ses bras ou même de l'empêcher de sortir, mais trop tard. Sa sœur s'était enfuie, en larmes.

La porte de la chambre se rabattit sans bruit et resta entrouverte, laissant parvenir jusqu'à elle les sanglots d'Effie. Lena aurait préféré un claquement bien senti. Ces pleurs la perturbaient plus que cris et claquements réunis.

Après avoir laissé passer un peu de temps, elle tenta d'aller voir sa sœur mais n'obtint pas de réponse. Le lendemain, Effie n'ouvrit pas sa porte de la journée.

Lena sortit deux heures en fin d'après-midi. À son retour, Effie n'avait pas rouvert. Toujours pas de réponse.

Lena passa presque toute la soirée dans sa chambre, à se demander si elle avait fait le mauvais choix. Avait-elle réellement pris le parti de Tibby contre celui d'Effie ? Les choses ne lui paraissaient pas si simples. Dans un sens, il lui semblait plutôt avoir opté pour une façon d'être, ce qui était encore plus perturbant. Elle avait préféré l'angoisse perpétuelle de Tibby à la légèreté d'Effie. Au fond, elle avait choisi ce qui lui correspondait le plus.

Bridget s'arrêta à l'animalerie en revenant chez elle et rentra avec un lapin et une cage.

– C'est pour toi, dit-elle à Perry en le faisant sortir dans la cour pour les lui montrer.

Surpris, il commença par refuser mais, en le voyant caresser le petit animal, elle sut qu'il était en train de changer d'avis.

Il se laissa gagner par l'excitation tandis qu'ils installaient la cage sous le cornouiller. Calant le lapin sous son bras, il lui présenta une branche de céleri ramollie.

– Il va me falloir un biberon à eau, dit-il, autant pour lui-même que pour sa sœur. Et aussi des carottes et de la laitue, ce genre de trucs.

– Tu peux prendre mon vélo, si tu veux.

Il hocha la tête. Il était tellement mignon avec sa peau dorée par le soleil !

Elle se promit de revenir au cours des prochaines semaines. Entre-temps, Perry aurait la compagnie de cette peluche au corps tout chaud. Une raison de quitter sa chambre, de sortir de la maison. Un être dont il aurait à s'occuper, qui aurait besoin de lui. Un être qui se blottirait au creux de son épaule et ramperait le long de sa chemise, et qui le réhabituerait à aimer quelqu'un.

Ce dont Perry avait réellement besoin, soupçonnait-elle, c'était des antidépresseurs. Mais en attendant qu'elle ait rassemblé l'énergie nécessaire pour aborder le sujet, un petit lapin ferait l'affaire. Mystérieusement, il le baptisa Pétoncle.

– Elle va bien finir par sortir, non ? demanda Lena à sa mère le lendemain matin, dans la cuisine.

– Tu parles d'Effie ?

– Oui, tu l'as vue ?

– Elle est partie tôt ce matin. Papa l'a conduite à l'aéroport.

– Quoi ? C'est une blague ? Elle est partie où ?

– En Grèce.

Lena resta stupéfaite.

– Elle est déjà partie ?

– Elle a appelé Mamita hier soir pour lui demander si elle pouvait passer une semaine à Oia. Ta grand-mère était ravie. Elle compte sur Effie pour l'aider à repeindre sa maison. Ton père a changé le billet sur Internet.

Comment Lena avait-elle pu manquer tout ça ?

– Et elle est partie ce matin ?

– Oui.

Elle gratta rageusement une piqûre d'insecte

qu'elle avait au poignet, se donnant le temps de la réflexion.

– Ça avait l'air d'aller ? s'inquiéta-t-elle.

Sa mère donna enfin un signe de compréhension.

– Ça dépend de ce que tu entends par là.

– Tu crois qu'elle voudra bien me parler si je l'appelle ?

– Tu devrais peut-être laisser passer quelques jours.

Lena eut un choc.

– À ce point-là ? demanda-t-elle en baissant le nez.

– Lena chérie, elle se sent trahie, expliqua sa mère, perchée sur l'un des hauts tabourets du bar.

Ari s'accordait rarement le temps de s'asseoir vraiment.

– Brian n'était pas amoureux d'elle, maman, objecta Lena en s'accoudant au bar. Elle aurait bien fini par s'en rendre compte.

– C'est aussi ce que je pense. Et je suis sûre que Brian le lui a dit le plus doucement possible.

– Tu le penses vraiment ?

– Oui, mais je ne crois pas que ce soit l'amour de Brian qui lui manque le plus.

Carmabelle,
Merde pour ce soir.
On t'aime !

Tibby + Bee + Lenny
PS : C'est Bee qui a choisi les œillets bleus. Nous, on n'y est pour rien.

Lena s'était imaginé qu'on aurait besoin d'elle à la maison. Erreur. Elle ne pouvait pas appeler Effie pour arranger les choses et elle se sentait à la fois trop coupable et trop survoltée pour traîner chez elle à esquiver les discussions avec son père sur ses projets d'avenir.

Ce qui lui inspira une idée folle.

Elle bricola sur le téléphone de son père pour mettre en place une conversation à trois avec Tibby et Bee. En deux minutes, elle leur avait fait part de l'idée en question et elles s'étaient mises d'accord.

Après avoir persuadé sa mère de lui prêter sa voiture, elle monta préparer son sac.

– Hé, maman !

– Oui ?

Lena redescendit à la cuisine pour éviter de hurler :

– Tu as vu le jean magique ?

– Je ne crois pas.

– Je pensais qu'il était dans ma chambre.

Elle sentit un soupçon d'inquiétude la gagner.

– Quelqu'un est venu faire le ménage ou ramasser le linge hier ?

Elle savait que ni sa mère ni la femme de

ménage habituelle ne prendrait d'initiative loufoque mais il venait parfois une remplaçante.

– Non, Joan est passée vendredi, répondit sa mère. C'est tout. Tu es sûre que tu l'avais ? Tu ne l'aurais pas laissé à Rhode Island ?

– Non. Je vais continuer à chercher.

Elle remonta l'escalier quatre à quatre, fouilla partout, même dans les endroits les plus improbables, y compris dans les tiroirs du bas et dans un coffre qu'elle n'avait pas ouvert depuis des mois.

Elle était certaine de l'avoir rapporté. Tibby l'avait mis à l'anniversaire de mariage et le lui avait rendu. À moins que…

Lena en était presque sûre, mais ce léger doute suffisait pour la rassurer, du moins, pour le moment.

La folie fait faire des folies.

The Black Eyed Peas

Paroles extraites de *Don't Phunk With my Heart*.

Le soir de la première arriva. Carmen avait l'impression que son estomac lui était remonté dans la gorge. Pour un peu, il lui serait ressorti par la bouche mais, par chance, il restait attaché.

Il y avait des photographes, des critiques, des centaines de personnes. Andrew essayait de la protéger. Elle le sentait. Il lui faisait arpenter les coulisses en lui tenant la main.

Jonathan l'embrassa en tournicotant une mèche de ses cheveux.

– Superbe, fit Ian, approbateur, devant sa parure de fleurs.

Il déposa un baiser sur son front, ce qui lui donna envie de pleurer.

Allait-elle y arriver ? En était-elle capable ? Elle essaya de faire redescendre son estomac à sa place légitime.

De son poste en coulisses, elle écouta le premier acte et se laissa sombrer dans un état de transe. Jamais elle n'avait entendu les mots aussi clairement. Jamais chaque mot, chaque association de mots et, de manière exponentielle, chaque vers, ne lui avait paru aussi éloquent.

Ça, c'étaient des acteurs ! Son cœur se gonflait de joie à la pensée qu'elle les connaissait. Ils avaient tant donné en cinq semaines de répétition qu'elle ne les croyait pas capables de donner plus. Mais elle découvrait soudain qu'ils avaient encore de l'énergie en réserve.

À la fin de l'entracte, Carmen jeta un coup d'œil dans la salle qui se remplissait à nouveau. Au moment où les lumières s'éteignaient, elle vit trois personnes entrer par la porte principale. Son cœur manqua un battement. Le temps s'arrêta alors qu'elle les regardait descendre l'allée centrale : trois adolescentes en file indienne.

Elles étaient si grandes, si belles, si lumineuses, si éblouissantes à ses yeux qu'elle crut rêver. On aurait dit des déesses, des Titans. Carmen était tellement fière d'elles ! Elles étaient bienveillantes, elles étaient droites. Ça, c'étaient des amies.

Lena, Tibby et Bee étaient là, dans ce théâtre, et elles étaient venues pour elle. Son grand soir était le leur. Sa joie était la leur ; ses peines étaient les leurs. C'était aussi simple que cela.

Elles étaient magnifiques toutes les trois et, en leur présence, elle l'était aussi.

Soutenue par ses amies, Carmen redécouvrit

la simplicité qu'elle avait perdue. Elles lui permirent de retrouver la voix de Perdita comme elle l'avait entendue au début. Ça faisait du bien de pouvoir revenir sur ses pas.

Mais le plus grand miracle, ce fut sa brusque compréhension des dernières scènes de la pièce : les retrouvailles, la fin de la brouille, la fin de l'hiver. Elle avait compris dès le début ce que ressentait la fille perdue, et voilà qu'elle comprenait également la fille retrouvée.

Devant six cent vingt personnes, dont trois représentaient tout pour elle, l'hiver de Carmen prit fin et elle sut qu'elle avait retrouvé toute son exubérance.

Lena chantait une vieille chanson de Van Morrison qui passait à la radio, en roulant sur l'autoroute du New Jersey. Elle avait déposé Bee à Providence, Tibby à New York, et reprenait la direction de Bethesda pour rendre la voiture à sa mère. Il était quatre heures du matin et elle avait besoin de faire quelque chose pour se tenir éveillée.

Son portable se mit à vibrer dans la poche de sa jupe. Pas mal, pour éviter de s'endormir.

– Allô ?

La connexion ne se fit pas tout de suite. Puis elle entendit une voix distante, mais pressante.

– Lena ?

– Effie ? C'est toi ?

– Lena, tu m'entends ?

– Oui, c'est moi. Comment ça va ? Tu es en Grèce ?

Elle éteignit la radio, à la fois soulagée et reconnaissante de pouvoir parler à Effie bien plus tôt qu'elle ne l'avait espéré.

– Oui, je suis chez Mamita, dit Effie, dans un sanglot parfaitement audible malgré la distance.

– Ef? Effie ?

Pendant plusieurs secondes, Lena, au supplice, n'entendit que des pleurs.

– Je suis désolée, Effie. S'il te plaît, dis quelque chose. Ça va ?

– Lena, j'ai fait quelque chose de vraiment terrible.

Malgré les parasites qui brouillaient la communication, Lena sentit qu'il ne s'agissait pas du même genre de larmes que quelques jours auparavant.

– Quoi ? Qu'est-ce qu'il y a ? s'affola-t-elle tout en s'efforçant de ne pas quitter la route.

– Je ne peux même pas te le dire !

– S'il te plaît.

– Je ne peux pas.

– Effie, qu'est-ce qu'il y a ? Ça ne doit pas être si grave que ça.

– Si. C'est pire !

– Tu sais que tu m'inquiètes ? Crache le morceau, ou je fais finir dans le fossé.

– Oh, Lena…

Nouveaux sanglots.

– Effie !

– J'ai… J'ai… le jean.

– Quoi ? Je n'entends pas !

– J'ai pris le jean !

– Le jean magique ?

– Oui. (Sanglots.) Je l'ai pris.

– Tu l'as emporté en Grèce ?

– Oui.

– Effie !

Maintenant, au moins, Lena savait où il était.

– J'étais furieuse et je… j'étais furieuse après Tibby, après toi, après tout le monde et…

– C'est bon, je comprends, dit Lena, déboussolée par la vitesse à laquelle le sentiment de culpabilité avait changé de camp.

– Mais ce n'est pas tout…

Le cœur de Lena cogna dans sa poitrine. Boum boum.

– Quoi ?

– Je l'avais sur moi pendant la traversée et je l'ai mouillé.

– Bon.

– Je l'ai mis à sécher sur la corde à linge sur la terrasse de Mamita. Je ne pouvais pas savoir que…

Boum boum boum.

– Que quoi ?

– Il y avait du vent. Je ne pouvais pas savoir

qu'il allait (les mots suivants se perdirent dans les larmes)… et que je risquais de le perdre !

– Qu'est-ce que tu racontes, Effie ?

– Quand j'ai voulu le reprendre, il avait disparu ! J'ai regardé partout. Ça fait trois heures que je le cherche !

Nouvelle crise de larmes.

– Je ne l'ai pas fait exprès, Lena.

Effie avait pris le jean et voilà qu'elle n'arrivait pas à le retrouver. Mais elle ne l'avait pas perdu. Il n'était pas perdu.

– Effie, écoute-moi. Tu ne peux pas l'avoir perdu, tu comprends ? Tu dois le retrouver. Il est forcément quelque part.

Lena ne s'était jamais entendue parler d'un ton aussi dur.

– J'ai essayé ! Je te jure ! gémit Effie.

– Eh bien, continue !

Il y eut de la friture sur la ligne.

– Tu m'entends ? Effie ? Effie !

La communication était coupée. Lena jeta son portable sur le siège passager et s'agrippa au volant. Elle l'aurait volontiers réduit en bouillie.

Le jean ne pouvait pas être perdu. La magie le protégeait, non ? Ce genre de chose ne pouvait pas se perdre. Il était là, quelque part, et Effie allait le retrouver. Aucune autre hypothèse n'était envisageable.

Carmen aurait voulu que ça ne s'arrête jamais. Les honneurs, les admirateurs, la fête, le champagne, les petits-fours. La fierté qu'elle avait éprouvée en présentant ses amies à la troupe. Mais la soirée avait fini par arriver à son terme.

À contrecœur, elle avait dit au revoir à ses amies qui s'étaient entassées dans la voiture de la mère de Lena. Elles rentraient de nuit, pour retrouver à temps leurs obligations du lendemain matin.

En revenant du parking, Carmen était repassée devant le théâtre pour savourer une dernière fois le goût de cette soirée.

Judy et Andrew y étaient encore, détendus mais toujours à l'œuvre, faisant le bilan de la première. Elle avait dû retenir ses larmes lorsqu'ils l'avaient serrée dans leurs bras.

– Je suis fière de toi, ma belle, lui avait chuchoté Judy à l'oreille.

– Je ne vais pas te féliciter pour ne pas gâcher le miracle, avait ajouté Andrew.

Mais quand Carmen avait laissé échapper quelques larmes, elle en avait vu aussi dans ses yeux.

Le plus dur avait été de se retrouver dans sa chambre mais, heureusement, Julia dormait quand Carmen s'était glissée dans son lit. Elle avait sombré dans un long sommeil bien mérité. Mais inévitablement, au matin, Julia finit par se réveiller.

– Comment ça s'est passé ? demanda-t-elle sèchement.

– Tu n'es pas venue ?

– Non, j'avais des trucs à faire.

Voilà qui était étrange, car Carmen l'avait aperçue dans le public, à l'occasion de l'un des nombreux rappels. Elle en était certaine parce qu'elle avait été frappée, brusquement, par le contraste entre les trois phares éblouissants d'amitié que représentaient ses amies, et Julia, la pseudo-copine la plus bidon, la plus mesquine qui soit, aussi terne qu'une ampoule à dix watts.

– C'est drôle, je t'ai vue, pourtant.

– Je t'assure que non, répliqua Julia, sur la défensive, avec son petit visage sournois.

Carmen envisagea de déverser sur elle toute la colère qu'elle avait accumulée. Elle avait retrouvé assez de l'agressivité de la Carmen d'autrefois pour s'attaquer à Julia et lui faire passer un sale quart d'heure.

Elle aurait pu mais elle ne le fit pas. Fut un temps où Julia lui avait paru trop précieuse pour risquer de s'opposer à elle. Maintenant, elle n'en valait même plus la peine à ses yeux.

Carmen commença à s'habiller sous son regard mauvais.

– C'est quoi, ton problème ? aboya-t-elle avant que Carmen ait eu le temps de sortir. Je croyais qu'on était amies.

Carmen se retourna, se dressant malgré elle sur ses ergots.

– Tu te trompais, rétorqua-t-elle.

– Ah bon ? fit Julia, mi-surprise, mi-sarcastique.

– Oui. Tu sais comment je le sais ?

Julia leva les yeux au ciel, avec le même air exaspéré que Carmen prenait elle-même autrefois.

– Non, comment ?

– Tu voulais que je me plante. Dommage, c'est raté ! Ça veut dire qu'on n'était pas amies.

Elle pensa à une dernière chose juste avant de sortir.

– Et tu sais ce qui est triste ?

Julia serrait les dents. Elle ne dirait plus rien.

– Vu comme tu es partie, tu n'auras jamais d'amis.

Carmen s'éloigna en se reprochant de s'être laissé prendre au piège d'un serpent comme Julia. En même temps, curieusement, elle s'en félicitait. En termes d'amitié, elle avait connu le paradis sur terre. Et elle était partie du principe que le lien si fort, si précieux, si dépourvu de rivalité qui l'unissait à ses amies était le propre de toute amitié. Elle avait été naïve, en petite fille gâtée. Elle n'avait pas mesuré sa chance, ni à quel point certaines prétendues amitiés pouvaient être nocives.

Maintenant, elle savait.

Aurait-elle abordé les choses autrement si elle avait pu revenir en arrière ? Bonne question.

Sans doute pas, non. Elle restait fidèle à sa bonne vieille théorie – mieux vaut exposer son cœur en prenant le risque de souffrir de temps en temps que de le garder enfoui.

Mais, bon sang, un peu de jugeote ne lui aurait pas fait de mal.

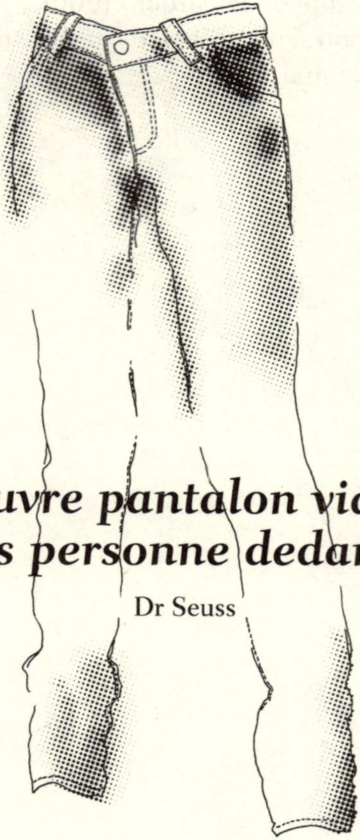

Pauvre pantalon vide sans personne dedans.

Dr Seuss

Dès l'instant où Bee avait appris ce qui était arrivé au jean, le temps avait cessé de s'écouler normalement pour ne plus avancer que par à-coups.

– Je devrais peut-être rappeler Lena ?

– Tu lui as parlé il y a dix minutes, souffla Eric dans sa nuque, qu'il était occupé à bécoter.

– Je sais, mais elle a peut-être du nouveau. Et si elle a parlé à Carmen ?

Tibby, Lena et elle n'avaient pratiquement rien fait d'autre que s'appeler depuis que Lena avait donné l'alerte.

Le téléphone de Bee sonna avant qu'elle ait pu se décider. C'était Carmen.

– Oh, mon Dieu !

– Tu as eu Lena ?

Bridget avait soudain l'impression que sa chambre était minuscule, tant son inquiétude était grande.

– Ouais.

Elles avaient délibérément attendu le mercredi pour prévenir Carmen, après la dernière représentation.

– Qu'est-ce qu'on va faire ? gémit-elle.

– Qu'est-ce qu'on peut faire ? À part espérer qu'Effie ne soit pas aveuglée par la rage et la jalousie.

Bridget marqua une pause avant de reprendre :

– J'aimerais autant qu'on puisse compter sur quelqu'un d'autre pour le chercher.

– Oui, mais qui ?

– Mamita.

– Super.

Lena appelait Effie toutes les heures. Ça commençait à irriter Mamita, mais elle n'avait pas le choix. Tout était la faute d'Effie.

Et elle ne trouvait rien d'autre à dire que :

– J'essaie. Je fais tout ce que je peux !

Lena se prit même à regretter de ne pas pouvoir appeler Kostos pour voir s'il était là et s'il ne pourrait pas les aider. Malheureusement, elle avait brûlé ce vaisseau-là.

– Je crois que je sais quel est le problème, dit Tibby à Lena, qu'elle avait appelée de sa chambre à New York.

Elles passaient tant de temps au téléphone que c'est à peine si elles trouvaient encore le temps de raccrocher.

– Quoi ?

– Le jean ne veut pas qu'Effie le trouve !

– Oh, mon Dieu ! Tu as peut-être raison.

– Il a peur d'elle.

Peut-être qu'elle s'identifiait un peu trop au jean, mais n'empêche.

– Possible.

– Alors, on fait quoi ?

Lena laissa s'écouler vingt-deux heures de plus avant de prendre une décision encore plus folle que la dernière, ce qui ne lui ressemblait guère.

– J'y vais, dit-elle à Carmen au téléphone.

– Quoi ?

– Je pars en Grèce. Je suis sur le Net au moment où je te parle. En train d'acheter mon billet.

– Non ?

– Si.

C'était décidé. Au fond, c'était sa faute. Le jean était sous sa responsabilité et c'était sa folle de sœur qui l'avait volé. C'était elle qui avait une grand-mère grincheuse à Oia. Qui d'autre pouvait le retrouver ?

– Quand ?

– Il n'y a pas de places avant jeudi.

– Waouh !

– Je viens d'appuyer sur le bouton « valider », Carma. Ça y est, je l'ai acheté.

– Tu m'épates. Avec quoi tu as payé ?
– Une carte de crédit.
– Laquelle ?
– Celle de ma mère.
– Elle est au courant ?
– Pas encore.
– Oh, Lenny…
– Le jean n'a pas de prix.
– Ta mère ne sera peut-être pas du même avis.

Lena commença à se douter de quelque chose quand Bee appela le mardi pour lui demander son numéro de vol pour la troisième fois.
– Qu'est-ce que vous mijotez ?
– Rien ! lui assura Bee.

Le jeudi, en arrivant à la porte d'embarquement pour le vol d'Athènes, Lena fut surprise de voir Bee, son sac sur l'épaule. Surprise, mais pas abasourdie. Elle fut abasourdie de voir Tibby et Carmen à ses côtés.

Elle éclata de rire. Pour la première fois depuis des jours. Ça faisait un bien fou.
– Vous êtes venues me dire au revoir ? demanda-t-elle, pleine de joyeux soupçons.
– Non, ma belle, on est venues dire bonjour, rectifia Carmen.

Bee expliqua qu'elle avait emprunté l'argent du billet à son père. À en croire Carmen, David avait accumulé un milliard de miles de compagnies aériennes et, touché par ses supplications, il lui en avait cédé quelques-uns. Les parents de Tibby lui avaient offert un bon pour un billet open en cadeau pour son bac, l'an dernier.

Ils lui avaient aussi avancé une centaine de dollars pour se faire faire un passeport en urgence, qu'elle allait avoir du mal à rembourser, maintenant qu'elle avait démissionné de son boulot, depuis une heure très exactement.

– Je te présente notre équipe d'expertes…

Bee se tourna vers Tibby, qui compléta :

– Miss Écureuil, spécialiste de l'épargne.

– Mme Fait-la-manche, la plus douée des quémandeuses, annonça Carmen.

– Et moi, je suis carrément la reine de l'extorsion de fonds, enchaîna Lena.

– Dis-toi que ce n'est qu'un emprunt, comme moi, la consola Bee.

Elles durent négocier au comptoir d'enregistrement pour avoir des places côte à côte mais, quand l'avion s'envola pour la Grèce, elles étaient installées toutes les quatre dans la même rangée.

Lena tourna la tête à droite, à gauche, puis éclata à nouveau de rire. C'était l'horreur de devoir partir dans des circonstances aussi dramatiques. Mais c'était absolument génial de le faire ensemble.

– Tu as peur qu'ils t'éjectent de l'équipe ? demanda Tibby.

Tandis que l'avion fendait le ciel, leur belle intrépidité se dissipant et les heures passant, elles s'étaient mises à faire le compte du nombre de choses qu'elles avaient lâchées, et de personnes qu'elles avaient contrariées à cause de leur coup de tête.

– Non, sauf s'ils peuvent se passer d'un avant-centre.

Bee expliqua que l'entraîneur serait sûrement furieux et qu'il la bombarderait de menaces, mais qu'il lui pardonnerait à temps pour qu'elle puisse jouer en première division.

Tibby se rendit compte qu'elles n'avaient aucune idée de la durée de leur voyage. Elles ne pouvaient pas imaginer d'autre issue que de retrouver le jean et de rentrer avec, mais qui sait combien de temps cela prendrait ? On entamait la deuxième quinzaine d'août. Elles pouvaient difficilement faire semblant d'ignorer que, presque partout, les cours commençaient dans dix jours.

– Je ferai valider mon cours au prochain semestre, annonça Tibby.

Durant les trois jours qu'elle avait passés à New York depuis ses retrouvailles avec Brian, elle avait avancé à pas de géant sur son histoire d'amour, mais elle n'avait pas fini d'écrire son scénario.

– Moi, j'étais censée faire mes cartons cette

semaine. Ma mère et David déménagent après le Labor Day[1]. Tant pis, ça attendra, conclut Carmen.

– Eric m'a dit qu'il me pardonnerait, à condition que je porte un voile et que je promette de ne pas flirter avec les Grecs, rapporta Bee.

– C'est vrai qu'ils aiment les blondes, confirma Lena.

– Brian voulait nous accompagner pour nous donner un coup de main, intervint Tibby.

– Et Leo, il a dit quoi ? s'enquit Carmen.

– Il m'a appelée hier soir, dit Lena. Je crois qu'il va passer presque tout le prochain semestre à Rome.

– C'est triste, compatit Carmen.

Lena haussa les épaules.

– Non, au fond, ça ne fait rien. Ce n'était pas parti pour être une histoire sérieuse.

Tibby remarqua à quel point Lena avait changé depuis l'époque de Kostos où, chaque fois qu'elle feignait le détachement, elle avait l'air d'avoir volé une voiture.

– Ça vaut mieux comme ça, la consola Carmen. Lena, Leo... De toute façon, vos noms ne vont pas ensemble.

Tibby lui prit le bras en riant.

– Merci, Carma. Voilà qui règle la question.

---

1. La fête du Travail, dont la date est fixée au premier lundi de septembre aux États-Unis (*N. d. T.*).

Lena rit à son tour.

– Un problème de relation amoureuse épineuse ? Demandez conseil à Carma, claironna Bee.

– Tu devrais tenir une rubrique dans un journal féminin.

– Ou bien un blog.

– Pas bête, approuva Carmen. Hé, je vous ai dit qui est venu à la dernière représentation, hier soir ?

– Non, qui ?

– Ma mère et David…

– Sympa, dit Lena.

– Et aussi mon père avec Lydia.

– C'est vrai ? fit Bee. Tous les quatre ?

– Ouais, confirma Carmen. Au début, ils étaient un peu surpris de se voir mais, finalement, ils se sont tellement amusés ensemble qu'ils vont sans doute se revoir.

Tibby éclata de rire, écouta rire ses amies, se cala au fond de son siège et se laissa bercer par le ronronnement de leurs voix familières. Elle avait beau s'inquiéter pour le jean, elle était ravie de se retrouver avec elles, enfin réunies toutes les quatre. Elle en ressentit une vague culpabilité, comme si elle riait à un enterrement. Puis elle se dit que le jean ne lui en voudrait pas de voir les choses ainsi.

– Vous vous rendez compte que c'est la première fois qu'on est ensemble depuis le dernier week-end à la plage ? remarqua-t-elle, incapable de garder ses réflexions pour elle.

– Oui, c'est aussi ce que je me disais, constata Lena, un peu tristement.

– Comment a-t-on pu tenir si longtemps ? s'étonna Carmen.

– C'est toi qui poses la question ? répliqua Tibby.

Mais elle était trop contente d'avoir retrouvé leur Carmabelle de toujours.

– Vous savez quoi ? demanda Bee.

– Quoi ?

– Je ne crois pas que le jean ait juste peur d'Effie.

– Quoi, alors ? demanda Lena.

Bridget dévisagea ses trois amies l'une après l'autre.

– Regardez-nous. Ce que je crois, c'est que ce jean est plus malin qu'on ne l'imagine.

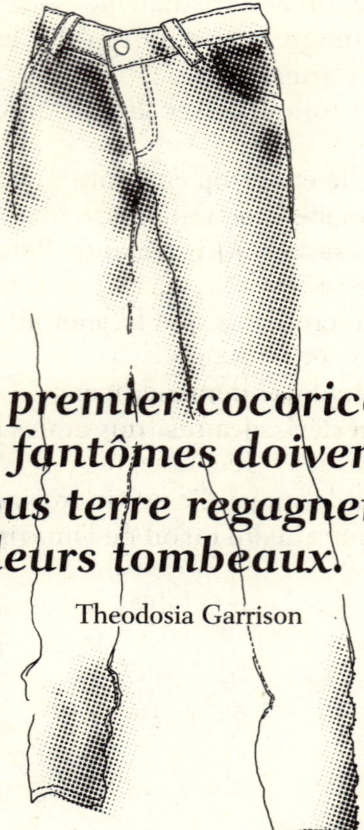

Au premier cocorico,
les fantômes doivent
sous terre regagner
leurs tombeaux.

Theodosia Garrison

Il était tard lorsqu'elles arrivèrent chez Valia et elles étaient tellement fatiguées et sonnées, tellement désorientées dans le temps et l'espace, qu'elles avaient l'impression d'avoir la tête pleine de chantilly.

Lena fut sincèrement heureuse de voir sa grand-mère et étonnée de ne pas voir Effie. Elle s'était préparée à des retrouvailles embarrassées.

– Effie est parrrtie à Athènes aujourrrd'hui, leur expliqua Valia, impassible.

Mais au bout de quelques minutes, elle prit Lena à part.

– Elle a fait tout ce qu'elle a pu, tu sais. Elle a cherrrché ce jean jourrr et nuit.

– Je sais, Mamita.

Malgré leur fatigue, elles savaient ce qu'elles avaient à faire. Lena dénicha deux torches et elles partirent arpenter les petites ruelles pavées et les chemins serpentant sous la terrasse perchée de Valia.

– Soit ça monte, soit ça descend, ici, remarqua Tibby en agitant la main en direction de la falaise, qui tombait à pic dans la mer sombre. Le plat, ils ne connaissent pas.

Lena devait reconnaître que cela ne facilitait pas les recherches. C'était toujours la gravité qui l'emportait, ici.

Valia les regarda en secouant la tête d'un air réprobateur, ne cachant pas qu'elle était sceptique et, au bout d'un moment, même Lena dut admettre l'inefficacité de leur méthode. Pourquoi se battre pour éclairer d'infimes parcelles du monde alors que le soleil se débrouillerait tellement mieux dans quelques heures ?

– On ferait mieux de dormir un peu, dit-elle. Ce serait plus malin. Comme ça, demain, on se lève tôt et hop, au boulot !

Elles attendirent donc le matin pour se mettre à l'œuvre. Toutes préoccupées qu'elles étaient par la gravité de la situation et l'ampleur de leur mission, elles ne pouvaient s'empêcher d'être éblouies par ce que le soleil leur révélait.

– C'est le plus bel endroit que j'aie jamais vu, dit Carmen. Mille fois plus beau que le deuxième plus bel endroit du monde !

Lena était bien d'accord. Pouvoir partager tout ça avec ses amies lui tournait la tête, quel bonheur ! « Un autre cadeau surprise, offert par le jean », songea-t-elle.

Elle leur expliqua la formation de la caldeira,

un cratère géant laissé par ce qui avait sans doute été la plus grande éruption volcanique de tous les temps. Le centre de l'île s'était affaissé à la suite du séisme, ne laissant émerger que des falaises à pic autour d'un grand lac.

– Et ces îles, là-bas ? demanda Bee en plissant les yeux en direction de trois masses de terre qui flottaient dans la caldeira.

– D'anciens pans de lave, répondit Lena.

Elle les conduisit dans les petits chemins en pente où le vent avait pu emporter le jean. Les maisons blanchies à la chaux et les églises en ruine, le bleu éblouissant des dômes et des portes, le rose vif des bougainvillées, tout offrait aux yeux une telle explosion de couleurs qu'il était difficile de se concentrer sur la tâche en cours. Après quelques heures en plein soleil, elles firent une pause à l'ombre et tentèrent de définir une stratégie.

– À mon avis, quelqu'un l'a ramassé, dit Tibby.

– Bien vu, acquiesça Lena.

Elles allèrent en ville où, par chance, la plupart des commerçants parlaient un peu anglais. Lena s'était armée d'une photo.

– Nous cherchons quelque chose, annonça-t-elle à un vendeur dans un magasin de vêtements.

Elle lui montra la photo de Tibby vêtue du jean, l'année précédente, sur la plage. Elle désigna le pantalon.

– On a perdu ça.

Le commerçant s'alarma.

– La fille a disparu ?

Il approcha la photo de son visage en chaussant ses lunettes.

– Non, elle, elle est là, rectifia Bridget. On a perdu le jean.

En ville, elles trouvèrent une boutique de photocopies. Elles agrandirent la photo, décapitèrent Tibby et entourèrent le jean d'un gros cercle au feutre noir. « JEAN PERDU », écrivit Lena en anglais et en grec – la responsable de la boutique les aida à traduire. Lena indiqua l'adresse et le numéro de téléphone de sa grand-mère. « RÉCOMPENSE ! » ajouta-t-elle en grec.

Pendant que la machine effectuait cinquante photocopies, Lena leur fit visiter les environs.

– Là, c'est la forge qui appartenait au grand-père de Kostos. Je crois qu'il l'a vendue il y a un ou deux ans. C'est ici que Kostos travaillait. Et qu'on s'est embrassés pour la première fois, précisa-t-elle.

Elle les emmena jusqu'au petit port.

– Vous avez déjà vu le dessin que j'ai fait de cet endroit ? C'est l'un des tout premiers croquis que j'aime bien. Kostos et moi, on venait souvent nager ici.

– Ah, c'est une visite guidée thématique…, remarqua Tibby.

– Ha ! Ha ! fit Lena.

Comme elles se trouvaient sur les quais, elle fit mine de la pousser à l'eau.

– Tout est fait pour tomber amoureuse, ici, nota Bee d'un ton songeur.

Inspirée par des images d'amour et de beauté, de lieux ancestraux et de sols de terre battue, elle leva les bras vers le ciel et exécuta un plongeon en arc de cercle dans la mer. L'eau était d'un froid électrisant. Elle remonta à la surface avec un cri de joie.

Parce qu'elles étaient ses amies, et des amies parfaites en quasiment tous points, les trois autres firent écho à son cri et plongèrent à leur tour.

Le froid leur arracha des hurlements. Elles nagèrent en s'égosillant dans leurs vêtements mouillés, gonflés comme des voiles. Bee se hissa la première sur la terre ferme et aida les autres à remonter. Elles riaient et tremblaient si fort qu'elle eut peur de les voir se noyer, ces stupides oies gloussantes.

Elles s'allongèrent côte à côte au soleil pour se sécher. Le ciel était du bleu le plus parfait, sans un nuage.

Bee adorait le soleil. La sensation de ses vêtements alourdis par l'eau sur sa peau. Le clapotis de la mer qui venait lécher le pilier en dessous d'elle. Elle protesta contre le contact des orteils glacés de Tibby sur son mollet, mais elle adorait cela aussi.

Elle ne faisait qu'un avec ses amies, et réciproquement. C'était une certitude, même si le jean était momentanément égaré.

– Nos photocopies doivent être prêtes, maintenant, signala Carmen d'un ton rêveur.

Elles collèrent leurs affichettes partout dans Oia et ses environs.

– À mon avis, on devrait couvrir aussi Fira, suggéra Lena.

Le soir, elles se rendirent donc à Fira avec cinquante photocopies supplémentaires. Elles s'étaient séparées, collant les affichettes un peu partout dans les lieux touristiques, quand Bee revint en courant.

– Lena ! Je crois que je viens de voir Kostos.

Lena sentit une décharge électrique remonter le long de son dos.

– Tu ne l'as jamais vu, objecta Tibby, surgissant à ses côtés.

– Non, je sais, mais j'ai vu des photos, insista Bee.

S'efforçant de garder son calme, Lena inspecta posément les parages d'un coup d'œil circulaire.

– Ma grand-mère dit qu'il n'est pas venu cet été. Où penses-tu l'avoir aperçu ?

Bee désigna l'angle d'une rue formé par un café et un magasin de vélos.

– Ce serait étonnant, commenta Carmen, se

rapprochant de Lena d'un air protecteur. Tu as dû rêver.

– Il habite ici, Carma, lui rappela Bee. Ce n'est pas comme si je l'avais vu à Milwaukee ou je ne sais où.

– Quoi qu'il en soit, il faut bien admettre que sa présence hante les lieux, fit Lena, diplomate. Ce n'est pas moi qui dirai le contraire. Allez, on continue.

Elles collèrent leurs affichettes jusqu'à la tombée de la nuit. Lena, l'esprit ailleurs, croyait voir Kostos partout.

– Bon, on n'a plus qu'à rentrer et attendre que les gens nous appellent, conclut-elle.

À la maison, elle rejoignit Valia à la cuisine, où elle avait préparé un festin gargantuesque.

– Mamita, Kostos n'est pas sur l'île, si ?

– Il parrraît qu'il est en voyage. Je ne l'ai pas vu une seule fois. Rrrena ne m'a pas dit où il était.

Valia feignait de se désintéresser de Kostos. Comme Lena, elle avait passé trop de temps à espérer.

Elle se coucha tôt en leur laissant une bouteille de vin rouge. Elles s'installèrent par terre et passèrent confortablement la soirée à boire et à parler, parler, et encore parler. C'était magique. Mais quand elles se décidèrent à aller au lit, elles se rendirent compte que, malgré la centaine d'affichettes qu'elles avaient collées, personne n'avait appelé.

Lena était la seule lève-tôt du groupe ; son corps semblait s'adapter plus rapidement à l'heure grecque. Au lever du soleil, elle décida d'aller se promener.

Elle fit une longue balade, sans se presser. D'abord, elle songea à Effie, puis à Bapi, et finit par s'autoriser à penser à Kostos.

En un sens, ce paysage de ruines faisait écho à son histoire. Ici, sur l'île où elle avait à la fois offert son cœur et où il s'était trouvé brisé, il y avait des ruines partout, et pas que des ruines antiques.

Les ruines ont beau symboliser ce qui a disparu, songeait-elle, elles respirent la beauté, la paix, l'histoire, la culture. Elles n'ont rien de tragique ni de déprimant. Lena tentait de considérer ses ruines personnelles avec le même regard, et y parvenait assez bien. Pourquoi ne pas se réjouir de ce qu'on a vécu, au lieu de passer son temps à pleurer ce qu'on a perdu ?

Les choses qui ne sont plus peuvent aussi être source de joie.

Cependant, elle s'étonnait de constater à quel point elle pensait à Kostos, elle croyait sans cesse l'apercevoir. À l'angle d'une rue, penché à une fenêtre, assis à la table d'un café. Pas un fantôme ni un souvenir, mais un Kostos bien réel.

– C'est dingue, j'ai tout le temps l'impression de le voir, confia-t-elle à Bee un peu plus tard, alors qu'elles interrogeaient les gens autour des plages de Paradis et de Pori.

– Quel effet ça te fait ?

Lena médita la question en prenant sa douche avant le dîner.

Depuis la scène du motel de Providence, elle savait qu'elle avait changé. Elle savait qu'elle avait détruit tout ce qui restait entre Kostos et elle. Seigneur, quelle opinion pouvait-il avoir d'elle, maintenant ?

Elle n'était pas celle qu'il croyait. Elle n'était pas celle qu'elle croyait. Elle avait révélé une méchanceté qu'il n'aurait jamais soupçonnée chez elle. Mais c'était aussi un soulagement. Il avait le droit de le savoir. Elle se devait d'être honnête. Et il y avait en elle une part d'enfant perverse qui avait parfois envie d'être méchante.

Elle s'interrogeait sur lui. Avait-il jamais été réellement capable de l'aimer ? Et elle, l'aimait-elle réellement ? Elle ne pouvait pas nier qu'elle avait aimé attendre et espérer, tant c'était exaltant. Leur histoire d'amour était restée parfaite parce qu'elle était impossible.

Mais était-il capable d'aimer ses imperfections ? Aurait-il accepté qu'elle ne soit pas toujours belle ? Pouvait-il admettre ses propres imperfections ? Aurait-il pu renoncer pour elle à être gentil ?

Ils avaient eu leur amour imaginaire, un bel amour tragique. Mais elle se demandait maintenant si l'un comme l'autre auraient jamais eu le cran de le vivre réellement.

Le lendemain, elles essayèrent le port d'Athinios, où accostaient les ferries. Elles collèrent des affiches et firent le tour des boutiques et des restaurants. Entre-temps, Valia leur avait appris à dire : « Avez-vous vu ce jean ? » en grec. Elles avaient même appris à le dire en français et en allemand.

Il y eut un moment de fol espoir lorsqu'un vendeur de glaces leur répondit :

– Oui, je l'ai vu.

Mais après l'avoir cuisiné quelques minutes, elles comprirent qu'il parlait des affichettes.

– On ne va pas perdre espoir, hein ? fit Tibby, sans parvenir à cacher son inquiétude.

– Non, la rassura Bee.

– On va le retrouver. Il veut qu'on le retrouve, affirma Carmen.

Tibby sentit qu'aucune d'elles n'était prête à envisager une autre issue. Ou, du moins, qu'elles n'étaient pas encore prêtes à l'admettre.

En rentrant d'Athinios, elles trouvèrent Valia embusquée derrière la porte. Elle bondit littéralement sur Lena dès qu'elle la vit.

– Kostos est là ! s'exclama-t-elle, en lui serrant l'épaule un peu trop fort.

– Quoi ?
– Il est là. Il te cherrrche.
Ses amies se pressèrent autour d'elle.
– Il me cherche ? répéta Lena.
– Oh, là, là, souffla Tibby.
– Ah, vous voyez ? Il est là, triompha Bee.
– Il a dit qu'il quittait l'île et qu'il voulait te voirr avant de parrrtirrr.
Lena sentit son cœur s'affoler, comme autrefois.
– Il est allé où ?
– Il a dit qu'il allait à l'oliverrraie. Je ne sais pas ce que ça veut dirrre, mais il est parrrti.
Elle haussa les épaules et désigna la direction qu'il avait prise.
Lena savait, elle.
– Merci, Mamita.
Elle resta immobile, essayant de faire le point sur ce qu'elle ressentait.
– Tu vas y aller ?
Valia s'impatientait, voyant que Lena ne se dépêchait pas.
– Oui, j'y vais.
Munie de quelques paroles d'encouragement et de mise en garde de ses amies, Lena commença à gravir la colline. C'était étrange. Elle croyait avoir trouvé une certaine paix intérieure au sujet de Kostos. Alors pourquoi son cœur battait-il si vite ?
Pourquoi voulait-il la voir ? Que leur restait-il

à dire ? Elle n'aurait pas pu être plus claire qu'elle ne l'avait été. Elle était sincèrement étonnée de constater qu'elle ne l'avait pas définitivement dissuadé de l'approcher.

Retirerait-elle quoi que ce soit de ce qu'elle avait dit ? En avait-elle envie ? Était-ce pour cela que son cœur battait si vite ?

Elle grimpa jusqu'à l'endroit où la falaise se nivelait en une sorte de plateau. Elle se réjouit de voir comme tout avait reverdi. Il avait bien plu cette année.

Oui, il y avait des mensonges dans ce qu'elle avait dit cette nuit-là. Peut-être en rectifierait-elle quelques-uns, si elle en avait la possibilité, mais ils contenaient aussi une part de vérité, et il avait fallu que ça sorte. Elle ne regrettait rien, si cela pouvait lui permettre de poursuivre le cours de sa vie.

Son cœur bondit lorsqu'elle le vit de dos, au cœur de leur bosquet d'oliviers. Il y avait des sentiments impossibles à tuer, même s'ils le méritaient. Elle s'approcha et il se retourna.

Pourquoi avait-il l'air heureux de la voir ? Pourquoi était-elle si heureuse de le voir ?

– On revient toujours ici, hein ? dit-elle.

Il hocha la tête. Il avait l'air d'aller mieux. Il n'était pas plus beau, non, c'était autre chose. Plus droit, plus grand, plus fort. Il n'avait plus cet air de chien battu plein d'espoir qu'elle lui avait vu la dernière fois à Providence.

Il roula le bas de son pantalon et ils s'assirent côte à côte au bord de la mare. L'eau était si froide que Lena poussa un petit cri, ce qui le fit rire.

Il y trempa les pieds, puis se pencha pour se laver les mains. Elle gardait les mains croisées devant elle, les yeux fixés sur les trente centimètres d'herbe rabougrie qui les séparaient.

– J'ai été malheureux, dit-il.

Elle voulait bien le croire, même s'il n'avait pas l'air si malheureux que ça, maintenant.

– J'ai été odieuse avec toi, admit-elle.

Il replongea les mains dans l'eau et les ressortit en les secouant.

– J'ai une histoire à te raconter, dit-il en la regardant bien en face.

– OK, murmura-t-elle avec hésitation.

Quelque chose lui disait qu'elle avait son rôle dans cette histoire.

– Tu te souviens quand tu m'as demandé si je croyais que tu allais me sauter dans les bras en me voyant ?

Elle fit la grimace. Elle avait dit cela avec cruauté. Elle avait voulu lui faire mal.

– En fait, c'est exactement ce que je croyais, déclara-t-il posément. Quand j'ai pris l'avion pour te retrouver, j'ai emporté des affaires pour deux mois. Je m'étais dit que j'appellerais ma grand-mère et qu'elle m'enverrait le reste. C'est vrai, je croyais que tu me sauterais dans les bras et qu'on resterait ensemble pour toujours.

Si pénible que cela fût à entendre, elle admira sa franchise.

– J'ai appelé le consulat de Grèce. J'ai effectué les démarches pour obtenir un visa d'études. J'ai fait des demandes d'inscription dans trois universités près de chez toi.

Elle avait beau admirer sa franchise, là, elle aurait préféré qu'il se taise.

– J'avais apporté une bague.

Lena se mordit l'intérieur des joues jusqu'au sang. Comment pouvait-il lui dire tout ça ?

C'était clairement aussi douloureux à dire pour lui qu'à entendre pour elle. Elle ne voyait absolument pas quoi lui répondre.

– Je n'avais pas prévu qu'on se marie. Pas les premières années. Mais je voulais t'offrir quelque chose pour te montrer que je ne te quitterais plus jamais.

Elle était secouée. Les larmes lui montèrent aux yeux, sans qu'elle puisse les retenir. Elle se sentait envahie par un élan de compassion pour lui, elle le sentait physiquement.

Lui, c'était un dur. Il poursuivait obstinément sa confession, coûte que coûte. Elle savait qu'il irait jusqu'au bout.

– J'ai pris deux boulots en même temps, presque cent heures par semaine, pendant deux ans, et j'ai presque tout dépensé pour acheter la bague. Ça me faisait du bien de me changer les idées, et aussi de me dire que j'allais me faire pardonner.

Les amies de Lena la taquinaient à cause de cette espèce de bourdonnement qu'elle émettait quand elle percevait de la tristesse chez ses proches. Elle se surprit à bourdonner.

– Tu sais ce que j'en ai fait ?

Il la regardait si fixement qu'elle comprit qu'il attendait une réponse. Elle secoua la tête.

– Je l'ai jetée dans la caldeira.

Elle écarquilla les yeux.

– Tu sais ce que j'ai fait après ?

L'aplomb avec lequel il racontait son histoire semblait faire écho à la folie avec laquelle il avait agi.

De nouveau, elle secoua la tête.

– Je suis entré par effraction chez mon ex-femme et j'ai volé la bague que je lui avais donnée pour la jeter dans la mer.

Lena continuait à le fixer en silence.

– Ce n'était qu'une broutille, comparée à ta bague, mais ça m'a donné l'impression de boucler la boucle.

Cette fois, elle hocha la tête.

– Mariana a appelé la police, j'ai avoué et j'ai passé une nuit en prison à Fira.

Il racontait tout cela avec détachement.

– Non ! fit Lena.

Il hocha la tête à son tour. Il avait l'air assez content de lui.

– J'ai ma photo d'identité judiciaire, précisa-t-il d'un ton presque enjoué.

Elle essaya de visualiser la chose. Le gentil Kostos sur une photo d'identité judiciaire. C'était délirant. C'était drôle. Elle ne pouvait pas s'empêcher d'être impressionnée. Elle qui avait salué sa propre capacité d'autodestruction, elle avait sous-estimé celle de Kostos.

– C'est mon grand-père qui est venu me chercher. Heureusement, je n'ai pas eu d'amende à payer.

– Qu'est-ce qu'il a dit ?

Elle avait du mal à l'imaginer.

L'expression de Kostos avait retrouvé sa gravité.

– Bah. Il a fait comme si de rien n'était. On n'en a jamais parlé.

Lena émit un nouveau bourdonnement. Elle comprit que cette confession faisait partie de la punition que Kostos s'infligeait. C'était sa pénitence, à elle aussi.

Le soleil allait bientôt se coucher. Elle ne se rappelait pas avoir vu quelque chose d'aussi beau que cette lumière rose sur les feuilles argentées des oliviers. Valia n'allait pas tarder à servir le dîner.

– Tu t'en vas ? dit-elle.

– Par le premier ferry demain matin. Et je prends l'avion pour Londres.

– Londres ?

– Je retourne à la fac d'éco. Ils m'ont gardé une place.

– Oh, c'est vrai. Bien sûr.

Voilà ce qui avait changé chez lui, comprit-elle. Il ne laissait plus rien l'arrêter. Il était plus solide qu'il ne l'avait jamais été. Sa colère contre elle avait consumé sa culpabilité. Il s'était forcé à l'oublier.

Ça donnait un tel sentiment de puissance de renoncer à ses désirs. C'était comme de marchander un tapis. Le seul vrai moyen de pression, c'était la possibilité de s'en aller.

– Je peux reprendre là où j'en étais. J'ai même trouvé une chambre dans mon ancien immeuble.

Elle avait la gorge serrée.

– C'est dingue, c'est comme si le temps avait fait marche arrière. Comme si on se retrouvait l'été où on s'est rencontrés. On est fin août, tu repars à Londres et je rentre chez moi pour retourner en cours.

Il acquiesça d'un signe de tête.

– On pourrait presque croire qu'on a imaginé tout ce qui s'est passé depuis, reprit-elle.

Il la regarda, pensif.

– Mais, au fond, on ne peut pas, si ?

– Non.

Elle vit le globe orangé du soleil se refléter dans l'eau calme. Elle y plongea les doigts pour en brouiller les contours et porta ses mains froides à ses joues.

Il se leva et elle l'imita. Il tendit la main droite pour serrer la sienne, qui était mouillée.

– Je suppose que c'est le moment de se dire au revoir, dit-il.

C'était plus facile d'être ensemble, de se parler, sachant qu'ils avaient renoncé tous les deux.

– Je suppose que oui.

– Bonne chance pour tout, Lena. Je te souhaite d'être heureuse.

– Merci. Je te le souhaite, à toi aussi.

– Bon.

– Au revoir.

En s'éloignant, elle l'entendit s'éclaircir la gorge derrière elle et se retourna.

– C'est la pleine lune, ce soir, dit-il avant de partir dans une autre direction.

Dès qu'il eut disparu, elle retrouva cette vieille sensation de manque. Ce n'était plus aussi douloureux qu'une blessure ouverte, plutôt comme une grippe qui couvait.

Avaient-ils vraiment réussi à s'oublier ? se demanda-t-elle. Elle aurait plutôt dit qu'ils avaient surmonté leurs sentiments.

Lena resta silencieuse pendant le dîner, observant le visage hâlé de ses amies bien-aimées, s'amusant de leur chahut. Elle adorait entendre le rire de Valia quand Carmen la taquinait.

Dès son retour, elles avaient voulu savoir tout ce qui s'était passé avec Kostos et elle le leur avait raconté. Mais elle ne savait pas encore ce qu'elle allait leur dire sur ce qu'elle ressentait.

Elle se coucha de bonne heure, écoutant d'une oreille Bee, Carmen et Valia rire au rez-de-chaussée. Elle entendait Tibby qui tentait de joindre Brian sur son portable en parlant à une succession d'opérateurs internationaux.

Lena avait tellement de choses dans la tête qu'elle s'attendait à se tourner et se retourner pendant des heures, mais elle s'endormit presque aussitôt. Puis elle se réveilla en sursaut. Il lui semblait avoir fait un rêve, mais il s'était évanoui trop vite pour qu'elle puisse en saisir ne serait-ce qu'un fragment.

Elle entendit la respiration paisible de Carmen à côté d'elle. Le visage endormi de son amie lui rappela les centaines d'autres nuits qu'elles avaient passées les unes chez les autres, au fil des années. Retrouver ce même visage ici, en Grèce, la réconforta. Le monde était si souvent fait de secousses et d'à-coups, mais, cette nuit, il lui apparaissait rond et ininterrompu.

Regardant par la fenêtre, elle vit la pleine lune suspendue fièrement au-dessus de la caldeira, qui semblait admirer la perfection de son reflet dans l'eau. Elle comprit ce que Kostos avait voulu dire.

Elle continua de regarder la lune et, soudain, elle sut réellement ce qu'il avait voulu dire.

Elle se glissa tout doucement hors de son lit

pour ne pas réveiller Carmen, enfila un jean et un T-shirt vert délavé, se brossa les cheveux et sortit de la maison sur la pointe des pieds.

Quelle heure pouvait-il être ? Y serait-il ? N'y serait-il pas ? Ses grands pieds la portèrent au sommet de la colline avec confiance.

Il y était. Peut-être l'attendait-il depuis des heures ; impossible de savoir. Il se leva pour l'accueillir, sans paraître surpris. Il lui suffit de la regarder une seconde pour savoir qu'il pouvait la serrer contre lui.

Elle pleura dans ses bras. Ce n'était pas du tout des larmes de tristesse, juste une manière d'évacuer. Elle pleura sur sa chemise. Elle pleura à cause du jean. Il la serrait aussi fort qu'il le pouvait sans l'écraser.

Elle avait ordonné à son cœur de se tenir tranquille, de ne pas déborder mais c'était trop lui demander. Tant pis.

Les feuilles bruissaient sous la lune. La mare clapotait doucement. C'était si bon d'être là. L'étreinte de ces bras n'était semblable à aucune autre.

– Tu crois que tu pourras me pardonner un jour ? demanda-t-il.

Il n'y avait aucune pression dans sa question. Qu'elle réponde par oui ou par non, elle savait qu'il ne la serrerait pas moins fort.

– Peut-être, dit-elle d'une petite voix. Je crois que c'est possible.

– Tu aimes quelqu'un d'autre ?

C'était important pour lui, clairement, mais il n'y mettait pas d'insistance.

– J'ai essayé. Je ne sais pas si je peux, répondit-elle à son torse.

Elle le sentit qui hochait la tête. Elle perçut son soulagement à la façon dont son corps trouvait de nouvelles surfaces de contact avec le sien.

– Moi, je sais que je ne peux pas, dit-il.

Elle hocha la tête sur sa poitrine. Ils restèrent un long moment sans bouger. Elle se rendit compte que le soleil projetait déjà sa lumière tout au bout de la mer. Il était plus tard qu'elle ne l'aurait cru. Ou plus tôt.

Il se détacha d'elle lentement, à regret.

Elle sentit l'air froid remplacer toutes les zones de son corps qu'il avait plaquées contre elle.

Avant de s'écarter, il prit son visage entre ses mains et l'embrassa, un baiser puissant, solide, plein de désir. Un nouveau genre de baiser. Un baiser adulte et déterminé. Instinctivement, elle lui rendit le même baiser.

Avant de partir, il lui dit quelque chose en grec, en appuyant sur les mots, comme si elle pouvait comprendre.

Alors que le soleil levant étalait nonchalamment sa lumière sur l'intimité de la nuit, elle redescendit de la colline, en s'efforçant de ne pas oublier les mots.

Le mot ? Les mots ? L'expression ? Il lui semblait qu'il y avait cinq syllabes. C'était bien ça, non ? Elle essaya de les garder chacune en tête, se les répétant en boucle comme une incantation tout le long du chemin.

À peine rentrée, elle les nota à la hâte au crayon sur un papier quadrillé, dans la cuisine de sa grand-mère.

Elle les écrivit en phonétique. Pas moyen de faire autrement. Elle ne connaissait pas assez bien l'alphabet grec pour se risquer à l'utiliser. Elle n'était pas sûre de la manière de représenter les sons des voyelles.

Pourquoi avait-il fait ça ? Comme s'il était sûr de ce qu'il disait et sûr qu'elle le comprendrait…

Argh ! Il fallait toujours qu'il lui pose problème.

– Tu sais ce que ça veut dire ? demanda-t-elle à sa grand-mère dès qu'elle la vit descendre, en lui fourrant le papier sous le nez.

Lena avait perdu de sa pudeur ces derniers temps.

Valia plissa ses vieilles paupières déjà passablement ridées.

– Qu'est-ce que c'est censé êtrrre ?

– Je ne sais pas. J'espérais que tu pourrais me le dire. C'est du grec.

Mamita était déconcertée.

– Tu appelles ça du grrrec ?

Lena laissa échapper un soupir d'impatience.

– Mamita, tu peux essayer ?

Prenant un air de martyr, Valia fit toute une histoire pour trouver ses lunettes et colla de nouveau son nez sur le papier.

– Lena, chérrrie, comment veux-tu que je le sache ? lâcha-t-elle enfin.

Pendant que ses amies se levaient, s'habillaient, envahissaient la cuisine et se préparaient une omelette composée de tout ce qu'elles trouvaient de comestible, Lena, installée à la table, resta plongée dans le dictionnaire grec-anglais.

– Qu'est-ce que tu fais ? finit par lui demander Tibby.

– Je te le dirai quand j'aurai trouvé.

Elles se mirent en bikini et en paréo, s'équipèrent de paniers de paille tressée, et Lena les suivit à la plage, sans lever le nez de son dictionnaire. Elle trébucha sur un pavé et s'écorcha le genou comme un bébé. Comme un bébé, elle était au bord des larmes.

– Mais qu'est-ce que tu as ? lui demanda Carmen.

– Elle nous le dira quand elle aura trouvé, répliqua Tibby, d'un ton légèrement protecteur.

Lena était si préoccupée qu'elle prit un coup de soleil dans le dos. Elle poursuivit diligemment ses recherches tandis que ses amies partaient acheter des glaces. Elle testa toutes les prononciations. Tous les agencements de mots.

Le soleil était au zénith lorsque, enfin, elle trouva. Ou crut trouver.

«χάποια μέρα», voilà ce qu'avait dit Kostos. Ça voulait dire « Un jour ».

Il avait raison, elle avait compris.

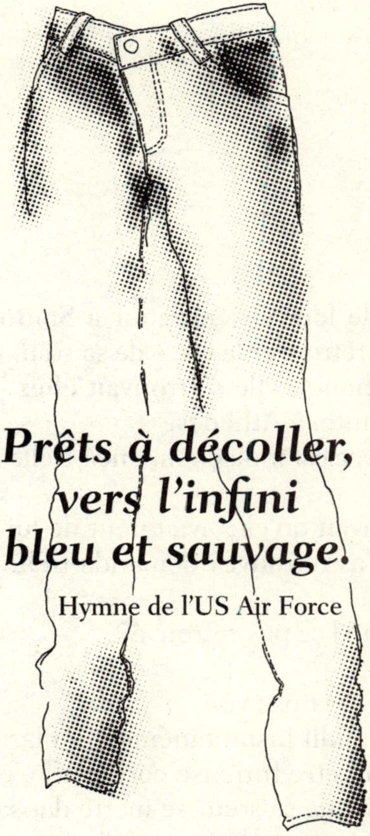

Prêts à décoller,
vers l'infini
bleu et sauvage.

Hymne de l'US Air Force

Lors de leur sixième jour à Santorin, Lena réussit à retrouver la trace de sa sœur et à l'avoir au téléphone : elle se trouvait chez leur oncle et leur tante, à Athènes.

– Effie, c'est moi, commença-t-elle d'une voix douce.

Elle savait qu'elle avait peur de lui parler.

– Tu l'as retrouvé ? demanda-t-elle aussitôt.

– Non.

– Tu ne l'as pas retrouvé ?

– Non.

– Oh, c'est pas vrai !

Effie fondit instantanément en larmes. Lena avait beau être furieuse contre elle, elle n'avait pas envie que sa sœur se mette dans cet état.

– C'est pas vrai ! répéta Effie.

– Eh si...

– Je croyais que tu m'appelais pour me dire

que tu l'avais retrouvé, expliqua-t-elle en reniflant.

Elle avait sûrement cru que Lena serait trop en colère pour lui téléphoner sans ça.

– Non, je t'appelle pour te dire que... c'est bon, ce n'est pas grave.

Lena n'avait pas préparé son discours, c'était sorti comme ça.

Effie se moucha bruyamment.

– Ce n'est pas grave, répéta Lena. Je sais que tu n'as pas fait exprès. Je sais que tu as tout tenté pour le retrouver.

Sa sœur laissa échapper un sanglot.

– C'est bon, Ef. Je t'aime, tu sais.

Effie pleurait si fort qu'elle était incapable de répondre quoi que ce soit, Lena attendit donc patiemment qu'elle ait fini.

Le septième jour, les filles se baignèrent pendant des heures dans la caldeira, flottant paisiblement le ventre pointé vers le ciel. Carmen avait l'impression qu'elles repoussaient le jour où il leur faudrait reprendre contact avec la réalité. La terre continuait à tourner, le temps passait, il allait bien falloir qu'elles réfléchissent à ce que tout ça impliquait. Le moment viendrait, c'était forcé.

– Je crois qu'il va falloir qu'on reparte, annonça Lena, assise sur la plage à regarder le soleil se coucher.

C'était à elle d'aborder le sujet.

Carmen examina ses phalanges fripées et les porta à sa bouche.

Elles s'étaient démenées pour tenter de retrouver le jean magique les premiers jours mais, ensuite, petit à petit, elles en avaient de moins en moins parlé, elles avaient de moins en moins espéré le retrouver, elles avaient fait de moins en moins d'efforts. Elles s'étaient détendues, passant de longues heures à discuter, manger, réfléchir, se balader, s'interroger sur la vie, toutes ensemble.

Même si elles étaient réunies ici par des circonstances tragiques, pas une seule fois Carmen n'avait ressenti la moindre tristesse. C'était trop bon d'être ensemble. Elles étaient tellement contentes de se retrouver, elles en avaient tellement besoin, elles avaient tellement attendu…

Au contraire, elle était impressionnée par le savoir-faire du jean magique, qui se débrouillait toujours pour trouver le moyen de les réunir. Qui avait compris que l'absence est parfois plus efficace que tout.

– J'aimerais pouvoir rester éternellement, fit-elle.

– Moi aussi, acquiesça Bee.

Elles n'avaient pas envie de repartir sans le jean, Carmen le sentait. Il était ici, d'une certaine façon. Même perdu, il flottait là, entre elles.

– Je crois que nous avons perdu le jean depuis

un moment déjà, intervint Tibby en enfonçant ses mains dans le sable, l'air absent. Enfin, nous avons perdu de vue son sens profond. Il était là pour nous réunir et nous l'avons utilisé pour nous permettre de vivre loin les unes des autres.

Carmen réfléchit à ce qu'elle venait de dire.

– Tout à fait. Tant qu'on avait le jean, on se disait que ce n'était pas grave de ne pas se voir.

– Oui, c'est vrai. Je n'y avais pas pensé.

– On comptait trop sur le jean, renchérit Bee, ou peut-être pas comme il aurait fallu, tout du moins.

Sans réfléchir, elles s'installèrent en cercle, comme chez Gilda. Mais aujourd'hui, le jean n'était pas au centre, il n'y avait qu'elles.

– Il nous a appris à vivre chacune notre vie, mais on a un peu trop bien retenu la leçon, remarqua Carmen.

– On aurait dû le ranger durant l'année, regretta Tibby.

– Mais tout a changé, souligna Lena. Avant, on se séparait pour l'été. Désormais, on est séparées toute l'année. Avant, la norme, c'était d'être ensemble, maintenant, c'est d'être séparées. Comment savoir à quoi doit nous servir le jean, dans ces conditions ?

Carmen se sentait au bord des larmes.

– Peut-être que ça devient trop difficile de faire le lien entre nous, maintenant.

Bee lui prit la main un instant avant de la relâcher.

– Mais non, protesta-t-elle. C'est juste qu'il ne faut pas attendre que le jean fasse tout le boulot.

– On vit toutes dans des villes différentes, insista Carmen, laissant s'exprimer ses peurs les plus intimes. Peut-être que nous quatre, c'est fini.

– Non, fit Lena, je refuse d'y croire. Tu n'y crois pas vraiment non plus, Carma ?

Carmen essayait de se persuader qu'elle n'y croyait pas quand, soudain, elle eut une idée qui la soulagea brusquement.

– Il me semble que j'ai compris... On n'habite plus à Bethesda, on n'est plus au lycée. On ne vit plus chez nos parents et on n'a pas encore de chez-nous. C'est là que nous avons grandi, que nous avons passé du temps ensemble, mais ce ne sont que des lieux, des époques, ce n'est pas nous. Si on s'imagine que nous quatre, c'est lié à un endroit ou à un moment précis, c'est fichu, car le temps passe et les lieux changent. Nous quatre, ce n'est ni un moment ni un lieu.

Elle pensa alors au jean. Elle se l'imagina en train de sécher sur la corde à linge, puis flottant dans les airs, emporté sans bruit vers le ciel, la mer.

– Nous quatre, c'est partout.

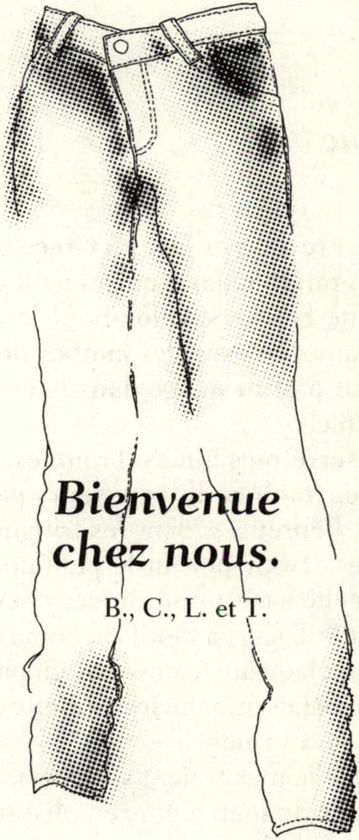
Bienvenue chez nous.
B., C., L. et T.

Épilogue

Pour notre dernier jour en Grèce, nous avons fait une grande balade qui nous a menées au bord d'une falaise surplombant la mer. Nous nous sommes assises, les jambes dans le vide. Il n'y avait pas un nuage dans le ciel et la mer était d'huile.

J'ai observé mes amies, bronzées, pieds nus, pleines de taches de rousseur, pas du tout assorties, heureuses, dans les fringues les unes des autres. Tibby portait le pantalon blanc de Lena, qu'elle avait roulé sur ses chevilles ; Carmen avait le T-shirt à motif cachemire de Tibby ; Lena mon chapeau de cow-boy en paille ; quant à moi, je m'étais attaché les cheveux avec le foulard rose de Carmen.

Le ciel et la mer étaient si calmes, si figés que nous avions du mal, même en plissant les yeux, à distinguer la ligne d'horizon, cet endroit qui sépare le ciel de la mer, le temps de l'espace, l'eau de l'air. Impossible.

Je repensais à ce que Carmen avait dit. Nous quatre, ce n'est ni un lieu, ni un moment précis. Nous quatre, c'est partout, ici et là, passé et futur, ensemble ou séparées.

Nous sommes restées longtemps à fixer cette limite invisible, cette couleur éternelle.

Et justement, cette couleur, c'était le bleu. Le bleu doux et changeant, le bleu intemporel d'un vieux jean délavé.

jean = ❤

Découvrez un extrait de la suite inédite de *Quatre fille et un jean* - parution juin 2012 :

Extrait

Quatre filles et un jean, pour toujours

Carmen avait l'habitude de marchander avec Dieu. Elle savait que ce n'était pas bien, mais elle ne pouvait pas s'en empêcher. Lorsqu'elle avait neuf ans, les parents de Lena l'avaient invitée à passer le week-end à Disney World. Ils devaient prendre l'avion tous ensemble pour se rendre à Orlando, en Floride. Plus le grand jour approchait, plus l'excitation montait. La veille du départ, elle s'était tournée et retournée dans son lit, incapable de trouver le sommeil. Petit à petit, sa joie avait cédé la place à l'angoisse de mourir avant l'aube. Son désir était tel qu'il en devenait monstrueux et menaçait d'engloutir le plus grand bonheur de sa vie. Elle avait supplié Dieu de la garder en vie deux jours seulement, lui promettant qu'il pourrait faire ce qu'il voulait d'elle ensuite.

Vingt ans plus tard, le 27 octobre au soir, elle se coucha avec la même peur au ventre. Elle gigotait, s'agitait, sortait un bras, une jambe de sous la couette en suppliant Dieu de veiller sur elle jusqu'à ce qu'elles soient toutes réunies à

— — — — — — — — — — — — —

Santorin le lendemain. C'était tout ce qui lui importait. Après, il pourrait bien faire d'elle ce qui lui chantait.

Que pouvait-elle lui proposer en échange ? D'être meilleure. De dépenser moins d'argent en chaussures. De participer au tournoi de base-ball de sa chaîne afin de récolter des fonds pour je ne sais quelle œuvre de bienfaisance. De parrainer un lycéen. D'appeler son père deux fois par semaine sans faute. De lire l'édito du New York Times tous les matins. De ne plus chercher sur Internet des photos où on voyait en gros plan les bourrelets de rivales ayant obtenu les rôles qui lui étaient passés sous le nez.

Elle se sentait un peu bête de faire ça, mais c'était tout de même une chance de pouvoir marchander avec Dieu, qui n'était pas trop dur en affaire et ne risquait pas de venir réclamer son dû.

Lena, qui s'enorgueillissait pourtant d'être très cérébrale, avait parfois la capacité d'abstraction d'un lézard. Ce n'est qu'en voyant Bridget et Carmen, courant vers elle cheveux au vent à travers le terminal de l'aéroport JFK de New York, qu'elle réalisa à quel point elles lui avaient manqué.

Bridget l'atteignit la première et lui sauta au cou sans même ralentir. Lena se laissa emporter par son élan.

Carmen arriva quelques secondes plus tard, trottinant sur ses sandales à semelles compensées. Elle lui serra le bras au point de lui laisser une marque. Elle lui cria si fort dans les tympans qu'elle en avait les oreilles qui sifflaient. Elle lui marcha sur les pieds avec un tel entrain que Lena en eut les larmes aux yeux et se mit à rire. C'était tellement bon d'avoir mal comme ça !

Bee tenta de les soulever toutes les deux du sol en même temps. Lena retrouva les sensations familières : l'odeur mentholée de son shampooing, la douceur de sa joue contre la sienne, le gel capillaire au pamplemousse de Carmen, son rouge à lèvres poisseux. Les parfums, les couleurs, tout lui paraissait plus vif chez ses amies que chez les autres.

Elle leur était reconnaissante de ne pas avoir trop changé. Ces dernières années, à chacune de leurs rencontres, sa joie était toujours teintée d'angoisse à l'idée qu'elles ne soient plus les mêmes. Elle ignorait d'où pourrait surgir le changement : un sourcil hautain, l'oubli d'un de leurs rituels, des pattes d'oie au coin de l'œil, le moindre petit détail risquait d'éloigner l'une d'elles des autres, de remettre en question leur relation ou leur passé.

Bee était particulièrement accommodante sur ce point. C'était un musée de Bee sur pattes. Son T-shirt mauve délavé collectionnait les accrocs et les reprises depuis la troisième. Ses cheveux blonds étaient toujours aussi longs et fous, avec quelques nattes maigrichonnes ici et là, en mémoire de sa phase « tresses africaines » de CM2. Elle traînait sur le marbre poli de l'aéroport les mêmes tongs en cuir hors d'âge qu'elles avaient achetées

— — — — — — — — — — — — — —

ensemble en se baladant sur un marché l'été après la fac. Et Lena lui pardonnait de lui avoir volé sans vergogne ses vieilles chaussettes bleues tombantes lors de leur dernier voyage en Grèce.

Quant à Carmen, elle avait déjà un peu changé depuis la dernière fois qu'elles s'étaient vues, il y a à peine deux mois : ses mèches étaient légèrement plus claires, son jean légèrement plus serré, ses sourcils légèrement plus fins. Mais elle avait toujours été comme ça, alors... Ses multiples essais de coiffure et de maquillage ne changeaient pas son expression enthousiaste. Carmen était toujours en perpétuel changement. Le contraire aurait été inquiétant.

Tibby venait les chercher à l'aéroport de Fira.

– Elle m'a envoyé un texto en arrivant là-bas hier. Elle a ouvert la maison, les informa Lena, tout excitée, même si elles avaient probablement reçu le même message.

Elles se mirent en route d'un pas sautillant, traversant le long terminal en se tenant la main, sans la moindre gêne. Lena avait un magazine sous le bras, des bonbons dans son sac, et un creux à l'estomac très inhabituel. Elle mordait la vie, gaiement et sans arrière-pensée, un luxe qu'elle s'offrait rarement. Elle avait l'intention de savourer la moindre miette de ce voyage, du plateau-repas de l'avion à la couverture râpeuse qu'il faudrait se partager en passant par les postillons de Carmen dans son oreille (à ce niveau-là, ça ne s'appelait plus ronfler) pendant la nuit,

— — — — — — — — — — — — —

jusqu'à la magnifique vue de la Caldeira juste avant l'atterrissage.

Et, surtout, elle avait hâte d'apercevoir Tibby à l'arrivée. Le cœur battant, elle imagina son visage en forme de cœur constellé de taches de rousseur. Elle ne l'avait pas revue depuis cette soirée, il y a deux ans, quand elles s'étaient retrouvées au pub pour fêter le rôle de Carmen dans *Enquêtes criminelles*. Sur le seuil de la porte, Tibby leur avait jeté un dernier regard par-dessus son épaule en leur disant au revoir. Sur le coup, Lena ignorait qu'il s'agissait d'un adieu, mais Tibby s'en doutait peut-être. Elle n'avait jamais trop aimé les démonstrations d'affection. Et elle ne voulait sans doute pas jeter une ombre sur la grande soirée de Carmen. Mais à peine une semaine plus tard, Brian avait reçu une proposition de boulot qu'il ne pouvait pas refuser et ils s'étaient envolés tous les deux pour l'Australie. Au début ce ne devait être que pour quelques mois. Mais ça faisait deux longues années, et même avec son cerveau de lézard, Lena en prenait la mesure maintenant que l'heure des retrouvailles approchait.

Il ne manquait plus que Tibby pour que son bonheur soit total.

Lena pouvait se convaincre d'à peu près n'importe quoi, et elle avait presque réussi à se persuader qu'elle pourrait être elle-même sans ses amies. Mais tandis qu'elles papotaient toutes les trois gaiement tout au long de l'interminable processus d'embarquement, puis en montant à bord d'un avion jonché de

— — — — — — — — — — — — — —

couvertures et d'oreillers comme pour une gigantesque pyjama-party, elle sentit s'afficher sur son visage des expressions dont elle ne se souvenait même plus. Leur bavardage familier faisait renaître l'ancienne Lena. Elle existait à travers ses amies, toutes les parties d'elle-même qu'elle avait oubliées étaient en elles. Elle se retrouvait complète en leur présence.